A VINGANÇA do CUPIDO

Diretor editorial **PEDRO ALMEIDA**
Coordenação editorial **CARLA SACRATO**
Tradução **CLARISSA GROWOSKI**
Preparação **ARIADNE MARTINS**
Revisão **ANA PAULA SANTOS e RAQUEL SILVEIRA**
Capa e diagramação **LAÍS SOUZA**
Imagens de capa e miolo **FREEPIK | @STBEUCHERT**

DADOS INTERNACIONAIS DE CATALOGAÇÃO NA PUBLICAÇÃO (CIP)
JÉSSICA DE OLIVEIRA MOLINARI CRB-8/9852

Brueggemann, Wiblke
A vingança do cupido / Wibke Brueggemann ; tradução de Clarisa Growoski.— São Paulo : Faro Editorial, 2024.
256 p. : il.

ISBN 978-65-5957-449-0
Título original: Cupid's Revenge

1. Literatura juvenil 2. Literatura sáfica I. Título II. Growoski, Clarisa

23-5622 CDD 808.899283

ÍNDICES PARA CATÁLOGO SISTEMÁTICO:
1. LITERATURA JUVENIL

1ª edição brasileira: 2024
Direitos de edição em língua portuguesa, para o Brasil, adquiridos por FARO EDITORIAL
Avenida Andrômeda, 885 - Sala 310
Alphaville — Barueri — SP — Brasil
CEP: 06473-000
www.faroeditorial.com.br

WIBKE BRUEGGEMANN

Tradução de Clarissa Growoski

A VINGANÇA do CUPIDO

Dedicado a todos que perderam a pessoa que mais amavam. E para seus amigos que os ajudaram a superar a perda.

AGRADECIMENTOS

O meu maior agradecimento vai para os meus amigos, tanto os de perto quanto os de longe.

Gostaria de agradecer especialmente Brittain por seu amor e apoio contínuos e aparentemente inesgotáveis, e por sempre garantir que eu coma alimentos que tenham valor nutricional (e bolo!).

Agradeço a Luci por sempre oferecer tão graciosamente sua presença, sua sabedoria, suas risadas e seu encorajamento.

Agradeço à minha agente, Rachel Mann, que além de ser uma excelente agente, também é uma excelente humana.

Obrigada aos meus pais por tudo.

Gostaria de agradecer também a toda a equipe da Macmillan, especialmente aos meus editores.

ATO I

CENA 1

Gostaria de deixar registrado que nunca tive a intenção de me apaixonar. Eu ia ficar longe disso tudo, mesmo depois do que aconteceu na igreja. E talvez até depois disso, mas você sabe como o Cupido é: te pega quando você menos espera.

A coisa toda foi meio que culpa do Teddy, porque se não fosse pelo plano ridículo dele, eu nunca nem saberia da existência de Katherine Cooper-Bunting.

Eu tinha concordado, com relutância, em ajudar meu pai a limpar o quarto extra para o meu avô, mas não fazia nem cinco minutos que tinha começado quando meu celular apitou. Coloquei no chão o saco de lixo que estava segurando e arranquei o telefone do bolso do shorts.

— É o Teddy — falei para o meu pai, sem necessidade. Ninguém mais me mandava mensagens.

Você precisa vir pra cá agora mesmo usando um vestido bonito.

Tá doido?

Te explico depois.

A questão é que se você é amiga do Theodore Booker desde sempre, você meio que não questiona.

— Aconteceu alguma coisa com Teddy — eu disse.

Meu pai revirou os olhos.

— Tudo bem. Pode ir. Mas volte logo, não vou conseguir carregar aquele armário de arquivos horroroso sozinho.

— Por que a gente tem esse negócio?

— Antes da internet tudo era em papel. Contas, extratos bancários... você não vai lembrar — ele disse e começou a rasgar folhas A4 e colocá-las no saco para reciclagem.

Tirei o shorts e coloquei um vestido de verão florido (flores é o mesmo que bonito, né?) e, sem me preocupar em calçar nada, fui para a casa do Teddy.

A vida toda fomos vizinhos. Nossos pais são, quer dizer, eram, literalmente, BFFS, e Teddy e eu nascemos com apenas quatro meses de diferença. E, embora nossas mães insistam que isso foi mera coincidência e não o resultado de um plano reprodutivo meticuloso, nós sabíamos a verdade.

Éramos Teddy e Tilly: irmãos — só que não.

Assim que entrei pelo portão rangedor, a porta da frente foi escancarada.

— Entra, entra — Teddy disse, gesticulando alvoroçado.

— Estou indo. O que você tem?

— É o seguinte — ele disse e olhou para o celular. — Agora são quatro e quarenta e sete. Às cinco horas, Katherine Cooper-Bunting vai chegar pra sua última aula de piano antes das férias de verão, e precisamos descobrir o que ela vai fazer nestas férias pra que a gente encontre com ela acidentalmente de propósito, pra que então eu possa convidá-la pra sair porque estou muito apaixonado por ela.

— E quem diabos é essa tal de Katherine Cooper-Bunting? E por que você nunca mencionou essa paixonite?

— Era um tipo de paixão silenciosa. Além do mais, eu não a via pessoalmente mesmo há uns anos, e vamos dizer que há uma diferença quase etérea entre a Katherine de catorze anos e a de dezesseis de agora.

— Etérea — repeti, balançando a cabeça para cima e para baixo, na esperança de que ele soubesse que soava como um louco.

— E também estou bombado de testosterona — Teddy disse e flexionou os bíceps como se eles tivessem passado por uma transformação gigantesca desde que ele fez dezesseis anos. — Por que você está rindo, Matilda?

— Porque você estar bombado de qualquer coisa que não seja bala de gelatina é literalmente perturbador. Além disso, você está usando uma camiseta dos Ursinhos Carinhosos.

— Ei! Nunca faça piada sobre o poder dos Ursinhos Carinhosos. A propósito, essa é a Ursinha Coração Rosa.

— Talvez você possa colocar uma dos Ursinhos Testosterona?

— Ha-ha, hilário, Tilly, eu finalmente me tornei uma piada até pra você — ele disse e me guiou até a porta estreita da frente. — Achei que você ficaria muito satisfeita por eu estar fazendo um esforço consciente para seguir em frente depois da Grace.

Olhei para ele.

Fazia muito tempo que não falávamos da Grace.

— Por que você simplesmente não chama essa Katherine Cooper sei lá o quê pra sair? Assim, não precisamos stalkear a menina. Porque você percebe o quanto isso é bizarro, né?

— Bunting. Cooper-Bunting. Por inúmeras razões, que eu poderia explicar se o tempo não fosse crucial neste momento, porém faltam onze minutos para a chegada dela. Você está me ouvindo?

— Eu sempre te ouço.

— O plano é o seguinte. Ela é dessas do tipo pontual, o que significa que exatamente às cinco horas ela vai bater na porta. Minha mãe vai vir e abrir a porta, e neste momento teremos aproximadamente quinze segundos de "Olá, Sra. Booker", "Olá, Katherine", antes de a porta se fechar, e aí Katherine Cooper-Bunting vai me ver casualmente encostado no batente da porta, aqui, e você vai rir como se eu tivesse dito a coisa mais engraçada que você já ouviu na vida.

— Você bateu a cabeça recentemente?

— Tudo bem, Tilly. Esquece, você não precisa ficar.

— Não, vou ficar. Desculpe. Continue.

— Certo, vai lá e senta na cadeira. Vou pegar o Rachmaninoff. Você vai ficar segurando ele. Vou pegar um macacão ou algo do tipo também.

Aproximadamente quarenta e cinco segundos depois, Teddy, agora vestindo uma coisa de manga comprida no estilo lenhador que eu nunca o tinha visto usar antes, carregou o Rachmaninoff de três patas gritando para a sala e o jogou no meu colo. O gato então começou a berrar para mim, como se eu tivesse alguma coisa a ver com o fato de ele ter sido arrancado de sabe-se lá o que estava fazendo.

— Desculpa, colega — eu disse, controlando o gato.

Rachmaninoff rosnou e tentou me morder.

— Vai se foder! — chiei e o segurei com força.

Teddy desapareceu de novo e, quando voltou com seu violino, eu soube que desta vez ele tinha perdido a cabeça mesmo.

Nós dois nascemos em famílias de músicos, mas nem eu nem ele herdamos os genes musicais, o que era motivo de uma vergonha indescritível para nossos pais. Minha mãe e meu pai desistiram da minha educação musical bem cedo, mas só porque minha irmã mais velha, Emily, já era uma gênia no piano. Mas, por Teddy ser filho único, seus pais não queriam acreditar que ele era totalmente inútil e o obrigaram a fazer o teste de violino nível 2 quando ele tinha doze anos, e todas as outras crianças tinham, tipo, seis. Quando ele não conseguiu completar a música tema dos *Flintstones*, eles o levaram para casa e nunca mais tocaram no assunto.

— Teds, por que essa encenação? — perguntei, ainda lutando com Rachmaninoff, que estava tentando se atirar do meu colo.

— Meninas gostam de meninos com bichinhos fofos — ele disse balançando a cabeça positivamente para o gato dos infernos que ainda gritava.

— E eu estou aqui por quê?

— Porque ao me ver com outra mulher isso me torna imediatamente mais desejável. Especialmente se essa mulher está claramente apreciando minha companhia, por isso você vai rir muito.

Levantei as sobrancelhas para o violino.

— Toda menina gosta de músicos. Além disso, indica que sou bom com as mãos, o que, você sabe, é uma ótima qualidade. Sexualmente falando.

— Eca!

— E ela não precisa saber que não sou músico.

— E se ela pedir pra você tocar junto com ela?

Um terror momentâneo se alastrou pelo seu rosto pequeno e bonito, mas era tarde demais, porque...

Toc

Toc

Toc.

— Inferno e maldição — Teddy sussurrou em pânico e se virou imediatamente sem motivo nenhum. — E você precisa me chamar de Theodore.

— Que merda? — sussurrei de volta. E então a mãe dele passou.

— Oi, Tilly.

— Oi, Amanda.

— Você está bem, Teddy? — a mãe dele perguntou ao vê-lo com o violino.

Então ela abriu a porta e os quinze segundos seguintes se desenrolaram como o previsto, com todos os "olá, olá", assim como a porta fechando, a presença repentina de Katherine Cooper-Bunting no corredor e nós aparecendo em seu campo visual.

O que aconteceu depois foi bem rápido.

Teddy de repente congelou, mas sendo a amiga leal que sou, lembrei que eu deveria rir histericamente. Então joguei a cabeça para trás e fiz um barulho que nunca tinha feito antes, o que assustou o Rachmaninoff, que gritou, me mordeu (o que não foi nada de mais, porque, além de ter uma pata faltando, ele também não tinha nenhum dente) e se jogou do meu colo, saiu pulando pela sala e desapareceu no corredor, surpreendentemente rápido para um gato com apenas três patas.

Todos se afastaram para deixá-lo passar, mas ninguém falou nada até que a mãe de Teddy olhou para ele e disse:

— Por que você está usando a minha blusa?

Flagrei uma olhadela de Katherine Cooper-Bunting, que pode ou não ter dado um sorriso maldoso, mas ela saiu de cena rapidamente com a mãe de Teddy, e menos de um minuto depois nós a ouvimos aquecendo os dedos com um punhado de escalas musicais suaves.

Teddy ainda não tinha se mexido.

Seus olhos estavam esbugalhados.

Ele não piscava.

— Tenho a impressão de que isso poderia ter sido melhor — eu disse baixinho para não assustá-lo.

Ele embalou o violino como se fosse uma boneca e lentamente deslizou pelo batente da porta até se sentar no chão.

— Por que *eu*? — ele perguntou e olhou para cima. — E se houver literalmente apenas uma pessoa no mundo para nós? E se essa pessoa era a Grace? Eu sou muito novo para saber que vou morrer sozinho.

— Teddy...

— Eu penso muito sobre isso, na verdade.

— Não acredito nisso. E nem tudo está perdido — eu disse. — Talvez você possa pegar ela na saída da aula, hein?

— Ou talvez eu só vá para o meu quarto e nunca mais saia de lá.

— Não acho que você deveria fazer isso — eu disse e me levantei da cadeira verde. — Desculpe por ter estragado tudo.

— Você não estragou. Eu sou um idiota. Esqueci totalmente de como me comportar na vida real. Tipo, não é o TikTok, né? Você não pode simplesmente fazer de novo e postar quando está perfeito. A vida real é uma merda... A propósito, você está bonita.

— Obrigada. E você deveria, pelo menos, dar um oi para ela. Quero dizer, se seu amor ainda for feroz.

— Nossa, eu sou uma piada.

— Ponha a culpa nos hormônios. Eu sempre faço isso. Preciso ir. Meu pai e eu estamos arrumando o quarto do meu avô.

— Ah, merda, você tinha falado. Desculpe por te arrastar pra cá. Você tá bem?

— Sim, tudo bem — menti. — A gente se vê, Teds.

— Mas ela é bonita, não é? — ele sussurrou e olhou para mim enquanto eu passava por cima dele.

— Não olhei direito pra ela, na verdade. Estava muito ocupada rindo de nada. Mas provavelmente ela não é tão bonita assim pra você estar tendo uma crise existencial.

— Ela te lembra a Grace? — ele perguntou.

— Não sei.

— A vida é tão difícil — ele disse de novo e dedilhou as cordas do violino. — E isso aqui está completamente desafinado. Como eu, por dentro.

Ao fundo, Katherine Cooper-Bunting tocava algo sem dúvida muito alegre.

— Enfim — eu disse. — Até mais.

Eu o deixei se lastimando e fui para casa, onde troquei de roupa e coloquei o shorts e a camiseta de novo.

Meu pai e eu continuamos a desmontar o armário de arquivos e, por fim, o carregamos para baixo pela escada estreita, uma gaveta pesada por vez. Eu estava literalmente suando e, cada vez que eu batia a canela contra o metal, ressentia a situação toda um pouco mais.

Nos livramos também de umas cômodas e algumas malas mofadas. Tínhamos agendado para a prefeitura recolher tudo e, quando tudo estava lá fora e na calçada, meu pai imprimiu o número de referência que eu tinha que grudar nos móveis. Eu estava prendendo o papel com fita adesiva em uma das gavetas do armário de arquivos quando vi Katherine Cooper-Bunting saindo da casa do Teddy, virar à direita e andar na minha direção.

Ela olhou para mim, me reconheceu — apesar de naquele momento eu estar com minha aparência desarrumada normal de faça-você-mesmo de novo — e disse:

— Oi.

E aí ela ficou sob um raio de sol de fim de tarde que brilhava no vão estreito entre nossas casas, e eu vi esse raio pousar como um carinho dourado em seu rosto perfeito.

Ela piscou e sorriu e então continuou andando.

— Oi — eu disse, mas ela já tinha ido embora.

CENA 2

O dia seguinte era um sábado, o que significava que minha mãe ia dar aula de balé, meu pai tinha uma apresentação à tarde e uma à noite como maestro na Royal Opera House e a mãe do Teddy estava dando aula de piano na sala de estar deles, enquanto o pai do Teddy dava aulas de violino pelo Zoom no quarto.

O pai do Teddy tocava violino na Royal Opera House, e ele e meu pai costumavam tomar café da manhã juntos no centro antes do trabalho, mas aí teve toneladas de cortes de postos de trabalho e o pai do Teddy foi demitido, e ele e meu pai tiveram uma briga feia por causa disso, o que é até compreensível, mas também muito idiota porque não é como se meu pai tivesse tido culpa. Enfim, o pai do Teddy ficou tão furioso que parou de falar com meu pai e, porque meu pai odeia uma música chamada *A cotovia ascendente*, o pai do Teddy a tocava literalmente o tempo todo só para deixar meu pai puto, e então meu pai andava pela casa de um lado para outro dizendo: "Foda-se o David, foda-se a cotovia, foda-se Vaughan, foda-se Williams."

Minha mãe, com sua expressão neutra, o observava e fazia um *demi plié* ou algo do tipo.

Ela e meu pai se conheceram quando ambos trabalhavam na English National Opera. Tipo, uns vinte anos atrás. Minha mãe era a dançarina principal e fazia o papel de Copélia em um balé com o mesmo nome, e era o primeiro emprego do meu pai como maestro, e quando as pessoas perguntam como eles acabaram juntos minha mãe sempre responde: "Bem, você sabe o que dizem. O único jeito de a orquestra tocar no ritmo certo é dormindo com o maestro."

Muita risada.

Sempre.

Vergonha alheia.

Diz a lenda que Emilin é o resultado direto da união motivada pelo ritmo deles, pois foi concebida no camarim da minha mãe segundos antes da chamada de trinta minutos antes do início da apresentação do *Lago dos Cisnes* naquele Natal.

E suponho que seja por isso que ela herdou o gene musical.

Eu fui concebida na cama de casal da IKEA dos meus pais cinco anos depois, o que explica muito sobre muita coisa.

Quando conto sobre a minha família para as pessoas, elas sempre dizem: "Deve ser incrível crescer em uma família tão musical"; mas deixa eu te dizer: incrível não é.

É esquisito. Porque nós literalmente não falamos a mesma língua.

Por exemplo, quando você pergunta para uma pessoa normal como ela está, ela normalmente responde: "Estou bem, obrigada". Mesmo quando ela não está.

Na minha família, se você pergunta, por exemplo, para a minha mãe como ela está, e se ela estiver se sentindo bem, ela vai dar duas piruetas casuais, depois soprará o mais gentil dos beijos na sua testa antes de flutuar para fora da sala, às vezes de costas e na ponta dos pés.

Meu pai vai cantarolar algo relevante e olhar bem nos seus olhos, ou entusiasmado, ou irritado, ou seja lá qual for a emoção que aquela peça que ele está cantarolando deveria expressar.

Resumindo, essas pessoas não são normais.

E é por isso que elas não conseguem fazer coisas normais, como desentupir um ralo ou instalar uma tomada. Eu, pelo contrário, sendo uma pessoa normal, sei fazer tudo isso. Quero dizer, está tudo no YouTube e não é exatamente um bicho de sete cabeças, mas quando meu pai e minha mãe estavam atordoados no quarto extra mais cedo naquela semana, considerando se precisava ou não de uma pintura, eu falei tipo: "Vamos pintar de uma vez. Eu posso pintar."

E aí, para justificar suas deficiências tanto como humanos quanto como pais, eles falaram: "Ótimo, Tilly, porque assim você vai ter alguma coisa para fazer e não vai passar o verão sendo a pessoa solitária, sem paixão e sem planos que é."

Meu pais realmente acreditam que não acontece nada na vida das pessoas que não dançam ou não tocam um instrumento; logo, elas simplesmente não veem a hora de fazer essas merdas, tipo tirar um bolo de cabelo emaranhado do ralo do banheiro ou pintar o quarto extra para o avô, que só vai se mudar para cá porque a culpa que meu pai sente de não ter estado presente na morte prematura de sua mãe é tão grande que ele não enxerga a verdade, que é que nós não seremos capazes de cuidar de um homem velho com Alzheimer.

Mas ninguém nunca me ouve.

A primeira coisa que meu pai fez foi me levar à loja de materiais de construção para comprar tinta, onde ele não foi de ajuda nenhuma, porque não faz a menor ideia da diferença entre uma tinta fosca e uma brilhante, mesmo que a dica esteja cem por cento no nome.

— Tilly, só tenha cuidado. Os vapores são venenosos — minha mãe disse saindo de casa sem nem olhar para mim e jogando na minha direção um pacote de máscaras de proteção, do qual ainda temos pilhas e mais pilhas.

Uma hora de trabalho e Teddy estava sentado no meio do chão tomando uma xícara de chá e usando uma máscara como se fosse um chapeuzinho de festa de aniversário.

— Ela não sabe que as tintas não são mais tóxicas? — ele perguntou, e eu sabia que era uma pergunta retórica, porque, como eu disse, nossos pais não sabem nada sobre as coisas normais. — Quando seu avô chega?

— Assim que a tinta secar e tiverem entregado a cama.

— Ai, cara.

— Eu sei. — Me sentei no chão de frente para ele e tomei um gole de seu chá. — Você veio pra ajudar? Porque tenho outro rolo.

— Vim pra te dar boas notícias, na verdade.

— Boas notícias? — perguntei e olhei ao redor do quarto que logo seria o novo lar do meu avô. Possivelmente, seu último lar. Só que não era seu lar coisa nenhuma, era só um quarto. E ele teria que dormir sozinho nele, o que deve ser muito estranho depois que você dividiu a cama com a mesma pessoa por quarenta e tantos anos. Não que ele vá saber. Tipo, no começo, sim, mas no final, ele não vai saber. Pelo menos foi isso que li a respeito de demência e Alzheimer. No final, as pessoas não reconhecem nada nem ninguém.

Teddy pegou minha mão e a apertou.

— Sinto muito, Tills.

— É, eu também. Enfim, qual é a boa notícia?

— Esquece.

— Não, me conta. Desculpe por ser tão negativa.

— Você não está sendo negativa, você está triste. É diferente.

— Eu tô bem.

Ele sorriu seu sorriso de Teddy mais fofo, cheio de covinhas, para mim e levantou as sobrancelhas do jeito mais idiota, o que me fez rir.

— É sobre a Katherine Cooper-Bunting.

Etérea no sol de fim de tarde, pensei, e então percebi que era isso que a tornava completamente diferente de Grace, que tinha sido a maior imbecil do mundo.

— Deixa eu adivinhar. Vocês vão se casar — eu disse.

— Você é tão engraçada. Não, mas eu descobri com a minha mãe que a Katherine Cooper-Bunting vai fazer teatro amador neste verão e, aparentemente, todo mundo pode fazer um teste, o que significa que nós vamos fazer.

— Por que nós iríamos querer fazer teatro amador? — perguntei. Porque a última vez em que estivemos em um palco foi na peça da Natividade no primeiro ano, em que Teddy fez o papel do burro e eu era uma pastora, usando um pano de prato como barba, e quando cantamos uma cantiga de Natal que fala de um burro, Teddy chorou.

— Porque precisamos fazer amizade com a Katherine Cooper-Bunting.

— *Eu* não preciso.

— Precisa, sim. Porque se você estiver lá também, não vai ser tão estranho quando eu declarar meu amor imortal por ela.

— Eu acho que vai ser mais estranho ainda — eu disse, mas ele não estava me ouvindo.

— As audições são no clube do bairro Clapham na quinta-feira. E a Katherine Cooper-Bunting falou pra minha mãe que a pessoa tem que preparar um monólogo ou uma música.

— Eu não vou fazer isso.

— Tills, só precisamos decorar umas falas. Ou você pode cantar, se quiser.

— Leia os meus lábios — eu disse, pegando e apertando a mão dele. — Nããããão. Não vou fazer isso. Você pode fazer o que quiser, mas eu não tenho desejo nenhum de ser atriz. O que aconteceu com a nossa promessa de nunca sair com pessoas criativas? Você quer se transformar nos seus pais?

— Bem, atores não são bem pessoas criativas, são? Quero dizer, eles só dizem palavras que outras pessoas escreveram para eles, e eles vão e ficam onde as pessoas falam para eles irem e ficarem. Eles são idiotas, na verdade.

— E você quer amar ferozmente uma idiota?

— Ela é uma idiota bonita.

Eu só olhei para ele.

— Eu te ajudo a encontrar uma namorada em troca — ele disse.

— Não quero uma namorada.

— Tudo bem — Teddy disse. — Você não precisa fazer o teste. Só senta lá comigo, o.k.?

— Não.

— Por favor, Tilly, por favoooorrr — ele disse e fez um olhar de cachorrinho perdido, e pensei no que a Grace iria querer, então eu disse:

— Tá bom!

— Te devo essa, Tills — Teddy disse e nós demos um toque de mão.

— Você pode pegar o outro rolo agora e me ajudar a pintar — falei para ele.

— Sim, senhora — ele disse, literalmente dando pulos. — Vou ter que ler um pouco e aprender um monólogo.

— Faz aquele que você estudou para a aula de teatro.

— Acho que não. Era sobre masturbação.

— Eita! Era mesmo?

— Era. O personagem queria cobrir o mundo inteiro com o gozo dele.

— Eca, eca, eca! Nunca mais fale disso comigo de novo.

— Eu devia aprender algo romântico. Sabe, caso a gente tenha que fazer a audição na frente dos outros. Não que gozo não seja romântico.

— ECA!

— Bem, você é lésbica, então *você* acha nojento. Fico pensando se alguém já escreveu alguma coisa romântica sobre o gozo. Tipo, "Ode ao gozo" ou algo assim, sabe, como aquele cara poeta. Keats? — Teddy perguntou.

— Para! — exclamei e apertei o rolo cheio de tinta no braço dele, deixando uma marca enorme.

— Por quêeeee? — Teddy gritou.

— Porque eu disse pra parar. Acho que a testosterona está comendo seu cérebro. Talvez a puberdade seja como Alzheimer, só que você se recupera.

— É que eu não consigo parar de pensar nela, sabe?

Observei-o mergulhar o rolo na poça de tinta na bandeja.

Então, num ritmo perfeito com a subida e a descida do rolo na parede, ele ficou dizendo:

— Kathe-rine. Kathe-rine. Kathe-rine.

Mergulhei meu rolo na tinta lamacenta e ouvi o som úmido, encharcado que fez.

Katherine, meu cérebro pensou, e eu literalmente dei um pulo.

CENA 3

— E é por isso que, não importa o que aconteça, você vem sempre em primeiro lugar — Teddy falou baixinho para seu parceiro de cena imaginário. — E não digo isso só por dizer, Saffi. Você... — pausa dramática — ... sempre vai vir... — inspiração dramática seguida de respiração suspensa — ... em primeiro lugar.

Teddy encarou o nada em silêncio e, quando pensei que ele talvez tivesse esquecido as falas de novo — e olhei para baixo para o roteiro —, ele se posicionou fitando a banca de audição imaginária (eu, sentada de pernas cruzadas na minha cama), fez um sinal afirmativo com a cabeça e disse:

— Obrigado.

— Não, obrigado a *você*, Sr. Booker — eu disse e bati palmas. — Não nos ligue, nós ligaremos para você.

Teddy se sacudiu como um cachorro molhado e desabou na cama ao meu lado.

— Por que sou tão ruim nisso? Sinceramente, e se eu esquecer, tipo, uma frase a cada duas? Tills, você vai ter que ler me acompanhando e soprar para mim.

— Por que você escolheu esse se não consegue memorizar? E, sério, "Você sempre vem em primeiro lugar"?

— É tudo parte do meu plano genial. Vou matar dois coelhos com uma cajadada só. Vou impressionar o diretor para conseguir o papel e, ao mesmo tempo, darei a oportunidade para Katherine Cooper-Bunting se apaixonar não somente por mim, mas também por esse personagem, qual o nome dele?, Darren. Que sou eu.

— Então isso é tipo um monólogo ritual de acasalamento em que você, disfarçado de Darren, promete fazer com que Katherine Cooper-Bunting sempre venha em primeiro lugar?

— É uma confissão direta do meu amor e minha devoção profundos.

— É perturbador.

— Só para sua informação, Tilly, quando você é um homem que tem relações sexuais, colocar a mulher em primeiro lugar é literalmente a coisa mais importante.

— Por favor, pare de falar.

— E eu preciso que Katherine Cooper-Bunting saiba que eu sei disso. E vai ser um prazer sempre colocá-la em primeiro lugar.

— Por favor, saia.

Ele me deu um sorriso presunçoso.

Revirei os olhos.

— E onde você adquiriu esse conhecimento? — perguntei, porque ele claramente não tinha terminado de falar sobre o assunto.

— Bem, Matilda, *onde* você adquire esse conhecimento quando não teve permissão para sair de casa porque uma pandemia global coincidiu com os anos de formação da sua sexualidade?

Olhei para ele.

Ele olhou para mim.

— *Fanfic* — ele disse.

— Eca — eu disse, porque: Eca!

— Não, Tilly, não seja tão crítica. *Fanfic* é... — ele abriu os braços e olhou para o teto do meu quarto como se estivesse buscando a palavra certa — ... tudo de bom.

— Eca! Que tipo de *fanfic*? E se você disser Ursinhos Carinhosos eu nunca mais falo com você, porque isso está muito errado.

Teddy levantou o dedo.

— Não, mas deixa eu te dizer que existe *fanfic* dos Ursinhos Carinhosos, e eu li *fanfic* dos Ursinhos Carinhosos e posso até ter escrito *fanfic* dos Ursinhos Carinhosos, mas só gosto das histórias de aventura desse universo e nunca me permitiria curtir pornô dos Ursinhos Carinhosos.

— Ai, meu Deus, isso é tão angustiante.

— Eu disse que pornô dos Ursinhos Carinhosos não!

— Então, o quê? Elfos e duendes? Meu Deus, *Senhor dos Anéis*, né? Você sempre gostou da mulher pálida. Isso tudo não é um pouco, tipo, errado?

— Eles eram todos pálidos. E, o.k., me declaro culpado e, não vou mentir, acabei encontrando uma em que Gandalf faz coisas impronunciáveis com Frodo Baggins, mas é por isso que nunca se pode simplesmente fazer uma busca por "Senhor dos Anéis". Você tem que configurar filtros.

— Mas você leu, não leu?

Ele se esparramou na minha cama como uma estrela-do-mar.

— ECA!

— Por que você está chocada, Tills? Todo mundo está lendo. Além do mais, você pode escolher qualquer combinação que gostar. Tem até, tipo, mistura de gêneros. Se você quiser, não sei, que Arwen, o nome dela é Arwen, a propósito, tenha relações sexuais com o Batman, é capaz de você encontrar. E não sei quem escreve essas histórias, mas vou te dizer que a mulher sempre vem em primeiro lugar. E se há uma cena em que duas pessoas estão transando e têm um orgasmo simultâneo, ou com literalmente dois segundos de diferença, os comentários são brutais, porque isso acontecer na primeira vez em que você está com alguém é aparentemente uma lenda urbana do sexo criada por homens que não sabem como fazer uma mulher gozar e que não se importam também, então todo mundo normalmente faz a mulher gozar primeiro e, normalmente, com cunilíngua.

Eu literalmente bufei e comecei a me matar de dar risada, porque Teddy era definitivamente a última pessoa no mundo que eu esperava dizer "cunilíngua".

— Quem vai gozar primeiro quando eu transar? — questionei depois de enxugar as lágrimas de alegria do rosto.

— Essa é uma boa pergunta, Matilda. Vou estudar sobre isso e te retorno.

— Por favor, não faça isso.

— Ah, qual é, é legal. E ninguém está machucando ninguém e, além do mais, todos os personagens são ficcionais. E vou te dizer, algumas das cenas de sexo são muito bem coreografadas. Tipo, você consegue imaginar exatamente como é. E é por isso que Katherine Cooper-Bunting é uma mulher de muita sorte. E preciso que ela saiba disso.

Eca, pensei.

— Bom pra você — eu disse.

Teddy se levantou, se alongou e pegou seu monólogo.

— Certo. Eu vou só repetir e repetir e repetir. Talvez eu me lembre de tudo até amanhã. Atores são como papagaios.

— Você está ferozmente apaixonado por um papagaio? — perguntei.

— Estou ativamente tentando superar a Grace — ele disse. — Achei que você ia ficar feliz por mim.

— Estou muito feliz por você — disse para ele. Porque estava mesmo.

— Temos que estar lá amanhã ao meio-dia — Teddy me informou. — Tentei encontrar mais informações on-line, mas não tem nada. Espero que Katherine Cooper-Bunting não tenha mentido.

— Por que ela mentiria? E também, é só teatro amador.

— Ainda dá tempo de você ensaiar um monólogo — ele disse piscando para mim.

— Nem que me paguem. Você sabe onde é esse lugar? Nós vamos de busão?

— Na estrada perto do parque.

— Tá. É melhor a gente sair às onze e meia.

— Onze e quinze — ele disse. — Te encontro lá fora.

— O.k., até mais, garanhão.

— Até mais, vacilona. E você devia mesmo ler umas *fanfics* lésbicas. Talvez isso te dê uma animada.

— Eu estou animada. É só que não gosto de ninguém.

— Tills, você tem que esquecer a Sra. Pearson, porque você não pode se casar com a sua professora de inglês.

— Não quero me casar com ninguém. E eu só me senti atraída por ela por, tipo, umas duas semanas no nono ano. Você que ainda não deixou isso pra lá.

— Bem, vamos olhar para a frente, não para trás — Teddy disse. — Não sei você, mas eu quero uma vida sexual saudável que inclua outra pessoa. Tudo bem gostar de outra pessoa em segredo, mas não estou disposto a ficar só me masturbando por toda a eternidade. Enfim, é melhor eu ir embora. Até amanhã. — Ele piscou para mim da porta e deu tchau.

— Você é tão nojento, Teddy! — gritei para ele e ouvi sua risadinha descendo a escada.

— Tudo bem querer sexo, sabe, mas você não precisa ser tão dramático sobre o assunto — gritei, caso ele ainda pudesse me ouvir, o que acho que não foi o caso. — Além do mais — acrescentei baixinho, olhando para o meu reflexo no espelho —, cunilíngua não é um pouco pessoal demais?

Eu não me importava em me masturbar.

CENA 4

Acabou que iam entregar a cama especial do meu avô no dia seguinte, o que me deixou bem feliz de ter concordado em ir para a audição com Teddy, porque eu realmente não queria estar em casa para ver isso.

E sei que parece idiotice e é só uma cama, mas parecia que todas as coisas que eu temia estavam finalmente acontecendo, e se você pudesse fugir do seu pior pesadelo, mesmo que fosse só por mais um minuto, você não fugiria?

A tinta até estava seca, mas eu disse para os meus pais para as pessoas não encostarem a cama na parede ainda, e minha mãe pegou e disse: "De qualquer maneira, ela tem rodinhas, vai ser fácil mudá-la de lugar".

Não sei por que não tinha me ocorrido que teria rodinhas, porque camas do tipo hospitalar sempre têm rodinhas, por razões óbvias, mas de repente o pensamento de ser responsável por uma pessoa em uma cama como aquela me deu vontade de vomitar.

Eu saí quase correndo de casa e, felizmente, Teddy estava adiantado como de costume, e por isso pegamos um ônibus mais cedo e chegamos ao lugar meia hora antes do horário que era previsto para começar.

Agora, eu nunca tinha entrado em um daqueles clubes e não sei bem o que eu esperava, mas o lugar parecia uma cópia barata de um salão de igreja e de um daqueles pubs tradicionais com a bandeira da Inglaterra.

O cheiro era igual ao dos banheiros dos vestiários do campo de atletismo da escola: uma mistura de mijo e chulé e água sanitária, odorizador barato e fumaça de cigarro e, claro, Teddy teve um troço logo de cara e disse:

— Isso foi um erro tremendo e precisamos ir embora imediatamente.

— É só para velhos aposentados? — perguntei, porque Teddy e eu reduzimos a média de idade em, pelo menos, sessenta anos.

— Foi claramente uma piada de mau gosto — Teddy disse, tentando fazer com que eu desse meia-volta ao me pegar pelo cotovelo.

— Como assim foi uma piada? Katherine Cooper-Bunting nem falou sobre isso com você. Ela falou pra sua mãe, e por que ela mentiria pra sua mãe?

— As pessoas mentem pelas razões mais estúpidas. Ai, credo, esse busto é do Winston Churchill? O que eu quis dizer é que foi uma piada de mau gosto do Universo.

— Você acha que o Universo tem tempo pra isso? Com todo o restante que está acontecendo?

— Não sei, Tilly, mas o Universo não tem sido muito gentil comigo — Teddy disse e meio que nos guiou de volta para a saída, passando pelos banheiros, apressado. Segundos antes de passarmos pela porta, Katherine Cooper-Bunting entrou, e a única maneira de evitar uma colisão frontal era esticando meus braços para fazê-la parar fisicamente.

— Opa — ela disse e parou.

Seus olhos eram azuis, e eu vi suas pupilas se contraírem.

— Desculpe — eu disse, olhando para um punhado de sardas suaves no seu nariz.

Ela olhou primeiro para mim, obviamente, porque eu estava tocando nela. Então, quando eu a soltei, ela olhou para Teddy, e de repente claramente se ligou quem éramos e disse:

— Ah, oi.

Teddy ficou lá como um idiota, não como um herói em um *crossover* de *fanfic sexy*, e minhas mãos estavam formigando por tocá-la.

— Você é o Teddy, certo? — Katherine Cooper-Bunting perguntou, mas claramente não era uma pergunta de fato. — Nós nunca nos conhecemos oficialmente.

— É Theodore, na verdade, e é, eu sei, é minha mãe... ela gosta de manter o trabalho e a casa separados, mesmo obviamente trabalhando em casa, o que deixa as coisas um pouco complicadas, mas você sabe o que quero dizer.

— Eu sou a Katherine — ela disse.

E Teddy pegou e disse:

— Ah, é? Quer dizer, eu não fazia ideia. Esta é Tilly, a propósito, mas não estamos juntos.

Dei de ombros, e Katherine Cooper-Bunting parecia prestes a dizer algo quando...

— Artistas! Ouçam! — uma voz ressoou pelo corredor, e nós três pulamos. — Em primeiro lugar, quero dar as boas-vindas e agradecer por terem vindo hoje. Para aqueles que não me conhecem, eu sou o Brian, sou o diretor. Também sou ator profissional.

— Só nos sonhos dele... — Katherine Cooper-Bunting sussurrou e bufou baixinho. — Ele não fez nada desde que atuou como o Sapo na turnê nacional de *O vento nos salgueiros* trinta anos atrás.

— Cruel — sussurrei de volta.

Katherine Cooper-Bunting deu de ombros.

— É mais tipo uma verdade trágica. A culpa não é dele. Ele é um ator coadjuvante. É limitado — ela continuou, ainda sussurrando e gesticulando como se estivesse desesperada para que eu entendesse o que estava tentando dizer.

— Por favor, pessoal, venham à minha mesa e escrevam seu nome e contatos, e vou organizar — e quando ele disse "organizar", ele forçou o "r" de um jeito ridículo — todos vocês em ordem alfabética para a audição.

— Não é justo — Teddy disse para nós. — E se eu for o primeiro?

— Talvez agora seja a hora de adotar um nome artístico — sugeri.

— Eu não me importo de ir primeiro — Katherine Cooper-Bunting disse. — Mas você é Booker, não é, e eu sou Cooper-Bunting.

— Ah é? — Teddy perguntou.

— Qual o seu sobrenome? — Katherine Cooper-Bunting me perguntou, e eu fiquei tipo:

— Ah, não, não vou participar. Só estou aqui para dar apoio moral. Por que todos os outros são tão velhos?

Katherine Cooper-Bunting deu de ombros de novo e colocou a bolsa em uma das cadeiras de plástico com cara de gastas.

— Acho que todas as crianças do teatro estão na escola de teatro — ela disse. — E quem mais tem tempo para ensaiar todos os dias durante um mês no meio do dia? As pessoas normais estão trabalhando.

— Bom argumento — eu disse.

— Pessoal! — Brian gritou e bateu palmas três vezes. — Perdemos nosso pianista; então, para aqueles que prepararam uma música, sinto muito, mas vocês terão que fazer isso a cappella hoje. Isso significa desacompanhado.

Olhei para Katherine Cooper-Bunting.

— Não faço teatro musical — ela disse, como se fosse uma abominação.

— O que você quer dizer com "perdemos"? — uma mulher irlandesa de aparência severa encostada no bar isolado por cordas perguntou. — Eu trouxe uma música para você, Brian. Precisamos de um pianista. O que aconteceu com Gordon?

— Achei que você soubesse — Brian disse. — Estava no jornal, Maeve. Gordon morreu.

Teddy agarrou o peito, Katherine Cooper-Bunting olhou para mim e eu olhei para ela, e eu estava tentando não rir, o que era literalmente horrível, porque, coitado do Gordon, mas sabe quando seu corpo tem uma reação histérica a informações inesperadas?

— Não! — Maeve exclamou e fez o sinal da cruz. — Ele esteve no mercado há apenas algumas semanas. O que aconteceu?

— Ah, meu amooooor — Brian disse três vezes mais alto do que o estritamente necessário. — Você vai achar que estou brincando, mas não estou brincando. Ele teve um caso grave de intoxicação alimentar.

— Intoxicação alimentar? — sussurrou Teddy.

— Quem lhe deu intoxicação alimentar? — Maeve gritou, e quando ninguém disse nada, ela berrou: — Bem, ele com certeza não pegou isso de nada que comprou de mim!

— Supõe-se que ele comeu um coquetel de camarão suspeito — Brian informou a ela. — Você sabe que ele sempre comia peixe às sextas-feiras.

— Maldito velho teimoso católico! — Maeve gritou. Ela olhou para os céus, fez o sinal da cruz novamente e correu na direção de Brian para ouvir mais.

— Quem come coquetel de camarão de verdade? — Teddy sussurrou.

— Em um pub — acrescentou Katherine Cooper-Bunting.

— Um já foi — sussurrei. — Coitado do Gordon — acrescentei rapidamente.

— Que maneira estúpida de partir — Katherine Cooper-Bunting disse.

— E tudo porque ele era um bom católico.

— Morte por coquetel de camarão.

— A vida é literalmente tão cruel — eu disse.

Katherine Cooper-Bunting vasculhou sua bolsa enorme. Eu a vi puxar um hidratante labial, abrir a tampa vermelha, espremer uma gota na ponta do dedo e aplicá-la nos lábios.

Eu lambi os meus lábios.

Ela fechou o tubo, jogou o hidratante de volta na bolsa e sorriu para mim.

Engoli em seco. Olhei para as sardas dela novamente.

E então pensei nos futuros filhos deles. As sardas dela e as covinhas do Teddy.

Alerta de coração partido.

Katherine Cooper-Bunting olhou por cima do meu ombro, depois olhou de novo, e franziu o nariz perfeito.

— Só pode ser brincadeira — ela murmurou e estreitou os olhos. Olhei para trás e vi que duas meninas tinham acabado de entrar. — É a Olivia. Ela é a garota-propaganda da escola de teatro. Ela também é minha rival. Por que ela está aqui?

Eu não sabia qual das duas era a Olivia, mas como Katherine Cooper-Bunting havia dito escola de teatro e garota-propaganda, pude mais ou menos supor que ela não estava falando da menina que usava tênis velho, shorts e uma camiseta do Meu Pequeno Pônei, e sim da que gingava com nada além de um top esportivo preto e leggings combinando, que tinha o cabelo perfeito e os cílios postiços mais longos do universo observável.

— Eu não sabia que ela frequentava a biblioteca — Katherine Cooper-Bunting disse.

— A biblioteca? — perguntei e me inclinei um pouco mais para perto dela, só porque eu podia, e olhei para os seus lábios, que ainda brilhavam na luz fluorescente horrível e cheiravam a cereja.

— Achei que o único lugar onde isso era divulgado era a biblioteca — Katherine Cooper-Bunting disse. — Por quê, como você soube disso aqui? — ela perguntou e olhou para mim, e então para Teddy, que estava sorrindo para ela como um cachorrinho idiota em vez de um homem em uma missão que sentia um amor feroz e tinha um grande plano sexual.

— Na verdade, ficamos sabendo com um amigo em comum — Teddy mentiu, finalmente se juntando à conversa. — Que não está aqui hoje — ele continuou. E como ele é péssimo em mentir, eu soube imediatamente que ia exagerar. — Porque morreu — Teddy concluiu.

Katherine Cooper-Bunting e eu olhamos para ele, e ele soltou uma risada nervosa.

— Obviamente estou brincando — ele disse e balançou os braços como se não soubesse o que fazer com eles.

— Isso foi divulgado na biblioteca — Katherine Cooper-Bunting disse. — E eu obviamente queria fazer isso por causa da coisa do West End. E também porque queria fazer teatro de verdade pela primeira vez na minha vida, e não escola de teatro.

Teddy e eu olhamos um para o outro e ele deu de ombros, mas apenas com os olhos.

— Achei que isso fosse só teatro amador — comentei.

— É — Katherine Cooper-Bunting disse, de repente tão surpreendentemente perto do meu rosto que dei um passo para trás. — Mas se você é um lixo não vai conseguir um papel. Não é como na escola de teatro onde todos recebem um papel, mesmo quando você é péssimo, porque seus pais pagaram por isso.

Teddy olhou para ela como se nunca a tivesse visto antes na vida, e eu me perguntei se seu amor feroz estava sendo amansado pela opinião um tanto firme dela sobre algo chato.

— O que foi? — ela perguntou. — Se você quer ser um ator de sucesso, vai ter que se mostrar. E na nossa idade não podemos mais perder tempo.

— Claro, concordo totalmente com você — Teddy disse. — Quero dizer, foi exatamente o que eu disse. Não foi exatamente isso que eu disse, Tills?

— Foi exatamente o que você disse, Theodore — respondi balançando a cabeça para cima e para baixo com vigor. — E é exatamente por isso que estamos aqui, não é? É por isso que vocês dois devem ir e escrever seus nomes, e eu vou encontrar algum lugar para que eu possa apenas ficar sentada e parecer bonita.

— Você sempre é bonita, Matilda — Teddy disse.

Quando ele saiu com Katherine Cooper-Bunting, eu o ouvi dizer:

— Tilly é basicamente minha irmã.

Revirei os olhos para ninguém.

CENA 5

O.k., então sabe como às vezes você vê algo na TV e é tão constrangedor que não dá nem para descrever e você tem que mudar de canal ou sair da sala?

Como as primeiras rodadas do *Britain's Got Talent*. Imagine aquilo, mas pior, porque ninguém fez a edição para torná-lo de alguma forma possível de assistir.

Brian decidiu fazer em ordem alfabética pelos primeiros nomes porque "somos todos amigos aqui, meus amooooores", e um velho chamado Charles cantou uma música chamada "Some Enchanted Evening", e não foi apenas completamente desafinado como também grosseiramente fora de ritmo devido à falta de acompanhamento musical — fato que deixou as próximas pessoas, um casal geriátrico de marido e mulher chamados Thomas e Daniela, mais irritadas do que era estritamente necessário.

Brian ficava dizendo: "Não estou aqui para julgar a maneira como vocês cantam, e sim como vocês interpretam a música", mas acho que todos sabíamos que ele só estava dizendo isso porque não queria que as pessoas o odiassem.

Enfim, Daniela e Thomas ensaiaram a música principal do musical *O fantasma da Ópera*, sabe aquela dramática, tipo, daaaaaaaaaa-da-da-da-daaaaaaaaaa, e eles insistiram que não poderiam cantá-la sem a música, e aí acabaram tocando a música no celular dela e cantando junto enquanto interpretavam a cena.

E que seja dito que nunca senti esse grau de constrangimento vicário antes na vida e, se Teddy tivesse olhado para mim ou respirado na minha direção, eu provavelmente nunca teria parado de rir.

Acho que todo mundo também estava mortificado demais até para rir disfarçadamente e, quando finalmente acabou, Teddy agarrou minha mão e não parou de apertá-la até Brian chamar a próxima pessoa para o palco: Katherine Cooper-Bunting.

O silêncio na sala quando ela subiu ao palco foi eletrizante.

Ou talvez meus ouvidos ainda estivessem zumbindo com *O fantasma da Ópera*.

Ela sacudiu uma mecha de cabelo do rosto, fixou os olhos em Brian e disse:

— Meu nome é Katherine e vou interpretar Lady Macbeth de *Macbeth*.

Teddy agarrou minha mão novamente e apertou-a, mas foi tão sem aviso que dois dos meus ossos bateram um contra o outro.

— Ai — sussurrei, e então *ele* disse para *eu* fazer silêncio.

Uma coisa ficou clara antes mesmo de ela abrir a boca: Katherine Cooper--Bunting não havia saído de casa naquela manhã para superar um amor perdido, ou com cunilíngua em mente, ou para fugir do verdadeiro leito de morte de seu avô chegando.

Ela não tinha vindo nem para se divertir.

Tinha vindo para interpretar Lady Macbeth, e ia fazer isso bem, e ia conseguir um papel no que quer que isso fosse, porque ia fazer "a coisa do West End" e se tornar atriz.

Eu nunca tinha visto esse nível de determinação nem em Emilin, que ganhou, tipo, todas as competições de piano e a única vez que ficou em segundo lugar teve um chilique no metrô, rasgou seu certificado com uma raiva cega e o jogou na frente de um trem quando trocamos de estação.

— Fora, mancha maldita, fora, já disse! — Katherine Cooper-Bunting recitou com uma voz que a envelheceu pelo menos dez anos, e a sala coletivamente se inclinou para a frente em suas cadeiras velhas.

Quando ela terminou, todos aplaudiram, e eu a observei sair do palco e voltar para seu lugar como se não tivesse feito nada, sendo que, apenas momentos antes, acreditei piamente que ela havia matado um homem a sangue frio e tinha perdido a cabeça por causa disso. E sabe como a gente nunca entende nada que ninguém está dizendo quando você lê Shakespeare? Bem, parecia inglês quando ela disse.

Teddy fez um sinal de positivo para ela, e ela fez uma careta engraçada para ele e corou num rubor que eu acompanhei até seu pescoço e peito, e que depois continuou a percorrer meu próprio corpo, e acho que devo ter olhado para ela como uma pessoa sedenta que tinha acabado de encontrar água.

Katherine, pensei e me perguntei se algum dia eu conseguiria chamá-la apenas pelo primeiro nome sem que meu coração saísse do ritmo normal.

— Você está bem? — Teddy perguntou.

Fiz que sim com a cabeça, mas não conseguia olhar para ele.

Em seguida foi uma mulher desafinada que cantou uma música chamada "Three Coins in a Fountain", então foi a mulher irlandesa barulhenta, Maeve, que interpretou a canção de Helena Bonham Carter de *Sweeney Todd* sobre tortas ruins, e apesar de não ter o piano, ela cantou muito bem. Na metade da música, Katherine Cooper-Bunting olhou para nós e sussurrou:

— Ela é açougueira na vida real.

E Teddy e eu dissemos ao mesmo tempo:

— Eca!

Depois foi um cara em que eu tinha reparado quando entramos, mas tinha esquecido dele desde então, principalmente porque achei que ele não estava lá para a audição, achei que era neto de alguém.

Ele parecia ter a nossa idade.

Usava jeans preto justo, apesar do calor infernal, e uma camiseta preta com as mangas cortadas, e seu cabelo era longo, loiro e despenteado.

— Olá — ele disse com um sotaque da Europa Oriental. — Eu sou o Miroslaw, sou polonês e vou interpretar *Lithium*.

E então ele se lançou nesse monólogo que meio que rimava e era sobre uma pessoa que tinha problemas de saúde mental, e era tão incrível, e tão completamente estranho, e por causa de seu sotaque, que não era apenas do Leste Europeu, mas também americano, eu não conseguia entender tudo o que ele estava dizendo, mas não importava, porque tudo estava em seu rosto e na maneira como ele dizia as palavras.

Katherine Cooper-Bunting, que estava sentada uma fileira à nossa frente e à minha direita, levou as mãos ao peito e eu fiquei, tipo, talvez ela realmente seja o par perfeito para Teddy, porque ele sempre foi, tipo, carregado de compaixão, e é por isso que acho que ele se identifica tanto com os Ursinhos Carinhosos.

A menina que Katherine Cooper-Bunting odiava, Olivia, até assobiou para Miroslaw, e acho que ele ficou muito feliz, mas sabe quando as pessoas estão tentando muito não demonstrar e meio que têm que impedir o próprio sorriso?

Olivia foi a próxima.

Ela caminhou com confiança para o palco, encarou Brian e disse:

— Meu nome é Olivia e vou interpretar Lady Macbeth.

Katherine Cooper-Bunting ficou imóvel, e Olivia olhou para ela e riu, e então disse:

— Brincadeira, colega. LOL, bem capaz. Vou cantar alguns compassos de "As Long as You're Mine" do musical *Wicked*.

E por um momento eu estou pensando: *Meu Deus, socorro, isso vai ser muito ruim de novo*, mas foi tudo menos ruim, porque Olivia sabia cantar.

Sabe quando você ouve as pessoas e sabe que elas são profissionais? Tipo, foi insano. Eu nunca tinha ouvido a música antes, mas no final ela fez um floreio elaborado e abriu a boca mesmo e foi simplesmente surpreendente, e mesmo quando ela ainda estava cantando, estávamos literalmente aplaudindo e ovacionando, até mesmo os mais velhos.

Teddy apenas disse:

— Isso aí, quero dizer, foi impecável.

E então ele bateu palmas devagar e acenou com a cabeça até Olivia voltar para o seu lugar.

— Não me admira que ela e sua namorada sejam rivais — sussurrei no ouvido dele.

— Pois é — Teddy sussurrou de volta, ainda olhando para o palco, que agora estava vazio. — Pelo menos elas não vão nos odiar porque literalmente não somos concorrentes. Acho que nem somos da mesma espécie. Comparados a elas nós somos, tipo, plâncton.

Em seguida, tivemos que aguentar um monólogo de um homem chamado Steven, e ele disse que como sua memória não era mais tão boa, ele tinha o monólogo escrito, mas a leitura também não foi muito boa porque, além da memória ruim, a visão de Steven também era ruim e ele não conseguia ler direito.

Então foi a vez de Teddy, e ele agarrou meu braço por um segundo e sua mão estava toda fria e pegajosa.

— Me mate — ele sussurrou.

— Lembre que você está fazendo isso por amor — eu disse, o que obviamente não ajudou em nada porque ele meio que olhou para a parte de trás da cabeça de Katherine Cooper-Bunting e engoliu em seco fazendo um barulho audível.

— Quero dizer para deixar registrado que este é literalmente o pior momento da minha vida — ele disse para mim, e me deu seu celular com o texto do monólogo.

— Grace ficaria tão orgulhosa — eu disse e sorri para ele.

— Eu sei — ele respondeu e seguiu para o palco.

A questão foi que, como todos os membros dele são geralmente desengonçados, isso meio que ajudou a performance, e quando ele esqueceu as falas por duas vezes, só precisei lançar a próxima, ou duas, e ele se colocava de volta nos trilhos; então, considerando tudo, posso dizer que definitivamente poderia ter sido muito pior.

Ele não teve coragem de fazer a coisa da respiração dramática que fez quando ensaiamos no meu quarto, mas foi muito bom de qualquer maneira, e todos aplaudiram, mas não houve assobios.

Teddy se curvou tão dramaticamente que seu nariz quase bateu no joelho e ele saiu do palco como um cachorrinho superanimado.

Brian, então, disse:

— Obrigado, obrigado, obrigado, obrigado a todos. Vou pensar e depois aviso a todos até domingo. Por favor, deem a si mesmos uma grande salva de palmas.

Na saída, Katherine Cooper-Bunting sorriu para Teddy e fez um sinal de positivo para ele, o que o fez literalmente tropeçar nós próprios pés.

Então ela se despediu de mim e tocou meu braço, o que fez meu pulso literalmente tropeçar em si mesmo.

Imaginei Grace enganchando os braços comigo, balançando a cabeça de leve, sussurrando:

— Nem pense nisso.

CENA 6

Grace foi atropelada por um carro quando tínhamos treze anos.

Aconteceu bem no fim da nossa rua. Numa rua que tem lombadas, onde o limite de velocidade é de trinta quilômetros por hora.

Aparentemente, o carro que a atingiu nem estava indo rápido, mas o motorista simplesmente não a viu. Grace estava usando capacete e tudo.

Sempre ficamos na mesma turma na escola, e Grace, Teddy e eu éramos basicamente inseparáveis desde o primeiro dia.

Depois que ela morreu, Teddy me disse que era apaixonado por ela.

Isso partiu meu coração já partido em pedaços ainda menores, e sempre achei que ver o coração de Teddy cicatrizado um dia também cicatrizaria o meu.

Então, sim, eu precisava de Katherine Cooper-Bunting. Pelo Teddy.

Quando cheguei em casa, a cama estava lá.

Era exatamente como eu imaginava: uma monstruosidade pesada com rodinhas e grades semelhantes a gaiolas que podiam ser erguidas para evitar que a pessoa caísse.

Fiquei parada na porta e imaginei como meu avô ficaria nela.

Quando morresse.

Ou quando estivesse quase morrendo.

Eu me perguntava do que ele realmente morreria. Porque o mal de Alzheimer em si obviamente não mata você. Normalmente, a pneumonia é que mata. Ou outras infecções.

Meu maior e mais angustiante medo é que um dia, em um futuro talvez não tão distante, todos estarão no trabalho, e porque "ah, Tilly pode cuidar do vovô, ela não tem vida", eu estarei sozinha com ele quando ele morrer.

Sei que isso soa horrível, mas pelo menos quando minha avó morreu, eu não tive que assistir. É mais fácil perder alguém assim, acho.

Minha avó estava na Escócia, e não nos foi permitido visitá-la por causa da pandemia. E ela estava no hospital, e as pessoas nos hospitais sabem o que fazer quando alguém está morrendo. Mas como *nós* vamos saber o que fazer com uma pessoa morrendo?

E a questão com meu avô é que simplesmente não consigo imaginá-lo morto. Porque tudo nele é majestoso. Ele é como um elefante grande e enorme.

Você já viu um elefante morto? Não na vida real, óbvio, mas em um programa de TV? É a coisa mais triste do mundo. Um cadáver gigante, murcho, deitado no chão no meio do nada.

Entrei no quarto e peguei o controle remoto da cama no travesseiro novinho em folha.

Apertei um dos botões.

O encosto subiu lentamente.

— Aí está você — minha mãe disse. Ela estava carregando lençóis, mas quando viu o que eu estava fazendo, ela os largou. — Tilly, acho que não vamos precisar de toda essa tecnologia por um tempo, então por que você não coloca a cama de volta no lugar por enquanto?

— A maioria das pessoas com Alzheimer morre porque quando comem ou bebem a coisa vai para o buraco errado e eles têm pneumonia. Então se sentar na cama para comer e beber é vital.

— Sim, mas não vamos precisar disso amanhã, Tilly.

— Quando você vai se familiarizar com a cama então, mãe? Quando ele estiver nela e não puder mais sair?

Minha mãe me ignorou.

— Vamos abaixar todas essas grades também — ela disse, e sua mãozinha ossuda começou a puxar o metal, mas ele não cedeu, claro, porque esse era o objetivo das grades.

— Você tem que soltar a tranca deslizante embaixo — eu disse. Ela tateou procurando a tranca e pude ver que suas mãos tremiam.

— Mãe, vamos lá. Aqui, deixe que eu faço — eu disse e fiz. — Odeio este quarto. Parece nojento, tipo, estéril. Como em um hospital.

— Tilly, agora não tem outro jeito, certo? — minha mãe disse e colocou o travesseiro na fronha de uma maneira muito complicada. — Quando seu avô chegar aqui com todas as coisas dele poderemos decorar. Mas não sei o que ele vai querer aqui, então realmente não posso fazer nada sobre isso.

— Só não entendo por que ele não pode ter uma cama normal por enquanto. Quer dizer, você acabou de dizer que ele não vai precisar disso agora. É como... ele vai olhar pra isso e vai saber que vai morrer nela.

Minha mãe levou a mão ao nariz.

— O que *você* ia achar disso? — continuei falando porque eu sabia que ela queria que eu parasse e fosse embora. — Se meu pai tivesse morrido e você tivesse que sair da sua casa e se mudar para este quartinho com uma cama de controle remoto? Ele sabe que está perdendo a cabeça, o que já deve ser uma droga, mas imagine ser lembrado disso a cada segundo de cada dia com essa cama horrível de UTI. É cruel, mãe.

Ela simplesmente olhou para mim.

— Esta é a cama que eles recomendaram. E todos concordamos em fazer isso. Você também concordou, Tilly, lembra?

Eu a deixei lá sacudindo o lençol, sendo toda superagressiva, e fui para o meu quarto.

É engraçado, na verdade, como durante o auge da pandemia de covid estávamos preocupados com meu avô porque ele é velho e tem Alzheimer. Mas aí minha avó pegou covid, mesmo sendo quinze anos mais nova que ele e com a saúde ótima. Ela ficou tão mal tão rápido que morreu em apenas uma semana. Nenhum de nós, incluindo meu avô, conseguiu falar com ela novamente. E não pudemos nem ir ao funeral, porque foi na Escócia. Só Emilin foi.

A questão com o Alzheimer do meu avô é que ele precisa de medicação regularmente, e é óbvio que quando você tem Alzheimer é bem provável que não vai se lembrar disso, então ele precisou de uma enfermeira que ia visitá-lo todos os dias, mas ficou claro que ele literalmente não conseguia fazer nada sozinho, em primeiro lugar porque ele nunca teve que fazer nada sozinho, pois minha avó sempre fez tudo. Na verdade, minha avó sempre fez tudo por todos nós, e porque sabíamos que ela nos assombraria do além se tivéssemos jogado meu avô em um lar para idosos, decidimos em família que ele deveria vir morar conosco.

Ele não estava feliz, porque não queria deixar nem sua casa nem Edimburgo, então foram ligações, ligações, ligações, ou chamadas pelo Zoom com a Emilin lá, e toda vez alguém acabava gritando ou chorando, ou as duas coisas.

Uma noite meu pai estava literalmente chorando e dizendo ao meu avô que ele nunca se perdoaria por não ter infringido as regras e dirigido até Edimburgo quando minha avó estava começando a se sentir mal, e como meu avô deveria deixar de ser um velho teimoso; além disso, ele poderia ir para o trabalho com meu pai sempre que quisesse, o que seria muito melhor do que ficar sentado "sozinho na maldita e congelante Edimburgo", o que "vai fazer você perder a maldita cabeça ainda mais rápido, pai!".

Ah, sim, para sua informação, meu avô também é músico.

Pianista.

Como Emilin.

Ela é a favorita dele.

Chocante.

Eu temia o dia da chegada do meu avô desde o momento em que concordamos que ele deveria se mudar para cá. Eu sentia uma pressão constante e desagradável na barriga que sabia que nunca passaria, e a única coisa que a tornava suportável era o fato de que o dia de sua chegada não era naquele dia.

Mas agora quase era.

— Tilly — minha mãe disse, aparecendo na porta. — Quando Emilin trouxer seu avô pra cá, o namorado dela também vem.

— O oboé? Chato.

— Você se importaria de dormir no quarto de Emilin enquanto eles estiverem aqui? Ela só tem a cama de solteiro.

— Eca! Não quero que eles transem na minha cama.

— Tilly! — minha mãe exclamou, sua expressão indo do neutro usual para instantaneamente superirritada.

Ela nunca fala sobre sexo, sabe, fora "o único jeito de ter o ritmo certo é dormindo com o maestro", a história mais hilária, ha-ha-ha, e é por isso que trago o assunto à tona sempre que possível.

— De jeito nenhum, mãe. Vão ter manchas sexuais de outras pessoas no meu lençol. Nojento. Todos esses fluidos.

— Eles podem trocar o lençol — ela disse, ignorando meu comentário, mas se contraindo quando eu disse "fluidos", o que me deixou satisfeita.

Mas então peguei e falei:

— Por que eu sempre tenho que abandonar tudo por outras pessoas? Ela poderia ter tido uma cama maior, mas ela quis aquele piano elétrico estupidamente gigante no quarto dela. Eu escolhi ter uma cama boa e grande. Não é justo.

— Emilin nem mora mais aqui.

— Exatamente! Eu moro aqui e quero poder dormir na minha própria cama.

— Eles vão ficar uma noite. E eles vão trazer todas as coisas do seu avô, incluindo o seu avô, de carro de Edimburgo. Sinceramente, não estou pedindo que você...

— Tudo bem — eu disse, só que eu não disse, eu meio que lati.

— Jesus Cristo, Tilly — ela disse, agora bem ressentida.

Eu a ouvi descer as escadas e quando soube que ela não podia mais me ouvir enfiei o travesseiro no rosto e gritei até não sentir nada além das minhas cordas vocais prestes a estourar.

Daí peguei meu celular e busquei um site de *fanfic*.

Fucei um pouco tentando decidir em qual nave lésbica fictícia deveria embarcar, mas literalmente não conseguia pensar em uma, e quando olhei para os casais em geral, descobri que havia muitas opções. Sabe, como quando você vai em um bufê e como tem muito de tudo você literalmente perde a fome?

Então pensei em Katherine Cooper-Bunting deitada em uma mesa, nua e sorrindo dizendo: "Boa noite, Tilly".

Eu me sacudi, peguei o celular e mandei uma mensagem para Teddy.

Como vai sua pesquisa sobre o tema: quem goza primeiro no sexo lésbico?

Fico satisfeito que você tenha perguntado, Matilda.
Porque tenho uma resposta para você.

?

Parece que a pessoa que começa é a que goza por último.

Entendi.

De nada.

Deixei o celular escorregar da mão e cair no chão, aí imediatamente o peguei de novo para poder encontrar Katherine Cooper-Bunting nas mídias sociais.

Digitei o nome dela no Instagram.

A foto dela apareceu no mesmo instante, e tudo o que eu queria era uma ficção picante e suada baseada na vida real com Tilly Taylor e Katherine Cooper-Bunting, em que eu faço as honras da casa.

Daí imaginei Grace encostada na minha porta olhando para mim.

E a coisa mais estranha foi que ela de repente não parecia mais ter treze anos.

Ela se parecia conosco agora. Com dezesseis anos. E estava balançando a cabeça para mim.

CENA 7

Sabe aquelas pessoas que têm cara de cu?

É minha irmã, Emilin, e é por isso que ela me irritou absurdamente mesmo antes de sair da van e falar alguma coisa com alguém.

O oboé tinha ligado quando faltavam quinze minutos para eles chegarem, e minha mãe, meu pai e eu corremos para fora para localizar e reservar uma vaga de estacionamento.

Pessoas normais acenariam ou algo assim, não é mesmo, mas Emilin nem sequer nos agradeceu direito, estava toda séria e passivo-agressiva fazendo baliza. Tudo bem, a van era grande, e ela estava dirigindo desde, tipo, seis da manhã, mas ainda assim, qual o problema dela?

Além disso, eu não a via pessoalmente há, literalmente, anos, e ela me abraçou quando saiu? Não.

Ela não abraçou nem minha mãe nem meu pai.

Assim que ela abriu a porta da van, já foi falando tipo: "Ajudem o vovô a descer, pessoal, esta é a bolsa dele com a medicação, esta é a pasta com todos os seus documentos", blá-blá-blá, sabe, tudo com extrema urgência, como se ela fosse a primeira paramédica chegando ao local de um acidente horrível, em vez de uma pessoa que é a irmã/filha das pessoas que estão na rua e cujo trabalho é apenas tocar o piano estúpido.

Viu, essa é uma das razões pelas quais Teddy e eu juramos nunca namorar pessoas artísticas. A arrogância delas é tão inacreditável que você vai ser sempre só o segundo melhor. E ser o segundo melhor é literalmente a coisa mais frustrante que você pode se permitir se tornar.

A menos que você seja como minha avó, que era bastante confiante para não dar a mínima e que afagava graciosamente os egos deles porque sabia que eles eram basicamente idiotas.

Todos nos alinhamos para cumprimentar meu avô, e quando chegou a minha vez de abraçá-lo fiquei chocada com sua aparência envelhecida.

Tipo, ele estava desmoronando sobre si mesmo. Estava esquelético, e sua caixa torácica estava visível de um jeito bizarro através de sua bela camisa. Ele também tinha derramado chá ou café e, no passado, ele teria trocado de camisa imediatamente, mas no presente talvez nem tivesse notado.

Engoli um grande nó na garganta e o abracei.

Ele tinha o cheiro de uma pessoa velha, gasta e triste.

— Vamos acomodá-lo, vô, e pegar uma boa xícara de chá — Emilin disse e o puxou para longe.

Nós os seguimos e deixamos o oboé para começar a descarregar a van, e quando estávamos dentro de casa, Emilin pegou e falou: "Você precisa ir ao banheiro, vô?", e meu avô não disse nada, apenas olhou para ela como se ela não fosse mais a sua favorita.

— Olha, é bem aqui — Emilin disse, ignorando completamente o desconforto dele, abrindo a porta do banheiro minúsculo do andar de baixo e puxando a corda para acender a luz. — Não precisa trancar a porta, vou ficar de olho — ela disse e ficou lá.

O restante de nós simplesmente congelou.

Veja bem, não somos uma dessas famílias que falam sobre suas funções corporais. Tipo, nunca.

Quando menstruei, minha mãe ficou toda estranha e sussurrando para mim sobre absorventes externos e internos por cinco minutos excruciantes, chamando de "Chico", e então ela literalmente nunca mais tocou no assunto.

A partir de então, o estoque de absorventes externos e internos estava sempre abastecido como que por mágica, e como minha mãe não acreditava em dor física, se recusava a acreditar quando eu falava para ela sobre cólicas, e porque literalmente nunca houve nenhuma reação da parte dela, acabei parando de falar sobre esse aspecto da minha vida.

E agora nós todos tínhamos testemunhado comunitariamente meu avô sendo levado ao banheiro, e senti uma agonia emocional completa por causa disso, mas obviamente não fui a única porque, em uma típica reação de lutar ou fugir, todo mundo se dispersou muito rápido. Ouvir alguém no banheiro era a pior coisa que poderia acontecer conosco, tanto individualmente quanto em grupo, e três segundos depois eu estava dizendo oi para o oboé e carregando uma caixa gigante para dentro que estava rotulada com "PARTITURA". Porque se havia uma coisa que precisávamos em nossa casa era de mais partituras. Brincadeira. Óbvio.

O oboé me seguiu com uma caixa de CDs.

— Pra onde vai tudo isso? — gritei.

— Coloque na sala de estar por enquanto — minha mãe gritou de volta.

No caminho de volta para pegar outra caixa, encontrei meu avô, que acabava de sair do banheiro, e ele disse: "Posso ajudar?", e eu fiquei tipo: "Não, por que você não se senta?", e então ele disse: "Obrigado, Sarah", que era o nome da minha avó, e não sei por que não o corrigi.

O jantar foi tão doloroso quanto todo o resto.

Não comi o cordeiro porque teve uma noite em que, sem motivo nenhum, senti tanta pena de cada criatura com dor que sinceramente não podia me forçar a comer outro pedaço de qualquer coisa que já tivesse vivido. Minha mãe que, na melhor das hipóteses, tinha zero emoção sobre comida, me acusou de pensar demais, e quando comi um pedaço de uma bisteca de porco, a imagem mental de um porco com lágrimas escorrendo por suas bochechas rosadas e um pouco sujas surgiu em minha mente, e eu me engasguei de verdade. Meu pai então gritou comigo por ser histérica, e eu gritei com ele falando sobre os olhos tristes do porco, e então subi correndo para o meu quarto e chorei.

— Você pode me passar o molho de hortelã, por favor? — perguntei e despejei-o por cima das batatas e misturei tudo, o que acabou ficando muito nojento, mas comi mesmo assim, enquanto Emilin nos deu uma palestra de quarenta e cinco minutos sobre os remédios do meu avô.

Teve um momento em que ele ficou todo agitado porque não conseguia cortar a carne, então Emilin cortou para ele sem fazer nenhum comentário, e eu observei minha mãe vendo a cena, e observei meu pai tentando não ver, e só pensei: *isso não vai dar certo.*

Depois do jantar, Emilin levou meu avô ao banheiro novamente e, quando eles voltaram, ela o fez se sentar no banco do piano e puxou uma cadeira para ela.

Ela abriu umas partituras, e quando me dei conta eles estavam tocando juntos.

Como era possível?

Como pode uma pessoa não ter a capacidade de usar uma faca e um garfo e menos de vinte minutos depois tocar uma peça de Mozart a quatro mãos?

Quero dizer, eu obviamente tinha lido sobre isso, mas ver acontecendo na vida real tornou o fato real, e foi assustador, e eu odiei isso.

Fui para a cama cedo porque não conseguia mais estar no mesmo cômodo com mais ninguém, mas quem consegue dormir às nove, ainda mais no meio do verão?

Eu estava deitada lá, na cama estúpida e minúscula de Emilin, olhando para o teto, pensando que é muito legal aceitar um parente idoso em casa, mas o fato é que minha mãe e meu pai não gostavam de cuidar nem das próprias filhas, então por que acharam que cuidar do meu avô era algo que iam conseguir fazer? Precisava fazer xixi e fiquei dez minutos ouvindo para ter certeza de que não cruzaria com ninguém. Abri a porta sem fazer barulho e fui na ponta dos pés para o banheiro, mas Emilin deve ter tido a mesma ideia e acabamos nos encontrando no corredor estreito de um jeito superestranho.

— Vai — ela sussurrou.

— Não, vai você — sussurrei de volta.

— Puta merda, Tilly, vai logo.

— Não, vai você.

— Por que você tem que ser tão difícil o tempo todo?

— Você não sabe se estou sendo difícil, você nunca está aqui. Na verdade, estou sendo extremamente generosa.

Ela olhou para mim de um jeito irritante.

— É na *minha* cama que você provavelmente está prestes a transar, ou já transou, e de nada.

— Você é tão criança, sinceramente — Emilin sibilou.

— Vá se foder — eu disse e fui para a porta do banheiro, mas ela me parou puxando meu braço.

— Ai!

— Não doeu.

— Doeu sim.

— Tilly, me escute — ela disse, e claramente o assunto não era mais ela transar na minha cama. — Você precisa ficar de olho nas coisas aqui.

— O quê?

Ela chegou muito perto do meu espaço pessoal, e eu estava lançando um olhar um pouco ameaçador para ela, e me perguntei qual de nós duas era a mais bonita atualmente.

— Você precisa ficar de olho no vô, de verdade — ela sussurrou.

— Como é que vou fazer isso? Eu tenho a escola.

— Agora você está de férias. E você não está fazendo porra nenhuma, como de costume.

— Você não sabe. Você por acaso me perguntou? Não, claro que não, porque tudo o que você fez desde que chegou foi falar sobre você e nos dar palestra sobre o vô.

— Talvez se você abrisse a boca de vez em quando e participasse da conversa, em vez de fugir e se trancar no quarto, eu não tivesse que perguntar.

— Ninguém se importa com o que eu tenho para dizer. Você nunca se importou. Eu não sou uma de vocês.

— Do que você está falando? A gente se importa. Mas você não se importa com nada. Você só fica lá sentada e emburrada, ou tenta irritar a mãe. A única pessoa com quem você realmente conversa hoje em dia é com o Teddy. Isso não é saudável, Tills.

— Vá se foder.

— Eu sei que você sente falta da Grace, todos nós sentimos…

— Você não sabe de nada — eu disse, porque ela não sabia. — E por que sou eu que tenho que ficar de olho no vô? Não sou cuidadora dele. Eles precisam arranjar um cuidador pra ele.

— E quando nós éramos pequenas, eles deveriam ter nos arranjado uma babá, mas não. Em vez disso, tínhamos que dormir na casa do Teddy, ou eles nos enviavam pra Edimburgo sempre que podiam.

— Não é a mesma coisa.

— Claro que é. A vó foi a mãe que nossa mãe nunca pôde ser para nós e, Tilly, nós devemos isso a ela, cuidar do marido dela agora.

— Mas…

— Só ponha a mão na massa. Todo mundo sabe que você não é fã de trabalhar duro, mas você consegue ficar de olho no vô. Não é grande coisa. Você só precisa garantir que ele coma, beba, vá ao banheiro com frequência, tome os remédios e não fique perambulando por aí. Nem dá pra chamar isso de uma tarefa.

— Se não é uma tarefa tão difícil, então por que você não cancela os recitais turísticos de verão idiotas na hora do almoço, que ninguém nem sequer paga pra você de qualquer forma, e fica aqui?

— Porque assumi compromissos.

— Só com você.

— Por que você sempre tem que ser tão hostil?

— Por que você sempre tem que ser tão condescendente? Não é meu trabalho cuidar do vô. Não sei como fazer isso. E morro de medo de que ele morra.

— Ele não vai morrer — Emilin disse, e olhou para mim do jeito que meu pai tinha olhado para mim depois do incidente da bisteca de porco.

— Todos nós vamos morrer — eu disse, empurrando-a para passar por ela e entrar no banheiro.

Fiz xixi e decidi escovar os dentes de novo, e levei um tempão de propósito, porque queria irritá-la. Mas quando saí, tipo, uns dez minutos depois, ela não estava mais lá.

Entrei no quarto dela, deitei na cama minúscula e peguei o celular.

Antes que eu pudesse perceber, estava de volta ao Insta olhando para uma foto de Katherine Cooper-Bunting.

Fiz uma captura de tela, cortei e salvei no celular.

CENA 8

Não falei mais com Emilin antes de eles irem embora, só fiquei no meio-fio, sem acenar, ainda possessa por ela ter tentado me convencer a tomar conta da Operação Vô e depois ridicularizar meu medo.

Assim que a van deles entrou na estrada principal, fui para o jardim, onde Teddy estava me esperando nos rododendros.

Eu tinha soltado do poste com sucesso a parte de trás da cerca para poder me esgueirar por ela e encontrar Teddy no jardim deles no meio dos arbustos gigantes.

Quando transpus os galhos externos — era difícil entrar com eles agora em plena floração —, um avião de papel me atingiu na cabeça e caiu.

— Ai!

— Como está seu vô?

Dei de ombros.

— Dê uma olhada no papel — Teddy disse e acenou com a cabeça para o avião caído. — Entendeu? Papel-planador?

— Você é tão hilário — eu disse. Peguei o papel e comecei a desdobrá-lo. — O que é isso?

— Fui à biblioteca e felizmente ainda estava aberta.

— Onde é que fica a biblioteca mesmo? — perguntei e fui imediatamente cativada pela foto do rosto embaçado e marrom de um Brian muito, muito mais jovem.

— Bem, tem uma meio longe daqui e eu fui lá, mas eles não tinham, então procurei no Google, encontrei a biblioteca em Clapham e ta-dáaaaa.

— *A vingança do Cupido*? — li e olhei para ele. — "Uma noite celebrando as canções favoritas do teatro e palavras de amor." Bem, pelo menos você acertou na mosca com o seu questionável monólogo "você sempre vai vir em primeiro lugar".

— Continue lendo, o pior ainda está por vir.

— "Uma noite para homenagear meu querido marido, Malcolm." Meu Deus, ele morreu...

— Continue lendo.

— "Ao lado da Acting for Others, uma instituição de caridade que fornece apoio financeiro e emocional a todos os trabalhadores do teatro em momentos de necessidade." Bem, isso é legal.

— Continua.

— "Com uma apresentação de gala no Criterion Theatre em 29 de agosto." Meu Deus! É para isso que você fez o teste? Seus pais vão ficar tão orgulhosos — eu disse e olhei para ele.

— Não posso ir em frente com isso, Tills — ele disse e agitou os braços de um jeito ridículo. — É completamente absurdo pensar que vou estar no palco de um teatro do West End. Eu só fiz o teste de brincadeira. E uma coisa é se apresentar em um clube podre na frente de um monte de velhinhos e, sei lá, do Sr. e da Sra. Cooper-Bunting, mas isso é inaceitável.

— Sejamos justos, você não fez o teste de brincadeira.

— Tudo bem — ele disse e coçou a cabeça. — Mas eu definitivamente não fui lá pra fazer minha estreia no West End.

— Então, e agora?

— Então agora estou esperando por um sinal do Universo. Se eu não entrar, serei poupado da humilhação total de ter que me apresentar na frente das pessoas, mas minha vida amorosa mais uma vez vai terminar antes mesmo de começar. E se eu entrar, vou ter que me perguntar se o meu amor por Katherine Cooper-Bunting é maior do que o meu medo da humilhação.

— Creio que você merecia isso.

— Mas provavelmente não vou entrar — ele continuou.

— Odeio te dizer, mas você provavelmente vai entrar.

— Só porque eu era o único cara com menos de sessenta anos?

— Você não era o único cara com menos de sessenta anos, tinha aquele cara Miroslaw.

— Ele foi intenso. Ele também era muito bonito? Você viu que olhos lindos?

— Uma combinação fatal com o charme rústico do Leste Europeu. Mas o seu monólogo foi realmente muito bom.

— Obrigado. Mas talvez eu não faça parte da visão criativa de Brian.

— O homem tem uma noite reservada — eu disse apontando para o folheto. — E duvido que ele esteja morrendo de vontade de colocar o Fantasma da Ópera de setenta anos nessa noite. Daaaa-dadadadaaaaaaaaaaaaaaa — cantei. — E essa música meio que faz apologia ao...

— Estupro?

— Não diga estupro.

— Cara mascarado assustador sequestra jovem e a leva para seu esconderijo subterrâneo onde ela é confrontada com uma boneca dela mesma em tamanho real em um vestido de noiva. A gente tinha, tipo, uns dez anos quando fomos todos juntos ver isso?

— Eca, sim. Embora eu tenha que admitir que não entendi muito bem como tudo isso era esquisito naquela época. Adorei os figurinos e o cenário. E a mulher que interpretou Christine.

— Minha mãe e meu pai iam literalmente enlouquecer se eu dissesse: "Por favor, compareçam ao Criterion Theatre no dia 29 de agosto para testemunhar minha estreia no West End".

— Aí eu vou ser a única ovelha negra.

— Eu te disse para fazer o teste.

— Eu não quero ser atriz. Além disso, aposto que nossos pais desprezam atores. Sabe, a coisa do papagaio e de atores não terem uma habilidade real. Quero dizer, *nós* desprezamos atores. E além disso eu não gostaria que minha mãe e meu pai dessem bola para mim só porque vou subir em um palco.

— Ai — ele disse e agarrou o peito. — Isso doeu.

— Desculpe, não foi essa a intenção.

— Tudo bem. Mas imagine. No Criterion. Imagine eu recebendo aplausos com Katherine.

— É só Katherine agora, né? — perguntei olhando para o rosto jovem demais de Brian novamente, e de volta para Teddy. — Acho que você já decidiu fazer isso.

Ele agarrou o peito de um jeito dramático de novo e disse:

— Meu coração leal.

Eu já podia imaginá-los juntos, Teddy e Katherine Cooper-Bunting, de pé em um único feixe de holofotes em um palco vazio andando lentamente um em direção ao outro, depois se beijando, mas não, tipo, como amigos, mas indo um ao outro com a boca aberta, e a plateia irrompendo em aplausos estrondosos.

Lambi os lábios, olhei para o folheto, dobrei-o de volta no formato de um avião e o joguei em Teddy.

— Boa sorte com tudo — eu disse e me virei para ir embora.

— Espere. O que você acha que eu devia fazer?

— Você claramente já se comprometeu mentalmente com Katherine Cooper-Bunting, ou devo dizer *Katherine* — e eu meio que disse o nome dela com uma voz superofegante.

— Ei — ele disse. — Você está irritada comigo ou algo assim?

Sim, pensei e olhei para ele.

— Não — respondi. — Só tem muita coisa acontecendo no momento.

Quando saí rastejando cuidadosamente dos rododendros e voltei para a cerca e para a tarde quente, me senti muito esquisita. Como se eu fosse uma estranha em meu próprio cérebro ou algo assim, e aí quando entrei em casa também foi esquisito, com as coisas do meu avô ainda em caixas por toda parte, e ele sentado no sofá, apenas olhando para a frente, como alguém que estivesse esperando que o tempo o dissolvesse em nada.

Subi para o meu quarto, abri a janela, fechei a porta, fechei as cortinas e deitei na cama.

Acho que não mexi um único músculo até minha mãe me pedir para acompanhá-la até o supermercado enorme no shopping horas mais tarde.

Ela pegou e disse: "Podemos comprar algumas coisas no atacado", que era algo que nunca fizemos. Tipo, nunca. Nós três geralmente fazemos compras aos poucos. Às vezes recebemos entregas, mas meu pai tem que fazer o pedido, porque minha mãe é péssima com comida. Ela não sabe como comprá-la, prepará-la ou consumi-la. Principalmente porque passou a maior parte da vida sem comer como uma pessoa normal, porque era literalmente seu trabalho, durante décadas, comer apenas o mínimo de grupos de alimentos selecionados para se manter viva, leve como uma pena e ao mesmo tempo forte como um boi e mais flexível do que um elástico.

Não estou dizendo que todos os dançarinos têm uma relação questionável com a comida, mas minha mãe certamente tem. Ela não entende coisas como promoções de vários pacotes, ou compre dois leve um, e assim por diante, é por isso que a ida ao supermercado foi extremamente atípica.

Então, quando chegamos lá, ela literalmente não sabia o que fazer.

Em vez de um saco de batatas, ela estava colocando, tipo, umas oito batatas avulsas no carrinho. Idem com as quatro cenouras. Quatro maçãs. Aí ela começou a ficar muito doida e começou a jogar todo tipo de merda aleatória no carrinho que não fazia nenhum sentido coletivamente, e quando pegou dois kiwis, um limão, um alho-poró e um maço de coentro, eu falei: "O que você está fazendo?", e ela disse: "Seu avô precisa ter uma dieta saudável".

— Todo mundo precisa ter uma dieta saudável. Mas ela tem que ser comestível.

Ela olhou para as bananas que estava segurando como se fosse começar a ter uma conversa com elas, então eu as peguei depressa e as coloquei no carrinho antes que ela mudasse de ideia.

— Emilin disse que temos que preparar todas as refeições para ele — eu menti. Não sei por quê. Acho que queria assustá-la.

— Vamos nos revezar para cozinhar. Vai dar tudo certo — minha mãe disse. Mas sabe quando você sabe que eles estão errados? — E nas sextas-feiras vamos pegar peixe com batatas fritas. Sei que ele e a Sarah costumavam fazer isso.

— Ótimo, problema resolvido — eu disse, mas baixinho.

Passamos pelo corredor de laticínios, depois examinamos atentamente o corredor de cereais matinais, um lugar onde minha mãe claramente nunca tinha estado porque seu rosto estava todo contorcido. Ela olhou tudo muito agitada, e então escolheu um cereal integral.

Peguei Sucrilhos para mim. Isso é outra coisa, quando seus pais não entendem nada de comida, eles realmente não se importam com o que você faz com relação a isso também.

Quando achei que tínhamos terminado, minha mãe foi para o corredor de produtos de higiene pessoal, e eu fiquei, tipo, por favor, me diga que ela vai comprar absorvente interno na minha frente pela primeira vez na vida, mas sabe quando dizem que você deve ter cuidado com o que deseja? Bem, ela não estava atrás de absorvente afinal de contas, ela foi para a seção de fraldas geriátricas e disse:

— Emilin falou que a enfermeira disse que ele deveria usar uma à noite. Só por precaução.

Olhei para minha mãe, que olhou para mim, e imaginei toda essa cena na minha cabeça: o meu avô, a pessoa mais digna que eu conhecia, molhando a cama. E não é que eu fiquei desanimada com a perspectiva de ter que trocar lençóis manchados de xixi, mas com a possibilidade de que seria para mim que ele teria que contar, e então me perguntei se isso seria pior do que encontrar uma fralda geriátrica de verdade no lixo.

Não sei o que minha mãe estava pensando naquele momento, mas de repente senti um pânico ardente crescendo dentro de mim, e eu não sabia o que fazer, então só fiquei lá e vi minha mãe colocar o pacote no carrinho com sua mão ossuda, mas ainda assim elegante, e quase fiquei com pena dela.

Não dissemos uma única palavra durante todo o trajeto de volta.

A situação da fralda geriátrica foi tratada da mesma maneira que a chegada da minha menstruação: tudo em segredo e escondido, e basicamente completamente inaceitável para os padrões das pessoas normais.

Minha mãe fez meu pai levar o vô para o banheiro ("Ele é seu pai, Roger, não meu!"), e meu pai sussurrou para ele pelo que devem ter sido os piores trinta segundos de suas vidas.

Terminou com uma porta batida, e então não vi mais o meu vô pelo resto da noite.

Enviei uma mensagem ao Teddy sobre isso e ele me ligou pelo WhatsApp imediatamente.

— Isso é intenso — ele disse.

— Eu sei.

— Imagine ter que fazer isso para os seus pais um dia.

— Prefiro fazer isso para estranhos.

— Também. Que coisa doida, né?

— Total.

— A propósito, eu entrei. *A vingança do Cupido.*

— Bem, a vingança do cupido, de fato. Tudo o que você queria era levar a Katherine Cooper-Bunting no papo, e agora vai ter que fazer bem mais que isso.

Achei que ele iria pelo menos rir da minha tentativa infame de piada, mas ele não disse nada.

— O que foi? — perguntei.

— Por favor, Tilly, eu sei que tem muita coisa acontecendo, e desculpe por ficar falando disso o tempo todo, mas você pode só vir para a coisa? Você sabe como eu sou péssimo para memorizar as coisas, e você pode ser minha pessoa do roteiro ou algo do tipo.

— E assim, do nada, todos os meus sonhos foram realizados — eu disse para ele e me olhei no espelho do meu quarto. Minhas sobrancelhas estavam enormes, então peguei a pinça.

— Não, escute — Teddy disse. — Estive pensando sobre o que você disse. Sobre ter uma noite reservada. E a menos que Brian só tenha aquela menina Olivia e Katherine, e talvez o cara polonês, e aquela mulher açougueira, e aquele velho que cantou sobre a noite encantada, vai ser meio que uma merda, né? Mas não só uma merda-merda, mas uma merda-vergonhosa. E eu preciso que você esteja lá para testemunhar isso.

— Seria uma coisa tão frustrante pra se fazer — eu disse, e arranquei um fio muito comprido da sobrancelha bem devagar, o que doeu tanto que meus olhos lacrimejaram. — Como se eu não tivesse vida ou algo assim, e nada para fazer além de ver você e um bando de esquisitos fingindo ser pessoas que não são.

— É de segunda a sexta-feira, do meio-dia às quatro. O que mais você tem para fazer?

— Tenho coisas pra fazer — eu disse, e arrancar a sobrancelha me fez espirrar.

— Saúde.

— Obrigada. Por que você quer tanto que eu esteja lá? Não vou te ajudar com a Katherine Cooper-Bunting, Teds. Já vou te dizendo.

— Eu preciso de você! — ele gritou.

— É você quem gosta dela, não eu — menti, largando a pinça e me jogando na cama.

— Não sei como falar com ela.

— Por que não?

— Porque sou um idiota. Qual é, Tilly. Você é mulher, você pode ajudar.

— Sou uma mulher que gosta de mulheres — eu disse para ele, porque obviamente não ia dizer a verdade, que era que eu não conseguia parar de fantasiar sobre ela. — O que significa que sou tão esquisita com elas quanto você. Talvez você precise encontrar outra melhor amiga mulher — sugeri. — Uma que seja hétero.

— Onde está Grace quando você precisa dela?

— Bem, não, porque você amava ela. Ela não te ajudaria muito com isso.

— É tudo culpa dela, sério — Teddy disse, e acho que ele estava sorrindo.

— Maldita Grace. Morreu e nos abandonou.

— Foi literalmente uma grosseria. Venha comigo amanhã! — ele implorou. — Você sabe que quer.

— Na verdade, não quero, não — menti.

— Pensa até amanhã?

— Talvez. Tchau — eu disse e desliguei.

Dois segundos depois, meu celular apitou.

Encontro você lá fora às 11:15, Teddy escreveu.

Claro que eu queria ir com ele.

Era cem por cento de certeza que Katherine Cooper-Bunting estaria lá, o que significava que eu poderia pelo menos olhar para ela. Tipo quando você é criança e vai à loja chique de bolos e seu pai fica tipo: "Você pode olhar, mas não pode encostar em nada".

— A vida é tão injusta — eu disse para o teto.

Tive uns sonhos estranhos naquela noite com minha mãe e Emilin e menstruação, e minha avó voltando dos mortos, e aí sonhei com Teddy e Katherine Cooper-Bunting se amassando nos rododendros, mas do nada eu estava literalmente cara a cara com o mamilo de Katherine Cooper-Bunting, que foi o que finalmente me arrancou do meu estupor meio acordada, meio dormindo, às três da manhã.

Respirei fundo, me deitei de novo e fechei os olhos.

Eu ainda estava meio excitada, meio perturbada, e não conseguia voltar a dormir, e então me perguntei se seria muito errado me masturbar agora, porque, sim, um bom orgasmo provavelmente me faria dormir de novo, mas, por outro lado, você não pode se masturbar quando está pensando em uma pessoa real, pode?

Mas você sabe o que acontece quando pensa em não se masturbar...

CENA 9

Tudo bem, admito que provavelmente foi o orgasmo da madrugada seguido por uma contemplação de Katherine Cooper-Bunting enquanto eu estava colocando leite sobre meu Sucrilhos no café da manhã que me fez dizer aos meus pais que eu ia participar dos ensaios para uma "coisa tipo cabaré West End" com Teddy num futuro próximo.

Eu obviamente também sabia que isso faria com que eles tivessem que pensar na organização com relação ao meu avô, e eu podia ver as engrenagens girando na cabeça de minha mãe, e antes que ela pudesse vir com o óbvio, que era tornar isso meu problema de novo dizendo algo tipo: "Mas e o seu avô?", eu disse a eles que o cabaré estava arrecadando dinheiro para o Acting for Others, e foi quando meu pai olhou para minha mãe, e ambos olharam para mim e disseram: "Essa é uma grande causa. Parabéns, Tilly".

Meu pai até cantarolou *Land of Hope and Glory*, e meu avô, que estava sentado ao piano na hora, começou a tocá-la, e como todas as janelas estavam abertas provavelmente era possível ouvi-la de longe. *Por favor, Deus, não permita que todos na nossa rua pensem que somos conservadores.*

Teddy abriu um sorriso de orelha a orelha quando me viu andando em direção ao ponto de ônibus. "Cala a boca", eu disse, e então ele me abraçou, enfiou a língua na minha orelha e eu falei: "Sai daqui!".

— Boa tarde, senhoras e senhores, e uma recepção calorosa à *Vingança do Cupido*.

Brian sorriu para todos nós de cima do palco minúsculo do clube de Clapham e a sala irrompeu em aplausos espontâneos, o que claramente lhe proporcionou uma satisfação imensa, e ele se curvou como se tivesse feito algo espetacular.

— Estou extremamente satisfeito com este projeto e, como todos sabem, é por uma boa causa, e também é uma carta de amor ao meu querido marido

Malcolm que — Brian respirou fundo e Teddy pegou minha mão e a apertou — depois de quatro longas e agonizantes semanas em um respirador (Teddy agora estava apertando com mais força) — se recuperou completamente.

— Mentira!? — Teddy disse, e depois soltou o ar por um bom tempo.

Katherine Cooper-Bunting, que estava sentada exatamente no mesmo lugar em que se sentou durante a audição, à nossa direita (nós também estávamos sentados exatamente no mesmo lugar em que nos sentamos durante a audição), se virou.

Teddy acenou para ela de um jeito muito exagerado, cheio de mãos e cotovelos, como se ele não a tivesse visto até aquele momento, o que era uma completa mentira, já que ele não tirou os olhos dela desde o momento em que ela chegou, e ela franziu o nariz perfeito e se virou de novo para olhar para Brian.

Senti uma punhalada ardida no meu plexo solar e então um formigamento leve irradiou por cada terminação nervosa.

Katherine, pensei, e então lembrei que minha *fanfic* íntima sobre nós era uma coisa, mas que fazer qualquer coisa em relação a isso na vida real era basicamente o pior tipo de traição grave e imperdoável.

— Você deveria parabenizá-la por ter sido aceita — sussurrei depressa para Teddy.

— E parecer um babaca condescendente?

— Então, sei lá, diga que você sabia que ela seria aceita ou algo assim.

Teddy olhou em volta.

— A parte trágica é que — ele sussurrou ainda mais perto do meu ouvido — acho que ninguém não foi aceito.

Virei o pescoço em todas as direções e ele estava certo. Até o Fantasma da Ópera e sua esposa estavam lá.

— Isso é péssimo — eu disse, e me perguntei quão frustrada Katherine Cooper-Bunting se sentia com relação a isso.

— Ainda não decidi o programa completo — disse Brian, que tinha colocado os óculos e estava olhando para um bloco de notas minúsculo —, porque quero ter a oportunidade de conhecer todos vocês um pouco melhor...

— Você me conhece há quarenta e tantos anos! — Maeve interrompeu.

— Não acredito que ela é açougueira — Teddy sussurrou.

— Por que não?

— Porque... Não sei.

— Porque ela é mulher, né? Por que mulheres não podem ser açougueiras? É tanta idiotice pensar assim.

— Não. Quero dizer, imagine eviscerar e cortar animais para viver.

— Bem, alguém tem que fazer isso. Ou você queria fazer isso?

— Tills, se eu tivesse que caçar e matar e desossar meu jantar, eu seria vegetariano.

— Acho que você devia meditar sobre isso mais profundamente e aí fazer escolhas melhores.

— E estou especialmente satisfeito por ter tantos jovens se juntando a nós — Brian anunciou.

— Apoiado! — disse Teddy em um momento de virilidade, o que fez com que todo mundo olhasse para nós, e Brian olhou para o seu bloco e disse:

— Theodore Booker.

Então Brian olhou para mim, para suas anotações, folheou o bloco para a frente e para trás, olhou para mim novamente e disse:

— Desculpe, mas você não fez um teste para mim, fez?

E sabe quando todo mundo olha para você e não é no Zoom, então você não pode simplesmente sair da sala e se recompor e voltar tipo: "Desculpe, wi-fi é uma merda".

Olhei para Olivia, porque ela estava bem ao lado de Brian, e de repente ela ficou com uma expressão toda agressiva, como se eu fosse roubar seu amante, ou seu holofote, ou algo assim. Percebi que a amiga dela também estava lá, então naquele momento de pânico extremo fiz o que os culpados ou despreparados fazem nessas situações: apontei o dedo para outra pessoa, neste caso a amiga, e disse:

— Ela também não fez o teste.

Brian olhou para mim, sorriu e disse:

— Não, mas *elu* vai nos ajudar a encontrar e adaptar os figurinos.

E sabe quando você poderia simplesmente morrer?

Com todos os olhos agora em mim, e Olivia obviamente furiosa por eu ter tratado sue amigue pelo gênero errado, em um ato tão patético de desespero, cometi o erro fatal final de olhar para ninguém menos que Katherine Cooper-Bunting, que estava sorrindo, e foi aí que eu fiquei tipo: O que é linguagem mesmo?

Teddy olhou para mim como se eu tivesse tido um derrame, o que teria sido uma desculpa muito melhor do que nervosismo seguido primeiro de ignorância e depois de estupidez, então ele falou:

— Então, Brian, a questão é que eu tenho uma mente muito ativa e às vezes quando estou muito concentrado em uma cena posso esquecer minhas falas, e estávamos querendo saber se a Tilly aqui poderia ser a minha pessoa de roteiro. Sabe, é só que ajuda ter alguém no texto.

Brian, e todo mundo, olhou para mim, e eu disse:

— Tenho memória fotográfica.

O que, felizmente, não era uma grande mentira, porque eu meio que tenho mesmo.

Brian olhou para mim por um momento, depois deu de ombros e disse:

— Não seria ruim ter uma diretora-assistente — ele disse. — O que significa que você vai ser a pessoa do roteiro de todo mundo. E vai anotar minhas instruções de palco. E se eu não puder estar aqui, você vai supervisionar o ensaio.

— Eu...

— Maravilha, negócio fechado — Brian disse antes que eu pudesse pensar sobre o assunto. — E você é a Tilly, não é?

— Tilly Taylor — eu disse, e olhei para Olivia, que ainda parecia um pouco ofendida, mas tinha relaxado bastante, provavelmente porque sabia que eu não ia roubar nada dela.

Então Brian insistiu que todo o elenco (incluindo a diretora-assistente e a figurinista) participasse do exercício para quebrar o gelo.

— Certo — ele disse batendo palmas para chamar nossa atenção. — Pelos próximos dez minutos quero que todos vocês realmente se conheçam, o.k.? Mas vocês não vão falar. E não interajam só com as pessoas que vocês já conhecem. Não é disso que se trata, o.k.? Vocês vão escolher um animal que melhor representa vocês e vão explorar um ao outro como se fossem esses animais. Vocês têm dez minutos. — E então ele ligou um daqueles cronômetros antigos que ninguém nunca viu na vida real.

Eu já sabia que o jeito que ele dizia "o.k.?" no final da maioria das frases ia começar a me irritar.

Passei três minutos constrangedores de quatro, meio que cheirando Miroslaw, que chamou minha atenção assim que o vi revirar os olhos. Acho que ele era um bode, porque ficava mordendo coisas imaginárias e estava fingindo mastigar de lado.

Eu tinha decidido ser um cavalo, mas só porque não consegui pensar em absolutamente mais nada.

Maeve fez uma grande performance cantando e dançando até o chão, mas Brian a ignorou.

Eu estava pastando pacificamente no meu pasto quando me deparei com Teddy mexendo a cabeça como uma galinha, cacarejando, porém tenho certeza de que ele estava fingindo ser um galo. Ele me bicou e sussurrou para eu voltar para o meu próprio curral, e eu me empinei, ainda apoiada nas mãos e nos joelhos, voltando para Miroslaw, que vi esfregando a cabeça na perna de uma mesa do outro lado.

Fui interceptada por Katherine Cooper-Bunting trotando pelo carpete imundo como um pônei adestrado premiado e decidi que precisava que ela soubesse como eu achava essa atividade constrangedora, e eu estava prestes a sair do personagem e sussurrar algo estúpido sobre cavalgar por aí quando ela foi chegando cada vez mais perto e, do nada, éramos apenas dois cavalos que perceberam que eram da mesma espécie e estavam presos em um zoológico. Ela se aproximou ainda mais e meio que colocou o nariz na curva do meu pescoço e então ela estava me cheirando.

E as minhas quatro pernas de cavalo de repente eram feitas de geleia, e eu soltei um gemido ofegante, que ela respondeu batendo o nariz em mim.

Em vez de dar uma fuçada nela como um bom cavalo, eu instantaneamente meio que escapuli em pânico, balançando a cabeça como se alguém estivesse puxando minhas rédeas invisíveis, puxando o ar pelo nariz repetidas vezes para cheirá-la.

Katherine Cooper-Bunting, de repente piscando de uma maneira que não era de cavalo, e agora muito claramente olhando para mim como uma pessoa de quatro tendo algum tipo de ataque equino repentino, franziu a testa, deu uma risada sarcástica e depois teve a audácia de piscar para mim.

Ela se virou, balançou o bumbum e partiu galopando suavemente.

A próxima pessoa que vi foi Teddy, que claramente tinha testemunhado toda a interação, e meu coração simplesmente parou.

ATO II

CENA 1

Eu fiquei obviamente cem por cento completamente mortificada com a expressão no rosto do Teddy.

Mas eu também estava cem por cento completamente excitada por causa de Katherine Cooper-Bunting.

Tanto que eu queria me jogar contra ela de frente como um cavalo, peito contra peito, com o pescoço exposto, cabelo ao vento e espumando pela boca.

Imaginei Grace parada na beira do curral me observando, balançando a cabeça em total descrença, dizendo: "Que merda é essa que você está fazendo, Matilda Taylor?".

E foi por isso que decidi que seria prudente evitar Katherine Cooper-Bunting pelo resto da tarde.

Quero dizer, não por causa da Grace exatamente, mas porque a imagem dela era claramente a minha consciência e, como eu disse, Katherine Cooper-Bunting pertencia ao Teddy.

Mas aquele formigamento vigoroso na minha pele não passava, e eu sabia que tinha que vê-la pelo menos mais uma vez antes de irmos embora, então convenientemente cronometrei minha ida ao banheiro para interceptá-la.

Parece assustador? Sim.

Você teria feito a mesma coisa? É claro que sim.

Ela devia estar sonhando acordada porque estava com um sorriso enorme, que não desapareceu mesmo quando me viu, e eu devo ter ficado tipo um cervo, ou um cavalo, ou até uma mula atingida pelos faróis de um carro.

"Tudo bem?", ela perguntou inclinando a cabeça para o lado, e eu falei tipo, "Sim, tudo bem", aí fui lavar as mãos e olhei para ela pelo espelho.

— O que você achou de hoje? — ela perguntou.

Você quer dizer em geral ou quando você quase lambeu meu rosto?, pensei.

— Você entendeu que eu era um cavalo? — perguntei.

— Entendi.

— Ah, ótimo!

— Eu gosto demais desse tipo de atividade. É tudo parte do processo, né?

Fiz um "hmmm", e meio que subi e desci o tom para mostrar entusiasmo e esconder o fato de que eu obviamente achava esse tipo de atividade uma completa besteira porque, vamos ser honestos, como isso ajuda Brian a escolher o elenco para um cabaré, um monte de crianças e idosos rastejando no chão, fazendo barulhos de animais e a maioria deles desejando que não tivesse vindo?

— Enfim — Katherine Cooper-Bunting disse e sorriu para mim através do espelho. — Até amanhã.

— Tchau — eu disse e olhei para ela, e porque eu literalmente não conseguia me controlar, levantei as sobrancelhas para ela e sorri.

Ela piscou para mim, franziu o nariz perfeito e saiu do banheiro.

Senti um calor subir das profundezas ocultas dos meus órgãos/ alma e observei um sorriso absurdo se abrir em meu rosto.

Respirei fundo.

— O que você está fazendo? — sussurrei para o meu reflexo, sabendo perfeitamente o que eu estava fazendo.

Esperei mais um minuto antes de ir para o ponto de ônibus onde Teddy estava me esperando.

Ele estava falando com Miroslaw.

— Você está esperando o 219? — perguntei para Miroslaw e ele confirmou.

— Moro em Balham — ele disse, e pronunciou o "h" de um jeito fofinho.

— Miroslaw acabou de se mudar para o Reino Unido — Teddy me disse, e eu estava tentando ler a expressão dele para ver se ele ficaria estranho comigo depois de me testemunhar de quatro com Katherine Cooper-Bunting, mas não conseguia decifrar o que ele estava pensando.

— Por quê? — perguntei para Miroslaw. — Quero dizer, por que você veio morar aqui e não em outro lugar?

— Meus pais, eles queriam uma vida melhor para mim.

— Ah — falei. — Você tinha uma vida ruim? Eu achava que a Polônia era bem normal.

— É, mas nossa vila na Polônia ainda não é muito boa para os gays.

— Ah — eu disse, e sei que não se deve julgar um livro pela capa, mas jamais, em um milhão de anos, teria pensado que ele gostava de meninos.

— Eu também sou gay — eu disse a ele, mas aí me arrependi de imediato, porque obviamente também era um lembrete para Teddy. Caso ele tivesse se esquecido da minha homossexualidade. E da minha interação de cavalo gay mordiscando a menina que ele gostava. — Então você gosta de teatro? — perguntei depressa para Miroslaw. — Você quer ser ator?

— Não — ele disse. — Definitivamente não.

— Ah — eu disse e olhei para Teddy, que olhou para Miroslaw como se ele fosse parte do círculo íntimo agora.

— Minha mãe que me mandou pra cá.

— Por quê? — perguntei.

— Porque ela acha que o teatro comunitário é uma ótima maneira de conhecer outras pessoas gays.

— Ela obviamente não está errada — eu disse, e meio que fiz uma reverência.

— É, mas você é o tipo errado de gay pra mim.

— Rude.

— Não, não. Minha mãe quer que eu encontre um namorado.

Nós três rimos.

— Bem, talvez encontremos o tipo certo de gay para você. Tem tantos gays no *show business*.

— Tem gays em todos os lugares — Miroslaw disse. — Mas minha mãe pegou e disse: "Vá ao teatro comunitário, não fique sentado em casa".

— Sinto muito que você teve que deixar a Polônia — eu disse.

— Foi uma decisão familiar. Viemos pra cá um pouco antes do Brexit, para conseguirmos a residência provisória.

— Você não sente falta dos seus amigos?

— Sinto.

— Ah, o bom é que agora você tem novos amigos — Teddy disse e colocou a mão no ombro de Miroslaw, e eu olhei para os dois ali de pé: Miroslaw de jeans preto da cabeça aos pés, Teddy com shorts cáqui e uma camiseta branca com um Ursinho Carinhoso rosa fazendo um sinal de positivo com a mão e o slogan *Trate com Carinho*, e eu sabia que não poderia, sob nenhuma circunstância, ficar atrás de Katherine Cooper-Bunting.

Nem como um cavalo.

Miroslaw desceu do ônibus um pouco antes de nós, e assim que ele saiu fiquei conversando com Teddy como se nada tivesse acontecido antes no curral de mentira, e sabe como isso nunca funciona, só deixa as coisas ainda mais estranhas do que se você não tivesse falado nada? E quanto mais você tenta ficar normal, mais estranha você parece. E porque você sabe que parece uma idiota, tenta não parecer uma e fica só falando. Fiquei falando sem parar sobre o que tinha acontecido naquela tarde e aí repeti toda a conversa que tínhamos literalmente acabado de ter com Miroslaw, e quando ele não aguentava mais, Teddy finalmente disse:

— É, eu sei, Tilly. Eu estava literalmente lá.

Quando descemos do ônibus, Brian já tinha criado um grupo de WhatsApp de *A vingança do Cupido*, e tinha escrito: Parabéns pelo primeiro dia, artistas, e que ele estava ansioso para trabalhar conosco e já tinha ideias ótimas para o programa. Que seria memorável e absolutamente deslumbrante, querides.

Segundos depois, Katherine Cooper-Bunting e Olivia tinham enviado mensagem com um emoji mandando beijinho e a frase: Obrigada por hoje, Brian.

— Imagine fazer esse esforço para ser a estrela do show — eu disse, mas Teddy não disse nada, só enfiou o celular de volta no bolso lateral grande do shorts.

Quando chegamos à porta da frente da minha casa, falei:

— Te vejo amanhã?

E porque eu disse como uma pergunta, acho que finalmente demonstrei para ele que algo não estava bem, mas Teddy apenas disse:

— É, te vejo amanhã. Por que eu não te veria amanhã?

Mas ele ainda não estava olhando para mim.

Quando entrei, meu avô estava na sala tocando piano, e Rachmaninoff estava sentado ao lado do banco olhando para ele e piscando os olhos enormes de gato de vez em quando.

— Oi — eu disse.

— Olá, Tilly — ele disse. Ele parou de tocar e o gato rosnou. — Seu gato gosta de mim — ele disse e acariciou a cabeça de Rachmaninoff.

— Ele não é nosso gato — eu disse. — Ele é do vizinho. O nome dele é Rachmaninoff.

— Ah — ele disse, e presumo que a música que ele tocou em seguida era do compositor Rachmaninoff, porque ele sorriu para o gato e fez caretas para ele.

O gato miou em aprovação.

Meu celular apitou no bolso e eu o peguei.

Achei que ia ser uma mensagem de Teddy dizendo "Desculpe por ter ficado esquisito agora há pouco", mas era uma solicitação do Insta de Katherine Cooper-Bunting para me seguir.

Meus olhos ficaram embaçados e eu corri escada acima, me joguei na cama, mas não ousei olhar para o celular de novo porque parecia que

Katherine Cooper-Bunting estava de alguma forma ciente de todos os meus movimentos agora que tinha ativamente me procurado no Insta.

Fiquei lá deitada e pensei em nosso encontro como cavalos. Aí pensei no sorriso dela no banheiro.

Peguei o celular de novo e pesquisei no Google: Como faço para juntar dois amigos meus, mas a lista era muito longa e muito extensa e muito óbvia, então apenas deixei o celular escorregar da mão e cair no chão.

Quando minha mãe chegou em casa, fizemos o jantar juntas, ou seja, abrimos um pacote de salada higienizada e pronta para comer, enfiamos três batatas no micro-ondas e esquentamos uma lata de feijão, e contei a ela o pouco que sabia sobre *A vingança do Cupido*.

Ela ficou toda tipo:

— Parece muito legal, Tilly. Estou muito feliz por você finalmente ter encontrado uma coisa pela qual é apaixonada.

Típico dela exagerar.

No mundo dela você não podia simplesmente gostar de algo. Você tinha que ser obcecado. Era tudo ou nada. Sempre.

— E, sabe — ela continuou, cortando um pepino em cubos menores do que é possível imaginar —, as pessoas nos bastidores são tão importantes quanto as pessoas no palco. Elas geralmente têm carreiras muito melhores e mais longas também. — E então ela disse: — Não sei por que nunca pensamos nisso antes, mas muitas pessoas como você trabalham no gerenciamento de palco. E na elétrica. O que você acha de iluminação?

Revirei os olhos.

Por causa de tudo. Mas principalmente pela parte "pessoas como você", que obviamente significava lésbicas.

Decidi não ficar ofendida porque, meu Deus, tipo, estou cansada, mas cortei as cenouras com muito mais força do que o estritamente necessário. Também cortei as fatias em pedaços enormes.

Rachmaninoff ficou para jantar, mas em vez de se sentar no chão como um gato normal, gritou até puxarmos uma cadeira para que ele pudesse se sentar à mesa. Meu avô disse: "Ninguém gosta de comer sozinho", e eu fiquei tipo: "Ele não está comendo de verdade", e então meu avô deu a ele um feijão cozido, que o gato literalmente inalou. Meu avô disse: "E você notou que ele não tem dentes? Deve ser difícil para um gato não ser capaz de matar sua presa. Ele não pode viver de feijão cozido."

— Eu não me preocuparia com ele — eu disse. — Ele ganha ração úmida e sempre lambe pra tirar a gelatina primeiro. Aí ele grita pra alguém colocar algum petisco cremoso de lamber no resto. Ele se vira bem, de verdade.

— Rachmaninoff é um fanfarrão — minha mãe disse e colocou um pedacinho de pepino na frente dele, e ele quase arrancou a mão dela.

Quando meu vô subiu para tomar banho e ir para a cama, com Rachmaninoff atrás dele, minha mãe disse:

— Lembre-se, este gato não é nosso, Douglas.

Meu avô apenas olhou para ela com uma óbvia irritação contida e disse:

— Eu sei. Ele é do vizinho. Você me disse isso meia hora atrás.

Em vez de deixar para lá, ela pegou e disse:

— Só queria deixar claro.

E meu avô falou:

— Ainda não estou tão esquecido. Jesus, Suzanne.

E minha mãe falou tipo:

— Desculpe. Só se certifique de não trancá-lo em seu quarto, porque ele tem que ir para casa em algum momento. Ele não pode ficar fora de casa de um dia para o outro. Ele pode não ter dentes, mas ainda é uma ameaça.

Vimos os dois subirem as escadas, meu avô balançando a cabeça e Rachmaninoff mancando em suas três pernas, conversando o tempo todo.

— Seu pai sugeriu que seu avô participasse de um grupo que ajuda pessoas com Alzheimer — minha mãe disse. — É no bairro ao lado, e eles jogam baralho e jogos de tabuleiro, e tem pintura e todos os tipos de artes e ofícios. Aparentemente, tudo isso ajuda o cérebro.

— Ele vai adorar — eu disse. — Vamos apenas ter a esperança de que ele já tenha esquecido o quanto odeia jogos de tabuleiro.

— Você acha que seu sarcasmo é útil, Tilly? — minha mãe perguntou e olhou para mim de um jeito tão irritante que me deu vontade de gritar. — Não estamos fazendo isso por nós, sabe, mas pelo seu avô.

— É mesmo?

— O que foi?

— Eu sei que o vô só está aqui porque meu pai está emocionalmente ferido porque a vó morreu sozinha e ele está claramente tentando se livrar da culpa. Mas estou te dizendo que o vô vai literalmente odiar participar de uma tarde de jogos. Ele sabe que tem Alzheimer, então você consegue imaginar por apenas um segundo o quanto ele vai odiar jogar com um monte de pessoas cujos cérebros literalmente se deterioraram a ponto de não saberem quem são ou onde estão? Você não conhece o homem?

Minha mãe olhou para mim.

— E só pra sua informação — continuei —, eu não vou levá-lo lá. Não sou a cuidadora dele. Meu pai pode levá-lo. A ideia foi dele.

— Seu pai tem apresentação às quintas-feiras à tarde. E seria demais mesmo pra você levar seu avô a um centro comunitário uma vez por semana a caminho do seu ensaio e buscá-lo quando você estiver voltando pra casa? Ele não tem ninguém aqui, ele perdeu a esposa, está aceitando a doença...

— Agora você está tentando fazer eu me sentir culpada? — perguntei. Porque ela estava.

— Saia da minha vista, Tilly. Não preciso disso de você — ela disse e saiu para o jardim.

Subi as escadas e me sentei no chão em frente ao espelho.

— Que vida — eu disse para o meu reflexo.

Então olhei para a minha foto favorita de Teddy, Grace e eu, que ainda tinha grudada no canto superior direito. Nós três estávamos no carrossel velho e enferrujado do parque perto de casa. A mãe de Teddy tirou a foto literalmente segundos antes de a Grace voar para fora do carrossel e pousar a uns bons dez metros de distância, de cara na areia. Nós todos parecemos completamente loucos.

Embaixo tinha uma foto da minha avó com Emilin e eu num parque na Irlanda.

É uma daquelas fotos que tiram de você quando você está em uma montanha-russa. Minha avó está sentada entre Emilin e eu, e nós duas estamos com os olhos fechados e o rosto esticado, mas minha avó está gritando.

— Você é uma merda, Tilly — eu disse para mim mesma.

Porque é claro que eu levaria e buscaria meu avô em algum lugar.

E, sim, li em um artigo on-line que se manter socialmente ativo e experimentar coisas novas era superimportante para pessoas com demência e Alzheimer, mas todo mundo sabia que meu avô odiava jogos de tabuleiro.

Então eu pensei, bem, talvez seja por isso que minha mãe está tão irritada, porque ela sabe que é uma ideia de merda, mas ela não tem uma melhor.

LOL, e pensar que um dia acreditei que meus pais sabiam de tudo.

Verifiquei rapidinho se Teddy e Katherine Cooper-Bunting já eram amigos no Insta, mas não eram, o que significava que eu não podia aceitar a solicitação dela, porque daí Teddy ficaria puto se ele visse.

Eu estava me perguntando por que ela não enviou uma solicitação para ele também, e então meu cérebro criou um zilhão de situações do que poderia ter acontecido e estava acontecendo agora, e quando minha cabeça estava girando com tudo isso acho que finalmente entendi de verdade a necessidade de existirem universos paralelos. Tipo, tinha que ter pelo menos um em que essa situação não fosse irremediável. Um em que Teddy tivesse ficado com Grace. Ou onde eu achava Katherine Cooper-Bunting horrível.

Decidi ler alguma *fanfic* de *Lúcifer*, mas eu não conseguia me interessar por nenhuma, principalmente porque as mulheres eram todas muito velhas, e quem quer imaginar pessoas velhas fazendo sexo?

O que eu aprendi, no entanto, é que a coisa toda de *#AmigosParaAmantes* é o assunto favorito das *fanfics*, e pensei, tudo bem, talvez eu precise ajudar Teddy e Katherine Cooper-Bunting em sua jornada *#AmigosParaAmantes*.

Li com relutância algumas histórias, e o problema com esse tropo é que a transição parece sempre acontecer entre dois parágrafos, o que obviamente torna a coisa toda completamente irreal. E, sim, sei que se chama *fanfic*. Mas é óbvio que as pessoas na vida real não vão passar de um primeiro beijo a colocar a língua literalmente dentro da outra pessoa em menos de cinco minutos. Quero dizer, tudo bem que se esses escritores não avançassem com a história, ninguém jamais chegaria até a parte boa, que — e Teddy estava totalmente certo sobre isso — era sempre uma pessoa de joelhos fazendo uma cunilíngua "arrasadora".

Eu tinha acabado de começar a ler outra ficção #lesbica #AmigosParaAmantes #sexo #oral quando meu celular apitou. Era o Teddy.

Você gosta da Katherine Cooper-Bunting?

Pulei da cama, e meu movimento foi tão violentamente repentino que vi pontos pretos e depois só um branco, e logo em seguida eu estava deitada no chão olhando para o teto.

Eu me senti em pânico.

Imaginei a carinha de cachorrinho do Teddy.

Imaginei Grace olhando para mim me esperando responder. E foi por isso que nem mesmo por um milésimo de segundo eu considerei contar a verdade para ele.

Claro que não.

Porque eu gosto mesmo dela.

Você nem a conhece direito, pensei. Se bem que quando foi que virei a *expert* em tudo sobre Katherine Cooper-Bunting?

Você sabe que não quero uma namorada.
Além disso, ela não faz meu tipo.

Você não tem um tipo.

Então não se preocupe. Ela é toda sua.

Esperei ele responder de volta, mas ele ficou off-line.

Ele ainda estava off-line quinze minutos depois. Eu ainda estava no chão.

Por fim, me levantei e fui tomar banho.

Sob a água quente pensei em Katherine Cooper-Bunting, que era exatamente meu tipo.

CENA 2

— Nossos corpos são nossas ferramentas, o.k.? — Brian ergueu a voz enquanto andava ao nosso redor e sobre nós, espalhados no chão nojento do clube de Clapham, deitados com as pernas dobradas.

— É nosso dever como artistas mantê-los saudáveis para que eles trabalhem com o máximo de eficiência durante o dia todo, todos os dias, mas principalmente no momeeeeeeento em que a cortina sobe. Outra vez. Inspire profundamente pelo nariz e solte o ar todo até o fundo da barriga. Segure aí por um, dois, três, relaxe a mandíbula e solte. Ahhhhhhhhhhhhhhhhhhh!

Sabe quando você está tipo: *Como eu vim parar aqui?*

Teddy estava estranho no ônibus, ainda todo cabisbaixo e dando respostas monossilábicas, e eu estava começando a me perguntar se *A vingança do Cupido* foi a pior decisão que já tomamos. E quando digo nós, é óbvio que quero dizer eu.

Olhei para o teto, para as luzes horríveis que se pareciam com as da escola, e vi que no canto a tinta estava descascando por problema de umidade.

Dava para ouvir os pássaros lá fora, alguém deitado em algum lugar atrás de mim já tinha adormecido e estava roncando, e Katherine Cooper-Bunting e Olivia estavam bufando uma para a outra em algum lugar à minha direita.

— Vocês têm que fazer os exercícios vocais diariamente e sempre que tiverem um tempinho, o.k.? Sua voz deve ser resiliente. Deve ser saudável e tem que aguentar. Vocês devem evitar álcool, nicotina e produtos lácteos.

Virei a cabeça para olhar para Miroslaw, que estava deitado logo à minha esquerda, e lembrei que ele só estava aqui porque a mãe lhe dissera para conhecer outros gays.

Eu dei uma risadinha. Ele revirou os olhos. Olhei para a minha direita, e a pessoa que eu tinha confundido o gênero e cujo nome eu ainda não sabia revirou os olhos para mim também, o que me fez sentir que, tipo, além de elu ter me perdoado, eu estava mesmo entre amigos, afinal.

— Repitam depois de mim — Brian disse, e respirou fundo: — O lacaio do cavalo baio leva o balaio de paio.

Não sei se foi a maneira como ele falou ou a parte do balaio, mas o ar que eu tinha acabado de inalar evacuou literalmente pelo meu nariz e pela boca ao mesmo tempo. Eu fingi tossir e pensei que era certeza que ninguém ia repetir isso, mas é claro que Katherine Cooper-Bunting e Olivia repetiram como papagaios.

— O lacaio do cavalo baio leva o balaio de paio — elas projetaram para o Universo.

— E mais uma vez — Brian disse. — O lacaio do cavalo baio leva o balaio de paio.

— O lacaio do cavalo baio leva o balaio de paio — a sala repetiu, menos quem ainda estava roncando, e eu, que estava meio que só murmurando.

— O lacaio do cavalo baio leva o balaio de paio — Brian disse, desta vez batendo palmas a cada sílaba para nos encorajar a repetir juntos.

— O lacaio do cavalo baio leva o balaio de paio — repetimos, agora no ritmo.

Eu podia distinguir a voz de Teddy, e estava ciente da minha, e pensei: *Se a Grace estivesse aqui, já teríamos caído na gargalhada.*

Logo a sala se tornou uma besta pulsante de "O lacaio do cavalo baio leva o balaio de paio", e eu só ficava me perguntando até onde as pessoas iam para ficarem famosas, quando olhei para a minha direita de novo e vi que a pessoa que eu tinha confundido o gênero tinha parado de entoar e estava literalmente rindo tanto que elu tinha lágrimas escorrendo pelo rosto e pingando no ouvido.

Quando elu viu que eu estava olhando, riu ainda mais, e então eu bufei, o que quase matou a gente de tanto rir, e quando os outros finalmente pararam, só dava para ouvir a pessoa que ainda estava roncando e nossa risada com ranho e lágrimas.

Nós nos apresentamos assim que levantamos.

O nome delu era Robin.

— Muito prazer — eu disse, e nós apertamos as mãos.

— Espero não ter sabotado seu trabalho de voz lá.

— Não tenho muita certeza se esse exercício serve mesmo para a diretora--assistente e pessoa do roteiro.

— Ou a pessoa do figurino — elu disse. — Apesar de que você vai usar a voz.

— Só se alguém esquecer as falas ou onde se posicionar.

— A parte do balaio acabou comigo — Robin disse enxugando os olhos e dando outra risada tossida.

— Quem inventa essa merda?

— Aposto que Brian é poeta no tempo livre — insinuei, e rimos novamente.

Brian então falou para fazermos uma pausa de meia hora que depois ele iria nos guiar por uma "tarde de improvisação".

Olivia se aproximou de Robin e de mim, e Robin nos apresentou:

— Olivia, Tilly. Tilly, Olivia.

— Muito prazer — eu disse, mas Olivia e eu não apertamos as mãos.

— Este é o Miroslaw — eu disse e puxei-o para a conversa pelo braço. — Ele acabou de se mudar para a Inglaterra.

— Sinto muito por isso — Olivia disse.

— Tudo bem — Miroslaw disse.

— Eu sou Olivia.

— Eu sou Robin. Pode me tratar por elu.

— Miroslaw. Pode me tratar por ele. Estou aqui para conhecer outros gays.

— Desculpe, colega. Sou hétero — Olivia disse.

— Você tem uma voz ótima — eu disse a ela.

— Obrigada — ela disse e então olhou para Robin e disse: — Quer ir no mercado?

— Claro — Robin disse e deu de ombros. Aí elu olhou para mim e Miroslaw e disse: — Querem vir com a gente?

— Claro — eu disse. E assim que falei isso, olhei ao redor para ver se Katherine Cooper-Bunting tinha notado que eu estava falando com sua dita rival e sue parceire, e é claro que ela tinha.

Mas desviou o olhar depressa, vasculhou a bolsa, pegou um cardigã e o vestiu antes de se sentar em uma das cadeiras de plástico de costas para nós.

— Nós vamos no mercado — eu disse a Teddy. — Por que você não pergunta a você-sabe-quem o que ela está fazendo?

— Por que você não pergunta? — ele questionou e olhou para mim de um jeito desafiador irritante.

— Porque eu vou no mercado com Robin, Olivia e Miroslaw.

— Então vá.

— Por que você está esquisito?

— Não estou esquisito.

— Sim, você está esquisito e precisa parar com isso. Eu te disse que não quero ela. Nada mudou desde que eu te disse isso.

— Ela fica olhando pra você — Teddy disse, e meu coração meio que deu tipo um soluço cardíaco esquisito.

— Provavelmente porque nos demos muito bem ontem e hoje estou evitando ela como se ela fosse uma doença, que é algo que estou fazendo só porque não quero que você pense que estou tentando roubar sua *namorada*. — E meio que sussurrei “namorada” meio brava, o que fez Teddy fazer uma expressão brava. — Teds, não estou tentando ficar no seu caminho.

— Tá bom.

— Então chame ela para ir na porra do mercado com a gente, e se ela disser sim você pode andar com ela e perguntar no caminho se ela tem Instagram, ou se ela tem animais de estimação, ou qualquer outra coisa, mas, por favor, você pode começar a agir como uma pessoa normal e parar de ser um completo babaca, porque eu não fiz nada.

Ele olhou para mim. Eu olhei para ele.

— Por que não posso falar com ela como uma pessoa normal? — ele choramingou.

— Porque você gosta dela — eu disse e olhei na direção dela e vi que ela estava olhando para nós.

Um calor irrompeu de dentro de mim e subiu até o meu rosto e o couro cabeludo e meu cérebro fritou.

— Vai lá — sussurrei para ele, e Teddy soltou o ar e depois saiu trotando para onde Katherine Cooper-Bunting estava sentada, agora bebendo água na garrafa.

Eu o observei falar com ela, eu a observei olhar para Robin, Olivia, Miroslaw e depois para mim, olhar de volta para ele, sorrir e concordar com a cabeça, e ah, meu coração.

— Bora! — Robin disse, colocou a mochila, e eu fui atrás delu para fora.

Caminhamos juntes, mas meio que em um grupo de quatro e outro de dois, com Teddy e Katherine Cooper-Bunting cinquenta metros atrás de nós.

Pelos olhares que Olivia e Katherine Cooper-Bunting trocaram, assim que nosso pequeno grupo se reuniu do lado de fora, ficou claro que elas: a) não eram amigas, b) provavelmente não eram amigas há algum tempo e c) possivelmente nunca foram amigas para começo de conversa.

Caminhamos até o mercado.

Eu queria ir à seção de padaria e pegar um rolinho de canela, mas Teddy e Katherine Cooper-Bunting estavam lá e estavam demorando uma eternidade, e por mais que tudo que eu mais quisesse fosse me espremer no espaço apertado entre Katherine Cooper-Bunting e a cesta de pães recém-assados, resisti e fui para o corredor de salgadinhos com Robin e Olivia, onde decidimos dividir um saco de Doritos grande.

Encontrei Miroslaw no caixa.

— O que você vai comprar? — perguntei.

— Um combo — ele disse. — É ótimo. Vem um sanduíche, uma bebida e batata chips. — Ele ergueu um pacote de salgadinho de sal e vinagre.

— Nós chamamos de batatinha — eu disse. — Mas essas a gente chama de salgadinho.

— É boa? — ele perguntou.

— É, tipo, normal.

— Vou experimentar.

Observei Miroslaw escanear seus itens e pegar um cartão de banco novinho em folha e pensei: *Imagine se mudar para a Polônia e ter que abrir uma conta bancária. E aí imagine ir para o caixa de autoatendimento na Polônia e na sua cara ter tudo sobre cartões de fidelidade e sacolas de mercado. Em polonês. E você tem que apertar os botões certos.*

Robin e Olivia já estavam lá fora. Passamos pelo dispenser de álcool em gel para as mãos e então Olivia disse:

— Vamos embora, colega. Eles provavelmente querem ficar sozinhos mesmo.

— Você acha? — perguntei, porque sou masoquista, e aí fiz uma cara que esperava que parecesse que eu estava completamente surpresa com a observação dela.

— Ele é bom demais pra ela — Olivia disse.

E eu perguntei tipo:

— Ela não é legal?

Olivia pegou e disse:

— Colega, quando alguém faz Lady Macbeth em uma audição, você literalmente sabe tudo o que precisa saber sobre a pessoa.

— Ela não é uma assassina — eu disse.

— Fazer esse monólogo é literalmente a coisa mais arrogante que a pessoa poderia fazer em uma audição. Só as pessoas que são, tipo, celebridades mesmo podem fazer esse papel. Ela se acha demais.

Robin riu e disse:

— Sejamos justes, você fez uma música do *Wicked.*

E Olivia falou:

— É, colega, mas não fiz a música mais importante do show. Eu poderia ter feito, mas não fiz, porque *não* sou arrogante, né?

— Você e Katherine frequentam a mesma escola ou algo assim? — perguntei, e me senti meio tonta ao dizer o nome dela assim, em voz alta e em público. Pareceu, sei lá, que eu estava nua.

Tínhamos voltado para o clube e sentado do lado de fora da entrada na parede caindo aos pedaços.

— Cooper-Bunting e eu frequentávamos a escola de teatro juntas — Olivia disse mastigando Doritos. — Não sei por que ela não foi pra lá neste verão. A mãe dela é uma das professoras, e Cooper-Bunting é, tipo, a favorita de todo mundo.

— Interessante — eu disse, mas meio que para mim mesma, porque Katherine Cooper-Bunting não havia dito exatamente a mesma coisa sobre Olivia?

— Não, colega — Olivia soltou. — Ela é literalmente a pessoa mais sem graça que você já conheceu. Acredite em mim. O pai dela é padre.

— Ele é padre da Igreja anglicana — Robin interrompeu, meio rindo, meio revirando os olhos. — Você sempre faz parecer que é estranho, e não é.

— Não, colega, é estranho. Eles têm, tipo, um zilhão de filhos — Olivia disse.

— Não têm, não — Robin disse.

— Não, não têm mesmo. Ela tem uns dez irmãos mais ou menos — Olivia disse. — E todos são sem graça.

— Eles são um pouco sem graça. — Robin concordou. — E Teddy parece tão divertido — elu acrescentou.

Ao meu lado, Miroslaw teve ânsia de vômito, e todos ficamos tipo:

— Você está bem?

— Isso é uma merda — ele disse, fez cara de nojo e ergueu o pacote de batatinha.

— Sal e vinagre, colega — disse Olivia.

— Não tem esse sabor na Polônia? — Robin perguntou.

Miroslaw balançou a cabeça negando.

— É nojento.

— Bem-vindo ao Reino Unido — eu disse, e ofereci o pacote de Doritos para ele.

Ele pegou um e comeu.

— Muito melhor, não? — ele disse e sorriu para nós.

— Pra mim é — Olivia disse. — Vinagre faz minha garganta ficar toda áspera. Não é bom pra minha voz, né? E vamos falar a verdade, cantar é, tipo, a única coisa em que sou boa.

— Não é verdade, você é boa em um monte de coisas — Robin interrompeu imediatamente.

— Diga uma.

— Tipo... não sei...

— Viu?

— Cabelo e maquiagem.

— Tá, mas não vou para a escola de beleza pra depois ganhar porra nenhuma em alguma esmalteria ou salão de beleza.

— Ser músico é muito chato, na verdade — eu disse. — Porque você meio que vai sobrevivendo de um contrato pra outro e às vezes não consegue nada nesse meio-tempo.

— Mas se você arrasa pode dizer às pessoas onde você quer cantar, o que quer cantar e quanto quer ganhar.

— Ah, tá, Beyoncé — Robin disse, e nós rimos.

— Vocês vão ver, suas patetas — Olivia disse e sorriu.

Então eles apareceram, Teddy e Katherine Cooper-Bunting, carregando um daqueles sacos de papel pardo de padaria amassados. Tinha donuts e

Teddy estava comendo um. Ele estava fazendo aquela coisa em que mastiga devagar e arrasta os pés porque acha que isso o faz parecer relaxado, quando, na verdade, só o faz parecer um figurante sem cachê arrastando os pés no fundo de um programa sobre o apocalipse zumbi.

— Tudo bem? — Robin perguntou, e Teddy olhou para elu e apontou para a camiseta delu e disse:

— Muito legal, a propósito.

Todos olhamos para a estampa do Meu Pequeno Pônei na camiseta delu.

— Você é fã? — Robin perguntou.

— Digamos que sou familiarizado com o fã-clube — Teddy respondeu, como se estivesse falando de um fã-clube de verdade. — A amizade é mágica — ele acrescentou, e o rosto de Robin se iluminou.

— Amizade *é* mágica — elu disse, e então elu e Teddy bateram os punhos.

— Eu sou um cara mais Ursinhos Carinhosos — ele declarou, e eu sorri primeiro para Robin, depois para Olivia, depois para Miroslaw, e depois para Katherine Cooper-Bunting, que estava lambendo açúcar do polegar e parecia não se comover com essa conversa.

— Alerta Ursinho Carinhoso! — Robin gritou, e eles bateram os punhos de novo. — Na verdade, eu tenho um Ursinho Carinhoso original. Bem, é da minha mãe, mas ela meio que me deu.

— Ah, fala sério — Teddy disse e se aproximou. — Qual?

— A Ursinha Carinhosa.

— A melhor.

— Compartilhar é cuidar — Robin disse e estendeu o pacote de Doritos.

Olivia revirou os olhos para mim, pegou o pacote de Doritos de Robin e enfiou muitos na boca.

Dois segundos depois, o saco de papel pardo de donuts apareceu na minha frente.

— Donuts? — Katherine Cooper-Bunting perguntou. — Já que compartilhar é cuidar.

Em minha jornada visual do saco até seus dedos, mãos, pulsos, braços, clavícula, pescoço, queixo e boca, até seus olhos, notei uma sarda um pouco mais escura na lateral do nariz, assim como uns grãos de açúcar na ponta dele, e juro que salivei e senti meu estômago estremecer.

Olhei para Teddy, que estava olhando para mim, olhei de volta para Katherine Cooper-Bunting e só consegui balançar a cabeça, porque sabia que nunca conseguiria dizer não a ela.

CENA 3

— Hoje notei que Rachmaninoff não tem dentes. Você já sabia disso? — meu avô perguntou durante o jantar.

Olhei para o meu prato e comecei a espetar ervilha por ervilha com o garfo.

— Conversamos sobre isso ontem, Douglas — minha mãe disse. — Lembra?

— Ah, é? Quero dizer, eu só estava pensando. Porque deve ser difícil para um gato. Eles caçam, não caçam? Como ele faz isso? Sem dentes?

— A comida favorita dele na verdade é o caldo da lata de atum — eu disse.

— Salmoura — ele disse.

— Que seja.

— Como foi o ensaio hoje? — minha mãe perguntou.

Vi meu avô voltar para o seu jantar e me perguntei o que ele estava pensando.

— Não tenho nada para fazer ainda. Mas conheci umas pessoas legais. Tipo, da nossa idade.

— Ótimo. Fiquei preocupada com você, sabia? Desde a Grace, você não...

— Mãe...

— Só estou dizendo que, sabe, você não tem feito muita coisa com o seu tempo, tem?

— O que fora a escola, que posso te garantir que não tem sido nem um pouco entediante, considerando que estou terminando o ensino médio e tudo mais.

— Você sabe o que eu quero dizer.

É claro que eu sabia o que ela queria dizer, e isso me deixou furiosa: só porque eu não tinha nenhum tipo de vocação maior na vida (vocação, que besteira), não significava que eu vivia em um estado sublime de ficar ou entediada ou insatisfeita ou solitária, ou os três.

E sinto muito, mas a "vocação" deles não passava de uma distração, de qualquer maneira.

A coisa toda com a Grace, por exemplo, Teddy e eu realmente sentimos o que aconteceu.

Nós não simplesmente fugimos disso e tocamos piano até nossos dedos sangrarem, ou ficamos em posição fetal por horas mesmo com, tipo, cinquenta anos de idade.

Todo mundo decidiu se distrair para que não precisasse sentir.

Nós dois sentimos.

Sentimos cada segundo excruciante.

O que, se você quer saber, nos torna super-humanos, e não pessoas dignas de piedade por serem emocionalmente ineptas como meus pais, que não são capazes de enfrentar a vida e se escondem atrás de sua arte. Ou que não conseguem desfrutar da própria companhia e ficar sem fazer nada por cinco minutos sem se sentirem solitários e insatisfeitos.

— Porque, querida — minha mãe ainda estava falando —, fico muito feliz que você tenha Teddy, óbvio, mas vai chegar o dia em que Teddy vai, bem... Quero dizer, não como a Grace, Deus me livre, mas você sabe, ele é um cara adorável e, sabe, ele pode conhecer alguém e querer começar um relacionamento.

Eu tinha voltado a espetar ervilhas e peguei uma no ângulo errado e ela voou para o outro lado da sala.

— Tilly, sente-se direito e coma como um adulto — minha mãe disse e tentou me arrumar sacudindo o encosto da minha cadeira com violência.

— Ai — eu disse, mesmo sendo óbvio que ela não tinha me machucado. — Eu também sou uma pessoa legal, sabe, e posso conhecer alguém também.

— E eu quero isso pra você, querida, e é por isso que fico muito feliz que você esteja fazendo a peça e que haja outras pessoas da sua idade. Era isso o que eu estava tentando te dizer. Por que você tem que ficar na defensiva o tempo todo? E, pelo amor de Deus, você pode parar de ficar encurvada assim? Você está acabando com as suas costas.

— Eu não preciso das minhas costas — eu disse, mas meio que não para ela, e sim para o meu prato.

Depois do jantar, minha mãe e eu lavamos a louça e meu avô tocou piano. Rachmaninoff entrou pela porta dos fundos e meu avô o pegou e colocou no banquinho ao lado dele.

— Nunca diga para a Amanda que o gato dela prefere outra pessoa tocando — minha mãe me disse.

— Por que ele está literalmente obcecado pelo vovô?

— Eu me pergunto se seu avô poderia ensinar o gato — minha mãe disse.

— Imagine o gato se tornando um músico melhor do que Teddy.

— Bem, Amanda sempre diz que Rachmaninoff é seu melhor filho.

— Achei que pais não podiam ter favoritos — eu disse, e minha mãe deu uma daquelas risadas fingidas muito parecida com a que eu dei naquele dia na sala de Teddy quando Katherine Cooper-Bunting entrou em nossas vidas. — E quando alguém te acusa de ter um filho favorito, você deveria negar — eu disse a ela.

— Não é o favorito — minha mãe disse guardando os talheres. — Melhor. Seu melhor filho.

— Por favor, nunca me diga o que você realmente sente — eu disse, porque meu Deus, como se eu não soubesse que minha mãe e meu pai acham que o sol brilha da bunda de Emilin, mas ter que ouvir isso era completamente diferente.

— Tilly, conversei com o seu avô um pouco mais sobre a tarde de jogos para ajudar com a demência — minha mãe sussurrou sem jeito.

— Acho que todas as tardes de jogos ajudam com a demência, não? — perguntei, mas ela me ignorou.

— Ele quer tentar — ela disse. — Você pode levá-lo? São dois ônibus, e não quero que ele se perca.

— Eu tenho ensaio.

— Eu dou aula em Richmond e já te disse que seu pai tem apresentação às quartas-feiras à tarde no momento.

— Eu tenho ensaio — eu disse de novo, mas mais devagar caso ela não tivesse me ouvido, e porque para a Emilin isso sempre funcionou. *Desculpe, mãe, não posso fazer aquilo que você precisa que eu faça, que na verdade não quero fazer, porque tenho ensaio. Mas tenho certeza de que Tilly está livre porque ela não tem ensaio porque sua vida é vazia.*

— Eu tenho ensaio — eu disse de novo, meio que num cochicho, mas ela me ouviu e me deu um daqueles olhares que congelam você na hora e, como eu sabia que nunca seria capaz de encenar um piti completo no estilo Emilin com choro e gritos e: "Eu não posso perder o ensaaaaaaaioooooooo", eu só disse:

— Vou dizer ao Brian que vou me atrasar.

— Você é minha melhor filha — ela disse.

— Mentira — eu disse a ela. — Mas não me importo. Não preciso que vocês me amem para me sentir valorizada como pessoa.

E com isso eu subi as escadas, me sentindo estranhamente empoderada mas completamente vazia.

Eu tinha deixado meu celular carregando no quarto, e quando o peguei tinha solicitações do Insta de Robin e Olivia para me seguir e uma mensagem do Teddy no WhatsApp.

Katherine enviou uma solicitação para me seguir no Insta.

Katherine, pensei. Ainda soava estranho. E emocionante. E aterrorizante.

Falei pra convidar ela para ir ao mercado. De nada, a propósito.

Ele respondeu imediatamente.

Todas as fotos dela são de teatro.

E você está surpreso porque…

Sei lá, achei que ela era uma dessas pessoas cheias de amigos. Para sua informação, eu também tinha uma solicitação de Robin, e todas as fotos delu são com outras pessoas. E elu também patina.

Você patinou por, tipo, 5 minutos.

Não foi ruim.

Você caiu e torceu o pulso.

Mas mandei bem por cinco minutos.

Você acha que devo mandar uma mensagem para a Katherine?

Sobre o quê?

Sei lá. Eu podia dizer algo fofo.

Tipo o quê? Você vai ver ela amanhã.

Vou pedir para ela passar o intervalo comigo de novo.

Seja mais ousado.

Ainda não.

Sabe aquele ditado que diz que tudo tem um lado bom? Bem, com Teddy e Katherine agora conectados nas mídias sociais eu finalmente podia aceitar a solicitação dela de dois dias atrás, o que fiz imediatamente, e também enviei uma solicitação para ela, que ela aceitou trinta segundos depois, o que pareceu um segundo e toda a eternidade ao mesmo tempo.

Teddy tinha razão sobre as fotos dela. Uma era dela do lado de fora do Apollo Victoria Theatre, onde fica em cartaz *Wicked*, uma era do lado de fora do National Theatre, onde ela viu um show chamado *Present Laughter*. Aí tinha uma foto dela no Globe Theatre parada em frente a um palco vazio segurando uma sombrinha porque estava chovendo.

A mais recente era do livro de *Macbeth*.

Em uma foto que ela postou no final do ano passado, ela estava usando um vestido branco liso, ajoelhada em um palco, olhando para o céu. A descrição dizia: "Lembrando Romeu e Julieta. #TBT".

Olhei para ela por uns bons cinco minutos, contando cada sarda em seu rosto perfeito, traçando as linhas de seus lábios com os olhos, e então lembrei que li *Romeu e Julieta* para a escola, exceto que é claro que não li, assisti ao filme, porque, fala sério, Shakespeare é horrível. Tem a cena em que Leonardo DiCaprio está todo ofegante e tentando atravessar uma vegetação rasteira porque está perseguindo Julieta na varanda e ele fala tipo: "E Julieta é o sol".

E então com toda a convicção do balaio de paio, respirei fundo até a barriga e disse:

— Julieta é o sol!

Olhei para a foto de Katherine Cooper-Bunting novamente e joguei o celular na pilha de roupas sujas.

— Julieta é o sol — projetei, para que até a velhinha surda na fileira de trás pudesse me ouvir.

— Fique quieta, Tilly — minha mãe disse batendo na minha porta, e não sei por que, mas a coisa toda de repente me fez rir histericamente.

Tipo, eu não estava bem.

CENA 4

A vingança do Cupido estava programada para durar aproximadamente uma hora e vinte e cinco minutos sem intervalo, e Brian de fato chorou quando nos contou sobre o programa.

Ele falou:

— Sempre foi meu sonho fazer algo assim, o.k.? Não só porque há tempos quero ver meu querido marido realizar seu desejo mais ardente de tocar sua música favorita na frente de uma plateia, mas também porque acho que estamos fazendo algo incrível. — Neste ponto, sua voz bem treinada e exercitada regularmente começou a ficar hesitante. — A pandemia foi brutal para muitos, e especialmente para tantas pessoas em nossa profissão que perderam seus meios de subsistência, e é simplesmente maravilhoso que vocês estejam aqui e estejam dispostos a ceder seu tempo livre… — voz muito trêmula seguida por alguns arquejos do tipo peixe fora da água — … e compartilhar seu talento, amor e entusiasmo.

Ele puxou um lenço de verdade da calça de moletom e começou a enxugar os olhos, e eu fiquei tipo, MDS, e Katherine Cooper-Bunting levou a mão ao peito, e Teddy olhou para mim como se tudo fosse culpa minha e sussurrou:

— Somos impostores.

Dei uma cotoveladinha nele e ele se jogou dramaticamente, deitando-se nas cadeiras vazias ao seu lado, e eu apenas pensei: *Talvez essa coisa de atuar seja a sua vocação, afinal, e Katherine Cooper-Bunting foi apenas a pessoa que te entregou a ela.*

Todos pareciam satisfeitos com a seleção de músicas e cenas de Brian, exceto Olivia, que ficou com a música "As Long As He Needs Me" do musical *Oliver!*.

Ela pegou e disse:

— Essa música é sobre uma mulher, né, que é abusada, né, e basicamente fica falando sobre o quanto ama o abusador dela.

— É um clássico — Brian disse a ela.

— É, e é por isso que todo mundo vai cantarolar junto e depois aplaudir. Tá errado, colega.

— Sabe, Brian, ela tem razão — Maeve disse.

— Tem sim, mas é uma das preferidas no país. Você não precisa cantar, se…

— Não, eu canto — Olivia disse, tirou o rabo de cavalo de cima do ombro e olhou para Brian através de seus cílios extremamente longos. — Não sou uma diva, né?

E então ela respirou fundo e começou a cantar "As Long As He Needs Me" três vezes mais alto do que o necessário.

Brian a interrompeu batendo palmas três vezes.

— Obrigada, Olivia.

— De nada, colega — ela disse, e me senti engrandecida com seu atrevimento, e foi por isso que virei a cabeça e olhei para Katherine Cooper-Bunting até ela olhar para mim.

Ela franziu o nariz fofo como se tivesse perguntando "O que foi?".

E eu só sorri e dei de ombros, mas continuei olhando para ela, e ela corou espetacularmente.

Então Brian colocou o programa no quadro de avisos caindo aos pedaços e falou:

— Mas já que é um esforço em grupo, acho que seria ótimo para todo mundo comparecer a todos os ensaios, o.k.? Claro que vou entender se vocês tiverem outros compromissos, mas não venha apenas duas vezes por semana para a sua cena. E precisamos que todos pensem em seus próprios figurinos também. Porém Robin aqui estará à disposição para ajudar com sugestões e alterações, e elu irá a brechós de caridade da região para ver peças e ter ideias.

Robin levantou a mão, embora tenho certeza de que todos já sabiam quem "elu" era.

— Se o dia estiver bom, vocês podem até ensaiar suas cenas lá fora sozinhos. E a Tilly — ele disse, e eu levantei o braço como Robin tinha feito — vai poder ajudá-los caso vocês tenham esquecido as instruções da direção de cena, o.k.?

Estranhamente só nesse momento me ocorreu que eu tinha concordado em acompanhar o Fantasma da Ópera e a esposa em cada passo da jornada de teatro musical deles. Vergonha alheia.

E, falando nisso, Brian decidiu não seguir com a música original deles e lhes designou uma de um musical chamado *Bonita e valente*. E apenas uma música, nada mais, enquanto a maioria das pessoas recebeu duas apresentações.

Olivia ficou com "As Long As He Needs Me", de *Oliver!*, e "The Wizard and I", de *Wicked*; Katherine Cooper-Bunting conseguiu a Lady Macbeth e uma cena com Teddy de uma peça de Shakespeare chamada *Do jeito que você gosta*.

Miroslaw recebeu uma cena de Shakespeare de *Sonho de uma noite de verão* no papel de antagonista de Maeve, e Maeve recebeu mais duas músicas — uma delas sendo a música das tortas ruins que ela cantou na audição, que não tem nada a ver com o tema de amor, a menos que você goste de comida ruim, mas eu não ia contestar Brian.

Katherine Cooper-Bunting tirou uma foto do programa e do cronograma de ensaios, e nem três segundos depois Olivia fez o mesmo, e então todo mundo fez a mesma coisa, incluindo eu, e eu fiquei tipo: *A imunidade de rebanho pode não ter sido uma realidade, mas a mentalidade de rebanho certamente é.*

— E amooooores — Brian disse, olhando para todos nós —, vamos ensaiar o número de abertura todos os dias, o.k.? Porque sei que nem todos vocês têm confiança como cantores e quero muito que seja fabuloso. Vocês sabem, fabuloso estilo National Theatre, querides.

— Não é fabuloso estilo escola de teatro — Olivia disse, sorrindo.

Brian olhou para ela, sorriu também e disse:

— Bem, você sabe, estilo adulto fabuloso, querida.

Olhei para Katherine Cooper-Bunting, que olhou para Olivia, e não consegui ler sua expressão. O que achei intrigante.

— E infelizmente ainda não encontrei um pianista, mas talvez eu dê um pulo na igreja St. Mark's quando terminarmos hoje para ver se eles têm um organista que esteja se sentindo generoso.

— Não podemos fazer nada sem um pianista — Maeve disse e balançou a cabeça.

— Acabei de dizer que estou cuidando disso — Brian disse a ela. — Não façam tempestade em copo d'água. Certo, pessoal, vamos aquecer. No chão, deitados com os joelhos dobrados.

Maeve pegou e disse: "Aiiiii, Jesus, Maria e José", mas se abaixou com muito menos dificuldade do que fez parecer.

Observei todos se posicionando e, não sei se fui eu, ou ela, ou a gravidade, mas Katherine Cooper-Bunting e eu acabamos deitadas uma ao lado da outra.

— Respirem fundo — Brian disse. — E soltem o ar.

Eu fiz isso.

O lado direito do meu corpo estava pinicando por causa da proximidade de Katherine Cooper-Bunting.

— Outra inspiração profunda — Brian disse. — E soltem o ar.

De repente senti como se talvez nunca tivesse respirado conscientemente. Como se respirar não existisse. Como se a única coisa que eu tivesse feito durante toda a minha vida até agora tivesse sido prender a respiração.

Inspirei novamente e alonguei o pescoço, a coluna, as pernas e depois os braços.

A ponta do meu dedo indicador roçou um dos dedos de Katherine Cooper-Bunting.

Ela não se afastou, e meu coração começou a estremecer como um cavalo assustado.

Olhei para ela, mas desta vez ela me ignorou completamente, apenas continuou inspirando e expirando, e eu não fazia a menor ideia do que fazer.

Durante o intervalo, nos sentamos sob as grandes árvores na parte gramada do outro lado da rua e almoçamos.

Katherine Cooper-Bunting estava sentada na minha frente, ao lado de Teddy. Em determinado momento — quando ninguém estava olhando porque estávamos todos ouvindo Olivia contar sobre seu emprego na livraria e como ela sempre tem que arrumar as revistas pornográficas mesmo não tendo idade suficiente para comprá-las, o que obviamente é LOL —, Teddy tirou um mini KitKat da mochila e o colocou casualmente ao lado do sanduíche de patê de atum e milho de Katherine Cooper-Bunting.

Ela olhou para ele, sorriu, articulou "obrigada", Teddy articulou "de nada", e meu estômago simplesmente pesou e eu fiquei toda tonta. Mas não do tipo eufórica. Do tipo ruim.

— Na Polônia tem revistas pornográficas? — Robin perguntou a Miroslaw.

— Tem.

— Até pornô gay?

— Pornô gay é que nem drogas. Você tem que comprar de alguém que você conhece.

— Colega, se pegarmos uma van, podemos levar essa merda até a Polônia uma vez por mês e ganhar uma grana.

— O.k. Tô dentro — Miroslaw disse, e todo mundo riu.

— Vejo vocês daqui a pouco — Katherine Cooper-Bunting disse colocando seu KitKat de presente na bolsa e recolhendo seu lixo.

— Colega, ainda temos, tipo, dez minutos.

Katherine Cooper-Bunting deu de ombros.

— Quero ensaiar minhas falas.

— Fico surpresa que você ainda não saiba suas falas — Olivia disse.

— Você já conhece as suas — Katherine Cooper-Bunting disse. — Mas teatro musical não é exatamente Shakespeare, né?

Olhei para Teddy tipo: *Elas vão brigar?*, mas ele nem olhou para mim, então olhei para Robin, que revirou os olhos para mim, e me toquei que isso era o que aquelas duas costumavam fazer.

— Não, colega, mas quando eu erro todo mundo sabe, porque todo mundo na plateia geralmente sabe a letra. Mas você pode literalmente inventar palavras e ninguém ia saber a diferença.

— Mas tem que ser em pentâmetro iâmbico, não? — Miroslaw disse, e todos nós paramos e olhamos para ele, e ele ficou tipo: — O quê? Na Polônia tem Shakespeare.

— Só para sua informação — Katherine Cooper-Bunting disse dirigindo-se a Olivia especificamente —, eu não dou a mínima se você tirar sarro de mim. Só o que me importa é entrar na escola de teatro. E infelizmente não posso simplesmente ficar lá e cantar uma música. Vou ter que fazer Shakespeare. É uma exigência. E a questão é que, já que não podemos fazer o teste pessoalmente por algum motivo estúpido, pelo menos vou poder enviar os clipes de *A vingança do Cupido* para eles, em vez de fazer uma gravação merda no meu quarto em cima da hora.

Olivia olhou para ela e achei que ela ia devolver algo bem desaforado, mas ela só enfiou batatinhas na boca, sem quebrar o contato visual com Katherine Cooper-Bunting, e por fim disse:

— Você tem razão, colega.

— Fico muito feliz que você concorde.

— Deveríamos fazer um vídeo oficial.

— Precisamos falar com Brian — Katherine Cooper-Bunting disse.

— Certeza. Mas se a gente filmar, não vou cantar aquele hino ao abuso doméstico. Vou apostar tudo com "Defying Gravity" — Olivia disse.

— Mas não é muito uma canção de amor, é...? — Robin perguntou, mas era claramente uma pergunta retórica.

— Colega, é sobre amor-próprio. O que estava na moda, tipo, há apenas cinco minutos atrás. É impressionante a rapidez com que as pessoas esquecem das coisas.

— Eu provavelmente conseguiria filmar na noite da apresentação — eu disse. — Se conseguirmos uma câmera boa de algum lugar.

— Meu pai tem uma câmera — Katherine Cooper-Bunting disse. — Durante a quarentena todos os cultos dele eram transmitidos ao vivo e a igreja forneceu o equipamento. Tenho certeza de que ele não vai se importar de usarmos.

— Mas será que Jesus vai? — Olivia perguntou e olhou para Robin claramente procurando risadas, mas Robin lhe deu um olhar fulminante.

— Vejo vocês lá dentro — Katherine Cooper-Bunting disse a todos e se afastou.

Teddy se levantou como um foguete e, como um cachorrinho que ainda não tinha se acostumado com os pés gigantes, correu atrás dela. Ele a alcançou na calçada e eles atravessaram a rua juntos, e quando chegaram ao clube Katherine Cooper-Bunting já estava rindo de novo.

Meu estômago se revirava sem controle, e eu soube que não seria capaz de viver se não pudesse fazê-la olhar para mim daquele jeito pelo menos uma vez antes do fim do dia.

Imaginei Grace sentada na roda do almoço conosco.

Ela odiava sanduíches prontos porque odiava maionese e, segundo ela, maionese sempre estava à espreita em todos os sanduíches prontos, e por causa disso ela estaria comendo um sanduíche crocante. Ela o comeria e fingiria que não estava muito seco e provavelmente olharia para mim agora e diria algo tipo: "Deixe eles pra lá, Tills. Eles são fofos juntos."

— Aqueles dois são como gato e rato — Olivia disse na vida real. — Sinceramente, não sei o que as pessoas veem em Cooper-Bunting.

Sacudi as migalhas de sanduíche das pernas me perguntando quem eram essas "pessoas", e aí a imaginei nua.

CENA 5

Nosso número de abertura era uma música chamada "Seasons of Love" de um musical chamado *Rent*, "alugar" em inglês, mesmo a história principal não sendo sobre pessoas alugando, e sim sobre a crise da AIDS nos Estados Unidos na década de 1980.

Brian disse:

— Eu estava vivo e era jovem e gay durante esse tempo, o.k., e preciso dizer que nossa comunidade e nossas famílias foram completamente devastadas. Talvez as pessoas finalmente se conectem emocionalmente com isso agora que passaram por algo parecido.

— Vai ter uma vacina para o HIV — Miroslaw disse.

— E tudo graças à pesquisa para a vacina da covid, você sabe disso, não sabe? — Brian respondeu.

— Essas vacinas todas estão ficando fora de controle — a esposa do Fantasma contribuiu. — Sinto muito, mas estou convencida de que é o governo tentando nos controlar.

— Eu gostaria que desenvolvessem uma vacina contra a estupidez, né — Olivia disse.

Brian rapidinho bateu palmas três vezes e dividiu o grupo em oito grupos menores, já que "Seasons of Love" foi originalmente cantada por oito pessoas.

Teddy e Miroslaw ficaram no mesmo grupo, Olivia ficou sozinha, assim como Maeve, o que fazia sentido, porque elas eram ótimas cantoras. Katherine Cooper-Bunting ficou com a esposa do Fantasma — e pude ver pela expressão de Olivia que ela estava adorando isso.

Eu obviamente não fiquei em grupo nenhum, e nem Robin, então me sentei ao lado delu e assistimos a um vídeo do elenco original de *Rent* no YouTube.

Todas as pessoas no vídeo estavam, tipo, na casa dos vinte anos e eram muito bonitas.

Olhei para o palco e todos lá pareciam um grupo aleatório de rejeitados arrastados para cá por um gato desdentado.

Fora Olivia e Katherine Cooper-Bunting, é claro. Como todo mundo estava rastejando cada vez mais longe da frente do palco, aquelas duas continuavam avançando.

Olivia então olhou para Robin e para mim, deu um passo confiante para a esquerda, manobrando Katherine Cooper-Bunting para fora do centro do palco, balançou o rabo de cavalo para trás, abriu a boca, fechou os olhos e soltou a primeira frase, acrescentando uma nota extravagante no final que se prolongou para sempre.

Todos olharam para ela boquiabertos, e ela olhou direto para Katherine Cooper-Bunting e disse:

— O que foi?

Mordi o lábio e olhei de volta para o celular de Robin, e Robin sussurrou:

— Ela é tão selvagem.

Como ainda estávamos sem o piano, ninguém cantou, mas Brian tinha feito cópias da partitura, que ele me pediu para distribuir, e que se mostraram uma completa perda de tempo e papel, porque só Olivia, Katherine Cooper-Bunting, Teddy e Charles sabiam ler música, e por fim Brian apenas disse: "Ah, por que eu me dou ao trabalho?", e postou um link para o vídeo da música no YouTube no grupo do WhatsApp.

Ele então decidiu que começaria a ensaiar *Sonho de uma noite de verão* com Maeve e Miroslaw, que basicamente é sobre o personagem de Miroslaw se transformando em um burro, e o personagem de Maeve se apaixonando por ele porque não percebe que ele se transformou em um burro, porque foi drogada.

Eles não precisavam de mim, pois era mais uma leitura, porque obviamente ninguém sabia suas falas até agora e Brian não queria começar a dirigir ainda "amoooores", então eu fiquei sentada ao lado de Robin, que estava procurando imagens de produções de *Sonho de uma noite de verão* e desenhando ideias de figurino em seu caderno.

— Jesuzinho — eu disse olhando para uma das imagens. — Você acha que vamos conseguir uma cabeça de burro para Miroslaw?

— Duvido muito. Essas coisas são tão caras. A menos que você conheça alguém no National Theatre, ou talvez no Victoria and Albert Museum, que surrupiasse uma para nós. Ou nós podemos fazer isso. Quer participar de um assalto?

— Meu pai trabalha na Royal Opera House — eu disse, e Robin pegou minha mão e disse:

— Você é literalmente minha nova pessoa favorita. Por favor, por favor, por favooooor, me diga que ele trabalha no departamento de figurino.

— Desculpe, não, ele é maestro.

— Que coisa chata.

— Ele discordaria de você.

— Mas ele conhece as pessoas do departamento de figurino, certo?

— Acho que não.

— Mas talvez ele pudesse me levar para conhecer e do nada iríamos parar no departamento de figurino?

— Não sei.

— Tilly, por favor, você precisa embarcar na minha narrativa aqui.

— O.k., desculpe, sim, claro. Claro que ele pode te levar para conhecer e acidentalmente de propósito ir parar no departamento de figurino.

— Onde ele vai distrair a moça do guarda-roupa para que eu possa tirar uma cabeça de burro.

— Como você vai tirar essa cabeça do prédio?

— Debaixo da minha blusa.

— É imensa.

— Então eu vou usá-la. Ninguém iria perceber.

— Uma vez vi um homem com um forno de rodinhas no metrô.

— Que estranho.

— Né?

— Bem, é Londres. Por favor, você pede para o seu pai?

— Peço.

— Agradeço muito. E eu não pegaria nada se ele me levasse para conhecer.

— Vou avisar ele.

Quando o ensaio acabou, me lembrei que não tinha dito a Brian que chegaria atrasada na quinta-feira.

Ele pegou e disse:

— Tilly, para ser honesto…

— Tenho que levar meu avô para esta coisa — eu disse, porque obviamente sou ótima com as palavras, e é claro que Brian olhou para mim como se eu estivesse inventando, o que, para falar a verdade, me deixou um pouco brava, porque eu não mentiria sobre isso.

De qualquer forma, toda essa interação fez com que eu me sentisse toda errada e injustiçada, e quando olhei em volta, todo mundo, fora Charles e

Maeve, já tinha ido embora, e fiquei muito irritada porque realmente queria ver Katherine Cooper-Bunting.

Fui ao banheiro, toda indignada e odiando Brian, e meus pais e basicamente todo mundo, e lá estava ela.

— Oi — ela disse e começou a lavar as mãos.

— Oi — eu disse, mas não tinha mais nada no meu cérebro, e então eu fiquei tipo, *Matilda Taylor, se controle. Diga alguma coisa!*

Katherine Cooper-Bunting sorriu, mas não disse nada e pegou um punhado de toalhas de papel.

— É verdade que você tem uns dez irmãos? — perguntei, e juro que não sabia que ia perguntar isso até ter perguntado.

— Foi Olivia que te contou isso, não foi? — Katherine Cooper-Bunting perguntou de volta e riu. — Só porque meu pai é padre. Ela literalmente precisa superar isso. E, não, tenho quatro irmãos.

— Uau. É muito, não é?

— Você tem irmãos?

— Tenho uma irmã mais velha, mas ela mora na Escócia.

— Eu sou a mais velha, e o mais novo tem quatro anos.

— Você tem um quarto só pra você?

— Não, divido com a minha irmã Stella. Ela tem catorze anos.

— Isso não te irrita?

Katherine Cooper-Bunting deu de ombros e vasculhou a bolsa.

— Sempre dividi. Na real, não conversamos muito quando estamos no quarto, sabe. Respeitamos a privacidade uma da outra. É tranquilo.

— Vocês não brigam?

— Brigamos. — Ela tirou da bolsa um creme para as mãos espremido quase até o fim e passou nas mãos. — Quer?

— Não, obrigada. Mas onde você treina, tipo, seus monólogos e tudo mais? — perguntei, e não sei por qual motivo, mas talvez porque eu estava observando as mãos dela, fiquei pensando onde ela se masturbava, mas é óbvio que não ia perguntar para ela.

— Muitas vezes vou escondida para a igreja — ela disse, e você pode imaginar as cenas na minha cabeça, porque eu ainda estava em Masturbationville. — Às vezes fico em uma das capelas pequenas nas laterais — ela continuou, e eu fiquei tipo: *Por favor, pare de falar.*

Limpei a garganta.

— Deve ser tão estranho. Estar sozinha em uma igreja. Não é assombrada? — perguntei, e ela olhou para mim sorrindo.

— Não acho que Jesus tenha um desejo ardente de voltar e me dar dicas sobre minha atuação.

— Você, tipo, realmente acredita em tudo isso? — perguntei.

Seus olhos dançaram pelo meu rosto.

— Quero dizer, Jesus e... sei lá, Maria, acho — eu disse, porque precisava cortar o silêncio dela. Eu não sabia nada sobre a Bíblia.

— Claro que sim — Katherine Cooper-Bunting disse e deu uma checada rápida em si mesma no espelho. Então olhou para mim como se nem o nosso breve encontro como cavalos nem o toque dos dedos tivessem acontecido e sussurrou muito perto do meu ouvido enquanto passava por mim: — Afinal, sou filha de um padre. — E desapareceu pela porta antes que eu pudesse inspirar novamente.

Quando saí, ela já estava na rua.

— Vem logo, porra — Teddy gritou para mim do ponto de ônibus.

— Vai se foder, estou indo — gritei de volta, imaginando se teria que passar o resto da minha vida me sentindo excitada e infeliz ao mesmo tempo.

CENA 6

Dormi até tarde na manhã seguinte porque não consegui dormir à noite.

Quando desci, meu avô ainda estava tomando o café da manhã, mas minha mãe e meu pai já tinham saído para o trabalho.

— Café? — ele perguntou.

— Pode deixar que eu faço — eu disse e coloquei água para ferver.

— Você acha que eu deveria me vestir bem para a tarde de jogos? — ele perguntou.

— Acho que isso não importa muito. Além disso, você sempre está bem-vestido.

— E imagino que muitos deles não se lembrarão de mim na semana que vem, ou mesmo amanhã, então suponho que não importe muito mesmo.

— Meu pai anotou o endereço pra você? Só sei que é no bairro vizinho.

— Não.

— Essas pessoas me deixam louca — murmurei pegando o celular e enviando uma mensagem para o meu pai.

— Sei que o nome tem algo a ver com Ericcson. Lembro disso porque achei que soava sueco — meu avô disse. — Teve um verão que sua avó e eu passamos um mês inteiro dirigindo pra cima e pra baixo na costa perto de Gotemburgo. Acho que ela teria ficado lá pra sempre. Ela amou. Frutos do mar frescos, sol. Ela nadava nua todos os dias.

— Eca.

— Ela era uma mulher muito bonita.

— Vô!

— Ela era — ele disse e riu, então eu ri também, e a água tinha fervido.

Pesquisei "Ericcson" e "demência" e "jogos de tabuleiro" e o nome do bairro no Google, e três segundos depois achei.

— Ericcson Close — eu disse a ele.

— Ah, ótimo, porque eu não gostaria de perder isso por nada no mundo.

— Vô, você não precisa ir.

— Tudo bem, Tilly — ele disse e pegou minha mão, o que não era normal, porque ele não era do tipo afetivo. Nenhum de nós era. Eu apertei a mão dele brevemente.

— Você pode me emprestar um dinheiro? — ele perguntou.

— Acho que você não precisa pagar nada — eu disse.

— Tenho esperança de que tenha pôquer na sala dos fundos — ele disse. — O risco de perder dinheiro pode ser incentivo suficiente para o meu cérebro não se deteriorar na velocidade que estão prevendo.

Observei-o pegando a colher com a mão trêmula e comendo Sucrilhos.

Olhei para o celular.

— Talvez você faça amigos — levantei a ideia, mas acho que ambos sabíamos que eu estava apenas falando por falar.

Imagine fazer amigos novos e todos eles têm demência, ou Alzheimer. A chance de eles não te reconhecerem da próxima vez que você os vir é grande.

Imagine que cada cômodo em que você entra está cheio de estranhos. Aterrorizante.

Enfim, meu avô se vestiu com o traje habitual, calça social, uma camisa branca limpa e uma de suas muitas gravatas coloridas. A de hoje era cor-de-rosa.

Quando descemos do ônibus, tive que pegar meu celular para checar para onde estávamos indo porque eu não ia para aquela região da cidade há uns, tipo, cinco anos, e tudo estava muito diferente de como eu me lembrava.

O centro comunitário ficava em uma rua lateral em direção a Putney, e parecia uma escola velha e caindo aos pedaços.

Também era usada pelo sistema de saúde para outras coisas, tipo, tinha avisos de exames oftalmológicos para diabéticos por tudo e cartazes nas paredes lembrando as pessoas de agendar as vacinas gratuitas contra gripe, covid e herpes-zóster.

— Este lugar parece o cenário de um filme do Stephen King — meu avô disse, e eu fiquei completamente mortificada que: a) minha mãe achou que isso era uma boa ideia e b) que ele concordou com isso. — Talvez eles colham meus órgãos. E não seriam pegos porque eu não vou me lembrar.

Chegamos a um local com portas duplas e eu as abri, e do outro lado ficava o que parecia ser o refeitório de uma escola, e tinha um monte de pessoas velhas sentadas ao redor das mesas, e o pessoal da enfermagem servia bebidas em recipientes de plástico.

Duas senhoras estavam jogando cartas, uma outra estava sendo alimentada com bolo, e um velho estava sentado sozinho em uma mesa do outro lado se balançando em sua cadeira e olhando para uma torre de dominós.

Apenas o incidente da bisteca de porco mexeu de forma profunda comigo, emocionalmente falando, desde o que aconteceu com Grace — e, bem, além de algumas mexidas causadas por Katherine Cooper-Bunting, óbvio —, mas ficar lá olhando para a cena na minha frente me levou ao ponto em que eu queria gritar e vomitar ao mesmo tempo, o que acho que não é fisicamente possível.

E eu soube, tipo, eu SOUBE naquele momento que Emilin estava certa, que eu tinha que assumir os cuidados com meu avô, porque ninguém mais iria fazer isso, e eu sabia que não havia a menor chance nem em um milhão de anos de eu deixá-lo lá para fazer parte desse show de horror. E não só porque minha avó voltaria para me assombrar, mas porque a alma dele merecia coisa muito melhor. A alma de todo mundo merece coisa melhor.

Vi uma enfermeira vindo em nossa direção e fiquei na frente do meu avô tipo: *Não*.

— Boa tarde — ela disse. — Meu nome é Helen. Bem-vindos.

— Na verdade, não vamos ficar — eu disse, depois me virei, agarrei a mão do meu avô e empurrei as portas novamente.

— Sarah — ele disse, mas andei ainda mais rápido, arrastando-o atrás de mim, seus sapatos de couro duros e brilhantes faziam barulho no chão de linóleo desbotado, ecoando pelo corredor estéril e vazio.

Os cartazes nas paredes de repente ficaram bem na minha cara: DIABETES, COVID, VELHICE, MORTE, e arrastei meu avô até que estávamos praticamente correndo.

Lá fora estava quente de novo, e os cheiros eram familiares, de calor e tráfego e frango frito e flores.

Parei em uma parede próxima ao local e soltei a mão dele.

— Você não pode ficar naquela coisa — eu disse a ele, meus pulmões imploravam por ar com luz do sol em vez de desespero.

Meu avô ficou lá, também ofegante, e parecendo completamente perdido e deslocado e sem amigos em um asfalto quente, e eu falei tipo:

— Vô, você não pode ficar lá. Era horrível.

Ele puxou um lenço e enxugou a testa suada, e percebi que eu não tinha feito ele usar um chapéu e ele provavelmente estava se queimando no sol.

— Acho que eles não tinham pôquer — ele disse e sorriu para mim.

— Não, acho que não.

Olhamos um para o outro por um momento, então eu falei:

— Você quer ir para o ensaio comigo? Acho que vai gostar muito mais de lá. E no clube é legal. Podemos pegar o ônibus agora. Ou podemos ir pra casa, não tem problema. Desculpe por termos feito você vir aqui. Foi uma ideia estúpida.

— Tudo bem, Tilly — ele disse e enxugou a testa novamente. — Posso passar a tarde com você no ensaio. Se não for incomodar.

— Não — eu disse. — Você não vai incomodar, juro. Mas só pra você saber, não somos profissionais, mas todos são muito legais.

— Está bem — ele disse e deu um tapinha nos bolsos. — Só que parece que perdi a chave do meu carro.

— Não, vô, tudo bem. Viemos de ônibus. Não se preocupe.

— Ah, tudo bem então, né? — ele disse e sorriu para mim.

— Venha, é por aqui.

— Ônibus em Londres são bastante confiáveis, não são? — ele perguntou, e fiquei tão triste com sua tentativa de jogar conversa fora, apesar (ou talvez por causa) de tudo o que estava acontecendo com sua doença, então entrelacei o braço no dele e caminhamos para o ponto de ônibus juntos.

Não trocamos uma palavra no caminho para o ensaio.

Quando o ônibus subiu a colina, vi uma pessoa idosa se aproximar devagar, e pensei, sei lá, a maioria das pessoas não sabe como vai morrer, certo?

Mas quando você tem algo como Alzheimer talvez você olhe para as pessoas de idade mais avançada e saiba que vai ser você em um futuro não tão distante e, de verdade, isso é um puta de um terror!

Saber que você vai ser a pessoa que está se balançando no canto olhando para uma pilha de dominós. Ou saber que um dia você será alimentado com bolo, ou porque não sabe que está com fome, ou porque não sabe como se alimentar.

E não foi, tipo, culpa das outras pessoas, ou da enfermeira, obviamente, foi culpa do Alzheimer — e a região do centro comunitário continua sendo um buraco de merda, mesmo finalmente tendo um shopping center chique.

Chegamos ao ensaio logo após o aquecimento, portanto, para ser bem sincera, Brian fez uma tempestade em copo d'água quando eu disse que chegaria atrasada, porque eu não preciso fazer o aquecimento, pois tudo o que tenho a fazer é sentar e ler as palavras que as pessoas no palco estão dizendo e anotar onde ele quer que elas se sentem/fiquem/olhem.

Todo mundo estava apenas conversando e se situando.

Katherine Cooper-Bunting e Teddy estavam muito próximos lendo suas cenas, e os olhos dela e sua linguagem corporal eram tipo: *Venha aqui*, e eu odiei isso.

Vi Teddy rir, e quando ele olhou para cima, viu meu avô e eu parados na porta. Ele soltou o roteiro que estavam segurando juntos e veio até nós.

— Oi, Sr. Taylor — Teddy disse e estendeu a mão para o meu avô. — Eu sou o Teddy. Nos conhecemos há muitos anos no Natal.

— Olá, Teddy — meu avô disse, como se não tivesse muita certeza.

— Ah, sou seu vizinho.

— Sim, eu me lembro — meu avô disse. — Você está tão alto.

— Obrigado — Teddy disse e puxou o lóbulo da orelha.

— O Rachmaninoff é do Teddy — eu disse ao meu avô.

— Ele é um gato adorável.

— Ele é um filho da mãe rabugento — Teddy disse.

— Ele é muito musical.

— Como dizem, ele tem a quem puxar — Teddy disse e deu de ombros. — Diferente de mim. Às vezes acho que meus pais foram buscar eu no abrigo, e não o gato. Se é que você me entende.

Não tenho certeza de que meu avô entendeu, mas ele sorriu mesmo assim.

— Vou te apresentar ao Brian — eu disse, e dei uma olhadinha rápida para Katherine Cooper-Bunting, que estava nos observando. — Brian interpretou o Sapo em *O vento nos salgueiros*.

Ele não pareceu ficar impressionado, mas me seguiu até a frente.

— Brian — eu disse, e Brian se virou. — Este é meu avô, Douglas. Tudo bem se ele assistir hoje? Ele ia fazer uma coisa, mas agora não vai mais.

— Era uma tarde de jogos para pessoas com demência e Alzheimer — meu avô disse e apertou a mão de Brian. — Mas parece que ainda tenho que perder mais alguns parafusos antes de desfrutar desse tipo de programa.

— Ah — Brian disse. — Entendo. Bem, é claro, quanto mais, melhor. Você é ator, Douglas?

— Infelizmente, não — meu avô disse.

— Ele é músico — eu disse.

— Você toca piano? — Brian perguntou e depois riu do que ele obviamente achava que era uma piada, mas meu avô pegou e disse:

— Na verdade, toco sim.

E nesse momento Brian parecia ter visto um milagre acontecer, e ele agarrou a mão do meu avô e sussurrou:

— Mas então você *precisa* tocar para nós.

Meu avô parecia inseguro.

— Veja bem, Douglas, nosso pianista infelizmente faleceu, e se eu não encontrar um substituto logo, vou ter uma rebelião a enfrentar.

— Ah, não sei — meu avô disse e puxou a mão do aperto ávido de Brian.

— Não, não, não, você deeeeefinitivamente precisa tocar — Brian berrou. — Douglas, meu amooooor. É por uma boa causa. Para a Acting for Others, sabe? Você tem outros compromissos neste verão? Diga sim pra nós, eu te imploro.

E então ele realmente se ajoelhou na frente do meu avô e cruzou as mãos como se estivesse rezando.

Todo mundo estava olhando agora.

— Pare de fazer papelão, Brian! — Maeve gritou de trás do bar onde estava secando canecas, e Brian se levantou todo desajeitado.

Meu avô de repente pareceu estar confuso, o que me fez sentir um pouco de calor e pânico, e lembrei que não tinha lembrado de perguntar se ele precisava ir ao banheiro.

— Vamos nos sentar um minuto — eu disse e o fiz se sentar em uma das cadeiras de plástico.

Tirei uma garrafa de água da mochila e dei a ele.

— Aqui, você precisa tomar água, está muito quente hoje. Desculpe, eu deveria ter te oferecido no ônibus.

— Obrigado, Sarah — ele disse e gentilmente segurou minha bochecha por um momento.

— Imagina.

— Maeve — Brian disse —, você poderia fazer uma xícara de chá para o Douglas? — E aí ele ficou tipo: — Você não precisa decidir nada agora, amigo. Você é bem-vindo apenas para ficar aqui, o.k.?

— Obrigada — eu disse a ele e me sentei ao lado do meu avô.

— Certo, pessoal — Brian disse e bateu palmas. — Vamos continuar de onde paramos ontem...

— Tô pronta, suas megeras — Olivia disse e subiu ao palco.

— Isso você é, querida — Brian respondeu e balançou a cabeça.

— Devido à ausência de pianista, vou cantar à capela, né. Não que eu me importe — ela disse, tirando o cabelo de cima do ombro.

— Já falei que estou resolvendo isso — Brian disse, mas meio que baixinho e olhando para suas anotações. — Certo. Você está familiarizada com a música, imagino.

— Estou, colega. Já discutimos isso. É a canção de amor de Nancy pra um cara que é esquisitão, brigão e agressor. Totalmente romântico.

Eu sei, *eu* fiquei constrangida.

— É, bem, é uma das favoritas do público.

— Informação importante sobre o eleitor mediano, né?

— Você vai ter que se esforçar muito para isso, então, não é mesmo? — Brian disse.

— Eu diria que sim — Olivia disse. Ela limpou a garganta e foi direto para a música, mas cinco segundos depois Brian bateu palmas para ela parar e disse:

— Essa não é "As Long As He Needs Me".

Eu estava tão entretida com o que estava acontecendo no palco que não vi Katherine Cooper-Bunting se aproximando de mim pela direita, e quando ela de repente estava bem ali, eu literalmente me encolhi.

Ela se ajoelhou ao meu lado, colocou a mão no meu joelho e entregou uma xícara de chá para o meu avô.

— Oi, eu sou a Katherine — ela disse, e juro que a mão dela se espalhou um pouco, como se tocar meu joelho fosse algo que ela fizesse há muito tempo. — Maeve fez uma xícara de chá para o senhor. O senhor coloca açúcar?

— Duas colheres, por favor. Obrigado — meu avô disse.

— Eu já volto — ela disse, e sua mão se foi, e minha pele parecia estar tendo algum tipo de crise devido à perda de seu toque.

Ela voltou dez segundos depois com o chá adoçado.

— Tem biscoito também. O senhor aceitaria? — Katherine Cooper--Bunting perguntou e deu a ele dois biscoitos em um guardanapo.

— Eu aceito — eu disse.

Ela se virou para mim e sorriu. Pude ver o pulsar em seu pescoço, o que me fez lamber os lábios.

— Pegue você mesma — ela sussurrou. — Você não é uma convidada.

— Há um piano neste local? — meu avô perguntou. Ele deu uma mordida no biscoito e olhou ao redor.

— Bem embaixo do Winston Churchill ali — eu disse e apontei para o canto. — Mas não se preocupe com isso, vô. Tenho certeza de que ele vai encontrar alguém.

— Eu posso tocar o maldito piano, Tilly — ele disse e soprou o chá antes de tomar um gole com cuidado.

— Eu sei, mas você não precisa fazer isso agora.

— Com licença, Brian — ele então disse, largou a xícara de chá e caminhou até a mesa de Brian. — Você tem a partitura? Já que estou aqui, posso muito bem acompanhar a jovem.

Brian respirou fundo, segurou o ar, abriu os braços e a boca e acabou não dizendo nada, mas pegou uma pasta de uma pilha, tirou a trilha sonora de *Oliver!* e deu para o meu avô.

Cinco minutos depois, a companhia de teatro tinha um pianista, e Olivia cantou com tanto vigor que pensei que o telhado surrado ia sair voando.

Todo mundo estava supereufórico no intervalo, e todos se apresentaram ao meu avô.

De canto do olho, vi que Katherine Cooper-Bunting estava atrás do bar, sozinha, fazendo chá, o que me fez precisar de um também, e com extrema urgência.

Olhei em volta para encontrar Teddy, mas não o vi.

É uma coisa estranha a rapidez com que a coragem surge e a decência pula pela janela quando você realmente quer algo.

Ela estava encostada no balcão olhando para a caneca ainda vazia, e eu me esgueirei por trás dela e coloquei a mão esquerda em seu quadril.

— Com licença — eu disse e despreocupadamente estendi a mão para pegar uma caneca da prateleira acima.

— Sabe, eu poderia ter pegado uma para você — ela disse e virou a cabeça para que eu pudesse sentir sua respiração no meu rosto.

Ela estava um pouco perto demais, e por um momento temi que eu tivesse ficado vesga, mas nossa proximidade era muito excitante para eu me afastar. Ou mesmo me mover um milímetro que fosse.

— E qual seria a graça? — perguntei. E eu não sussurrei, mas quase.

Aí olhei para a mais fofa de todas as sardas em seu nariz.

Ela olhou para a minha boca.

Meu celular começou a tocar e juro que quase caí para trás com o susto.

Dei um pulo para longe dela, e ela deu uma risadinha.

Era minha mãe.

— O que foi? — perguntei.

— Querida, esquecemos da tarde de jogos do seu avô. Onde você está?

— Não, *nós* não esquecemos, *você* esqueceu. Nós fomos, mas não ficamos. Agora estamos no ensaio.

A água terminou de ferver e Katherine Cooper-Bunting a colocou em nossas canecas.

— Querida, mil desculpas. Esqueci completamente de te mandar o endereço. O que você quer dizer com "não ficamos"?

— O que você quer dizer com "o que eu quero dizer"? — perguntei, porque sinceramente...

Mexi o saquinho de chá algumas vezes, tirei-o e o joguei no prato com todos os outros saquinhos de chá encharcados.

— Perdão? — minha mãe perguntou, e eu fiquei tipo: *Qual é o problema com vocês?*

— Nós fomos para a coisa — eu expliquei devagar —, e era horrível, então o vô não vai voltar lá, em vez disso vai tocar piano para o nosso negócio de cabaré.

Katherine Cooper-Bunting me deu um sorriso maldoso e articulou:

— Negócio de cabaré?

Dei de ombros e estendi a mão para pegar um biscoito, mas ela os agarrou antes que eu pudesse pegar um e os levou com ela.

— Tilly, acho que precisamos discu...

— Mãe, não posso falar agora, tenho ensaio — eu disse, e antes que ela pudesse dizer qualquer outra coisa, falei: — Nos vemos à noite, tchau. — E desliguei.

Brian bateu palmas para nos avisar que o intervalo tinha acabado, então voltei para onde eu estava sentada.

Teddy, Robin, Miroslaw e Olivia entraram e percebi que tinham ido ao mercado. Teddy tirou um iogurte de banana do bolso do short e me deu.

Então ele puxou duas garrafas de água do enorme bolso lateral do outro lado, deu uma para o meu avô, que pegou e disse: "Muito obrigado por isso, meu jovem", e deu uma para Katherine Cooper-Bunting, que olhou para ele como se fosse o melhor presente que ela já tinha ganhado na vida.

Meu coração doeu, e essa dor leve se espalhou pelo restante do meu corpo até que eu me perguntei se algum dia ia conseguir sair daquela cadeira de merda, mas aí meia hora depois, a caminho do palco, Katherine Cooper-Bunting passou por mim e descontraidamente colocou um biscoito na minha perna.

Aí ela me ignorou pelo resto da tarde.

Eu me senti como se tivesse sido tirada do oceano, como se não estivesse me afogando.

CENA 7

Quando meu avô e eu chegamos em casa, minha mãe, é claro, fez uma enxurrada de perguntas, mas eu logo disse para ela em poucas palavras que basicamente meu avô nunca mais ia voltar para a tarde de jogos de tabuleiro na sala de espera da morte no centro comunitário, e que na verdade eu nunca mais voltaria àquele bairro para nada, e que todo dia teríamos que servir um *brunch* mais cedo ou fazer um sanduíche para ele, porque ele basicamente tinha fugido com o circo e se juntado a uma companhia de teatro amador de merda para a qual agora tocava piano.

Minha mãe imediatamente pegou o celular e provavelmente estava tipo: "Querida Siri, devo permitir que meu sogro de oitenta anos de idade aceite um trabalho não remunerado mesmo estando nos estágios iniciais da doença de Alzheimer?".

A Siri aparentemente disse: "Sim, Suzanne, essa é uma ótima ideia", porque meia hora depois mamãe estava tipo: "Douglas, acho que é uma ótima ideia", e eu me perguntei como a pessoa deve se sentir quando é tratada como uma criança — pela minha mãe ainda por cima — quando você viveu de forma bem-sucedida e por, tipo, quase setenta anos como um adulto.

Quando meu avô subiu para tomar banho, minha mãe estava toda em cima de mim tipo:

— Só fico preocupada porque não tem nenhum profissional da área médica no seu ensaio. Ele precisa de supervisão constante. Precisa de água regularmente, precisa de comida, precisa ter certeza de que vai ao banheiro.

Eu falei tipo:

— Todos nós precisamos fazer essas coisas, mãe. Não é nada de outro mundo.

Ela olhou para mim e aí falou:

— Bem, claro, se você acha que sabe tudo.

Eu não acho que sei tudo, mas quando estávamos naquele lugar horroroso o que eu soube foi que você não despacha alguém simplesmente para um centro comunitário estéril onde, sim, onde há enfermeiros, mas onde a vida já parou.

Deixei minha mãe na cozinha, onde ela ia dar uma aula de balé pelo Zoom às oito, e fui para o meu quarto.

A coisa interessante sobre minha mãe é que agora é tão óbvio que ela nunca gostou de ser mãe.

Emilin e eu sempre ficávamos na casa do Teddy, tipo, depois da escola, e para jantar, e obviamente nos fins de semana, e durante o Natal quando Amanda não estava dando aula e todos os outros pais estavam se apresentando com *O Quebra-Nozes* trezentas vezes por dia.

E aí durante nossas férias escolares sempre ficávamos na Escócia com minha avó e meu avô. Ou saíamos com eles, porque minha avó não ligava de ter a gente por perto, mesmo quando meu avô estava trabalhando.

Ela também não se importava em viajar conosco; minha mãe, por outro lado, ficava tão incomodada com a nossa presença que literalmente tentava nunca nos levar a lugar nenhum.

E se minha mãe era um lixo, meu pai era pior.

Quero dizer, ele não fazia nada além de pensar em si mesmo.

O que também era cem por cento o motivo pelo qual eu não o via desde que meu avô chegou. O que não fazia nenhum sentido, porque se ele estava tão arrependido pelo fato de a minha avó ter morrido sozinha, por que ele deixaria basicamente a mesma coisa acontecer com meu avô? Porque morar em uma casa com outras pessoas não significava automaticamente que a pessoa não estava se sentindo solitária e sozinha. Tipo, eu sabia tudo sobre isso.

Sentei na frente do meu espelho e comecei a fazer a sobrancelha, mas o projeto logo se tornou muito custoso.

Comecei a ficar muito puta com a minha mãe, que estava lá embaixo toda tipo: "Vamos fazer um *demi plié, port de bras* e um adorável *grand plié*", como se isso fosse importante.

Peguei o celular e decidi atualizar Emilin do *status quo*, e aí minha porta se abriu e Rachmaninoff enfiou a cabeça gigante dentro do meu quarto.

— Vá se foder — eu disse a ele. — Este é o meu quarto.

Ele saiu, sentou-se em frente à porta do meu avô, gritou e olhou para a maçaneta com expectativa.

— Eu te odeio — sussurrei e saí do chão.

Fui até a porta do meu avô e bati.

— Rachmaninoff está aqui — eu disse. — Mas você não precisa deixá-lo entrar no seu quarto. Ele não mora aqui.

Alguns segundos depois a porta se abriu um pouco.

— Obrigado, Sarah — meu avô disse, e o gato soltou um miado de felicidade.

Voltei para o meu quarto e desabei na cama.

Que dia.

Meu celular vibrou e tive esperança de que fosse um WhatsApp de Katherine Cooper-Bunting, que na mesma hora percebi que era uma coisa idiota de se querer porque não era como se fôssemos BFFs ou qualquer coisa, e só porque tivemos um joguinho envolvendo biscoitos isso não significava que ela ia me enviar uma mensagem.

Era a Emilin.

Bravo!, ela escreveu, mas o que isso significava?

Olhei para o teto e balancei a cabeça.

— Por que todos são incompetentes? — perguntei, mas claro que não tive resposta.

Fiquei pensando se deveria falar com Katherine Cooper-Bunting sobre isso.

O silêncio divino, ou seja, não a Emilin.

Aí eu me perguntei se algum dia iria comer outro biscoito sem pensar nela.

Entrei no Insta para ver se ela tinha postado alguma coisa, mas ela não tinha.

Robin tinha postado nos stories esboços de figurinos. Um deles era para a cena que Teddy fazia com Katherine Cooper-Bunting. A personagem feminina se chama Rosalinda e o menino, Orlando, e Robin desenhou um coração entre os rostos.

Escrevi um comentário dizendo: "Muito fofo!" e enviei muitos emojis sorridentes com olhos de coração, o que fez eu me sentir ao mesmo tempo adulta e desesperadamente ressentida.

Robin estava on-line e curtiu minha mensagem imediatamente.

Então elu me respondeu sobre a cabeça de burro, e sugeri que tentássemos pegar a parte da frente de uma fantasia de cavalo, e em vez de dizer tipo: *Isso é hilário, mas não*, elu disse: Isso é hilário, vamos.

E então elu disse tipo: Não tem aquela loja de festas perto do shopping? E eu falei tipo: Sim, e então elu escreveu: Precisamos ir durante o intervalo amanhã e dar uma olhada, e eu falei: Mal posso esperar.

E aí fiquei pensando: *Será que tem fantasia de cavalo na Polônia?*, e eu realmente esperava que tivesse, porque imagine desempacotar tudo aquilo...

Olhei na Amazon, mas todas lá eram um pouco caras considerando a aparência tosca que tinham, além de que obviamente a gente só precisava da parte da frente de qualquer maneira, e além disso sempre devemos tentar comprar do comércio local, mesmo que seja uma fantasia de cavalo.

Eu ainda estava lá deitada quando meu pai chegou em casa, e eu estava prestes a apagar a luz quando alguém bateu na porta do meu quarto.

Por um momento fiquei tipo: *Vou ignorar e fingir que estou dormindo*, mas então pensei que quem estava batendo provavelmente veria a luz vindo por debaixo da porta e saberia que eu ainda estava acordada e ignorando, e eu não queria que as coisas nesta casa ficassem ainda mais estranhas do que já eram.

— Sim? — eu disse, e era meu pai.

— Oi — ele disse, parecendo completamente deslocado ainda em seu terno de maestro. — Desculpe pela confusão com o endereço da tarde de jogos do meu pai.

Confusão? Escolha interessante de vocabulário.

— Entretanto sua mãe me mandou uma mensagem sobre ele ter aceitado um emprego.

— Na verdade, não é um emprego. Tipo, ninguém está sendo pago.

— Eu estava tentando ser engraçado.

— Ah. Desculpe. Ha-ha.

— E acho ótimo.

— O.k.

— É, é isso.

E aí ele ficou lá e meio que olhou para o meu quarto como se nunca tivesse estado lá, e, quando pensei nisso um pouco mais tarde, não tive certeza se ele já tinha estado lá mesmo.

— Boa noite? — eu disse, porque eu estava tipo: *Por favor, vá embora, odeio constrangimento*, e ele falou:

— É, boa noite. Não fique acordada até muito tarde.

E então ele meio que andou para trás de um jeito muito estranho e fechou a porta.

Peguei o celular de novo e assim que abri o Insta vi que Katherine Cooper-Bunting tinha postado uma foto do livro *Do jeito que você gosta* e tinha escrito: *Ansiosa para ensaiar essa cena superfofa com @TheOdOreBOOker amanhã para #VingancaDoCupido no @CriterionTheatre para ajudar #TheActorsFund. Link para ingressos na bio.*

Teddy já tinha curtido e enviado um coração para ela na seção de comentários, e ela tinha curtido, e sabe quando um romance está se desenrolando na sua frente e é muito fofo e você quer que eles fiquem juntos, porque precisa que eles fiquem juntos, mas seu coração está gritando NÃAAAAAAOOO porque parece que está sendo arrancado do seu peito?

— Por quê? — eu perguntei. — Por quê?

Por que tudo?

Por que eu? Por que Katherine Cooper-Bunting?

Por que ele tinha que gostar dela?

Ou, mais importante, por que *eu* tinha que gostar dela?

Guardei o celular e, séculos depois, quando estava começando a adormecer, ouvi arranhões na minha porta e então um grunhido baixo e rouco.

Chutei o lençol para longe, de repente super-ressentida, e então meus pés se embolaram, e sair da cama se tornou um esforço horrível de corpo inteiro, e eu fiquei tipo: *O que é a vida neste momento?*

Rachmaninoff estava sentado no corredor escuro do lado de fora da minha porta. — O quê? — eu chiei. Ele pulou em direção às escadas.

Acendi as luzes e o segui.

Ele foi para a porta dos fundos que, é claro, tinha sido trancada pelos meus pais sempre atentos.

Abri a porta e Rachmaninoff miou para mim mais uma vez antes de sair da casa.

— Vai se foder — eu disse a ele.

CENA 8

O dia seguinte era o dia em que Teddy e Katherine Cooper-Bunting iriam ensaiar a cena de *Do jeito que você gosta* pela primeira vez.

Eles começaram com uma leitura e Katherine Cooper-Bunting já deu tudo de si, e Teddy estava tropeçando em uma a cada duas palavras esquisitas e, para falar a verdade, eu não o culpo, porque é tudo em inglês arcaico.

Além disso, apesar de Brian guiá-los pelo que era para estar acontecendo, porque obviamente não dá para saber apenas lendo o texto, eu ainda não entendia direito, o que era um problema, já que eu era a diretora-assistente, e aí fiquei me perguntando, tipo, aquelas pessoas que assistem a Shakespeare e ficam tipo: "Sim, sim, sim", estão realmente entendendo ou estão apenas concordando com a cabeça?

De qualquer forma, a cena se desenrola da seguinte maneira: Rosalinda (Katherine Cooper-Bunting) ama Orlando (Theodore Booker), e Orlando ama Rosalinda, mas eles não sabem disso um sobre o outro. Ela está vestida de homem para ocultar sua verdadeira identidade por uma razão que eu já esqueci de novo, mas não é muito importante para a cena, e ela então disfarçadamente pergunta para Orlando, que por acaso está na mesma floresta que ela (#coincidência e possivelmente a versão original do tropo "só tinha uma cama e eles foram obrigados a dividir"), sobre essa garota chamada Rosalinda, cujo nome foi entalhado em todas as árvores num tipo de estupor impulsionado pela testosterona. Nesse momento, Orlando, sem perceber que é Rosalinda, fala para ela que ele é o tolo que entalhou o nome porque está apaixonado, e em vez de dizer "isso é ótimo, vamos nos beijar", Rosalinda continua fingindo que é um menino, faz com que ele a chame de Rosalinda (que *é* o nome dela...) e diga a ela todas as coisas que ele quer dizer à sua Rosalinda. Em outras palavras, ela está buscando elogios. Você ainda está prestando atenção?

Pra falar a verdade, não tenho certeza se alguém vai conseguir entender. Quero dizer, as pessoas vão ver isso fora do contexto da peça, o que não ajuda, e aposto que todo mundo vai ficar tipo: *Por que essa menina está vestida de menino e quem é essa Rosalinda de quem eles estão falando, e por que gastamos quinze libras para ficar confusos?*

O Fantasma da Ópera e sua esposa pareciam estar completamente exaustos só de assistir, Miroslaw estava rabiscando em um bloco e Maeve também não estava prestando muita atenção, só continuava fazendo chá para todos e lavando as canecas na pia minúscula atrás do bar.

Meu avô agora era BFF do "Some Enchanted Evening" — Charles — e eles estavam sentados no canto de trás perto da porta olhando para um grande caderno que Charles carrega com ele.

Eu sei que meu avô meio que tinha contado ao Brian, mas eu não tinha contado para ninguém sobre o Alzheimer dele, mas ele meio que mencionou isso quando disse ao Charles que "o velho cérebro já não é mais o que costumava ser", e apontou para a cabeça. "O trágico é que eu ainda sei o que está acontecendo. Mas suponho que a doença vai ficar mais fácil de repente um dia."

Charles só ficou tipo: "Entendo, meu velho, muito bem. Agora, sente-se ao meu lado."

Não tenho certeza do quanto Charles entendeu, porque Alzheimer não é a mesma coisa que ficar ocasionalmente esquecido, então criei uma nota mental para ver se estava tudo bem com meu avô com frequência e dizer para ele ir ao banheiro.

— Esta é literalmente a coisa mais fofa — Robin disse fazendo "ahhhh" e olhando para o palco, onde Brian estava reposicionando Teddy e Katherine Cooper-Bunting para se sentarem um ao lado do outro em duas cadeiras de plástico que deveriam representar um tronco de árvore caído.

— Você acha? — perguntei e rapidamente anotei os adereços que estávamos usando e como Teds e Katherine Cooper-Bunting estavam sentados.

— Ele é tão fofo, olhe para o seu rosto adorável. E suas orelhas ficaram vermelhas. Ele é o Orlando perfeito.

— É — eu disse, mesmo não sabendo nada sobre Orlando. — Ele é perfeito.

— E — Robin disse se inclinando para longe de Olivia e para perto mim — Cooper-Bunting é sempre muito boa, então acho que isso será épico.

— Eu ouvi isso, megera — Olivia murmurou, mas não ergueu os olhos do celular.

— Você sabe que não era pra você estar nessa — Robin disse.

— Colega, vou arrumar um turno extra pra amanhã. Não posso me dar ao luxo de ficar sentada aqui fazendo porra nenhuma vendo aqueles dois idiotas. E está quente hoje ou o quê?

— Você pode aprender muito observando — Robin disse. — É, tá um mormaço.

— Que palavra esquisita, né? Mormaço. Mas vai chover, olha aqui — Olivia disse e enfiou o celular na nossa cara.

— Achei que você estava arrumando trabalho — Robin comentou.

— Eu sou multitarefa — Olivia disse e olhou para o palco, onde Katherine Cooper-Bunting, também conhecida como Rosalinda, agora estava sorrindo para Teddy, também conhecido como Orlando, com risos literalmente saindo pelos olhos.

— Arranjem um quarto — Olivia murmurou. Ela enfiou o dedo na garganta e fez um barulho de engasgo. — Cooper-Bunting é nojenta. Aposto que ela nunca deu um beijo.

— Por que você diz isso? — perguntei, e tentei dizer isso como se eu definitivamente já tivesse beijado e estivesse julgando aqueles que não tinham.

— Ah, você sabe, essa coisa toda de sem sexo antes do casamento.

— Ainda existe isso? — perguntei.

— Você vai ter que perguntar para a Cooper-Bunting. Ela é a pessoa da igreja.

Olhei para ela no palco.

Olivia também olhou.

Katherine Cooper-Bunting estava agora cara a cara com Teddy, fazendo o proverbial amor com os olhos.

— Ela paquera demais — Olivia murmurou. — O que é literalmente errado quando você não vai fazer nada a respeito.

— Bem, talvez ela vá fazer algo — eu disse, odiando o que estava insinuando.

— Ela estava saindo com esse cara da escola de teatro, né — Olivia sussurrou. — E ele estava claramente apaixonado por ela, mas nunca acontecia nada, e acho que ele é a verdadeira razão pela qual ela está aqui neste verão, porque ela não quer encontrar ninguém de lá porque sabe que se comportou como uma verdadeira provocadora de pau. Porque ela estava muito apaixonada pelo jeito que ele estava apaixonado por ela pra dizer não pra ele. O nome dele é Alfie.

— Coitado do Alfie — Robin disse e fez um biquinho.

— E, colega, ele também era o único hétero.

— O que aconteceu com ele? — perguntei.

— Entrou na Academia Real de Arte Dramática, colega. Acho que ele vai ser o próximo grande sucesso. Aposto que ela se arrepende tanto. Há! Na sua cara, Cooper-Bunting.

Peguei o celular para procurar Alfie na lista de amigos dela, mas nem passei da tela de bloqueio porque Brian olhou para mim bem na hora e balançou a cabeça. Eu revirei os olhos e guardei o celular, relutante.

— Cooper-Bunting vai ficar tão fofa vestida de menino — Robin disse e desenhou um bigodinho no esboço dela, o que me fez soltar um soluço acidental, e Robin ficou tipo: "O que foi isso?", e então rimos, e quando olhei para trás, Katherine Cooper-Bunting estava olhando para mim e estava sorrindo. E então me perguntei se era assim que ela costumava olhar para Alfie.

Quando Teddy e Katherine Cooper-Bunting terminaram, fizemos uma pausa de cinco minutos antes de Maeve ensaiar uma música chamada "Send in the Clowns" de um musical chamado *A Little Night Music*, o que significava que meu avô tinha que acompanhá-la.

Levantei para buscá-lo e perguntar se ele precisava ir ao banheiro, mas Charles já tinha feito isso.

— Ele acabou de ir ao banheiro — Charles me disse.

— Preciso cuidar dele, sabe — eu disse para Charles, e ele pegou e disse:

— Eu entendo.

E nós ficamos um pouco sem jeito ali na porta dos banheiros.

— Vai chover — eu disse.

— Estamos precisando de chuva — Charles respondeu, e eu já podia ouvir os primeiros pingos no telhado baixo.

Quando meu avô terminou, eu o acompanhei até o piano e abri a partitura para ele.

— Um pouco de Sondheim pra você, Douglas — Brian disse e deu um tapinha no ombro do meu avô. — Pra você ficar esperto.

— Agradeço — meu avô disse, e ouvi um trovão ao longe.

— Ah, colega, não trouxe minha sombrinha — Olivia reclamou alto o suficiente para todos ouvirem.

— Na Inglaterra você sempre deve andar com um guarda-chuva — Miroslaw gritou para nós do outro lado da sala.

— Imigrantes — Olivia disse. — Vindo pra cá, dando bons conselhos.

— Pegue uma da caixa de achados e perdidos e depois você devolve — Maeve disse do palco.

E aí ela começou a se posicionar e a entrar no personagem andando em círculos quase em câmera lenta. Maeve tinha levado um cachecol comprido como adereço e começou a arrastá-lo atrás de si e a inflá-lo como um paraquedas gigante de bolinhas.

— Ela acha que é Judi Dench — Olivia sussurrou e observou, o rosto franzido de horror.

Robin apenas deu uma risadinha e começou a desenhá-la.

Eu não tinha certeza sobre o que era a música, mas sobre palhaços não era, e a interpretação de Maeve foi muito diferente de sua interpretação da música da torta ruim de *Sweeney Todd*, quando ela foi toda estridente e agressiva. Agora ela estava ofegante, meio falando, meio cantando, e com ela sendo toda dramática e meu avô tocando a música com os olhos fechados sem nem olhar mais para a partitura e só de vez em quando olhando para ela, achei a coisa toda realmente difícil de assistir, na verdade.

O fato de que tinha uma tempestade se aproximando tornou tudo ainda mais sinistro, e a chuva estava ficando mais forte e, não sei, a coisa toda fez eu me sentir muito triste.

Teddy e Katherine Cooper-Bunting estavam sentados juntos à minha direita, e o bate-papo amigável deles tinha desaparecido, os dois tinham o olhar fixo em Maeve.

Robin aparentemente não foi afetade da mesma forma, porque elu estava assistindo e desenhando a cem por hora, e quando a música acabou, o desenho que Robin fez de Maeve não se parecia nada com Maeve, nem mesmo com Judi Dench, mas sim com Cruela Cruel.

Olhei para Robin e elu pareceu se sentir culpade por um momento, e então disse:

— É, me desculpe. Acho que foi o cachecol parecido com um dálmata.

Olivia, que estava cantarolando junto, e quando não estava mexendo no celular estava olhando para Maeve com um olhar crítico, agora olhava para o bloco de Robin e disse: "Colega!", e riu histericamente, e então todos rimos e Brian teve que nos dizer para ficarmos quietos, e eu olhei de relance para Katherine Cooper-Bunting, que estava olhando para mim, depois para nós, depois para mim de novo, e ela não estava rindo com a gente, mas olhou para nós do jeito que você olha para as pessoas que estão sendo muito imaturas, tipo, na aula, o que fez eu me sentir uma merda e como se eu tivesse que me redimir de alguma forma.

E foi por isso que meia hora depois eu a segui para fora do salão e a encontrei perto da porta da frente aberta, observando a chuva.

— Oi — eu disse.

— Oi.

Um relâmpago enorme cruzou o céu. Contei um, dois, três, e então veio o trovão.

— Você sabia que a luz viaja pelo ar cerca de um milhão de vezes mais rápido que o som, e é por isso que você sempre vê o relâmpago antes de ouvir o trovão? — perguntei.

Ela olhou para mim e franziu o nariz.

— É por isso que quando você vê o relâmpago e ouve o trovão quase ao mesmo tempo é sinal de que a tempestade está exatamente onde você está.

Ela tremeu e eu vi arrepios se formando em seus braços.

— Tá com frio? — perguntei.

— Sempre estou com frio.

— Vamos fechar a porta então.

— Não. Eu gosto da chuva.

Outro relâmpago e um estrondo baixo de trovão da direção oeste.

— Tilly — ela disse, e foi a primeira vez que ouvi meu nome saindo de sua boca, e isso fez meu coração bater mais rápido do que o barulho torrencial na poça gigante do outro lado da porta. — Estava pensando se você queria ir na minha casa amanhã e pegar a câmera do meu pai. Ele disse que tudo bem nós usarmos ela, e aí ele tem tempo de mostrar pra você.

Eu a vi olhar para o meu rosto.

— Sei que a apresentação não é agora, mas talvez você queira praticar antes? — ela perguntou.

— Eu… sim, quero dizer, sim. Claro. Eu adoraria. Eu posso amanhã. Que horas?

— Que tal às duas?

— Pode ser, tudo bem, duas é ótimo. Claro. Me passa o seu endereço e eu estarei lá.

— Vou te mandar pelo WhatsApp.

— Tá, legal, ótimo… quero dizer, excelente. Duas horas.

E então eu simplesmente deixei a conversa e entrei no banheiro, fingindo que era para onde eu estava indo o tempo todo.

Lavei as mãos e imaginei ver Grace no reflexo, encostada na pia.

— Você sabe que não deveria ir — ela me disse.

— Eu sei.

— Então, por quê?

— Porque não consigo parar de pensar nela.

— Não consegue ou não quer? — Grace perguntou, e então ela sumiu, e, bem, eu não sabia.

Quando voltei para o salão, Teddy estava sentado na minha cadeira conversando com Robin, e Olivia e Miroslaw também estavam lá olhando para algo no bloco de Robin.

Katherine Cooper-Bunting estava sentada no lado oposto lendo seu roteiro.

Caminhei até Teddy e todo mundo e espiei por sobre o ombro de Robin para o que todos estavam olhando.

Alguém tinha desenhado um Ursinho Carinhoso, mas tinha cruzes pretas nos olhos, uma orelha furada e um nariz em forma de coração com piercing.

— Meu Deus — eu disse.

— Colega, é hilário. Até eu usaria isso em uma camiseta — Olivia disse.

— Aí está uma ideia de negócio pra você, Robin — eu disse, e todos olharam para mim, e Teddy disse:

— Na verdade, foi Miroslaw quem desenhou. Você sabe o que dizem sobre os europeus orientais.

— Eles são um pouco selvagens? — perguntei, olhando para a tatuagem de crânio do Ursinho Carinhoso.

— Não, eles são muito bons em desenhar — Teddy disse, e todos rimos.

Olhei para Katherine Cooper-Bunting do outro lado e ela estava olhando para nós, e percebi que ela não tinha me tocado em nenhum momento. E que eu realmente queria que ela fizesse isso.

Então Teddy se levantou e foi até ela para mostrar o desenho de Miroslaw, e ele estava todo radiante e saltitante e só um pouco estranho e completamente adorável, e eu apenas pensei: *Eu vou pro inferno, não vou?*

CENA 9

Pesquisei sobre Alfie assim que fechei a porta do meu quarto naquela noite.

Não o encontrei na lista de amigos de Katherine Cooper-Bunting, mas achei-o na de Olivia, e senti uma dor tremenda quando vi que ele era incrivelmente bonito. Mesmo para um menino.

O fato de que Katherine Cooper-Bunting e Alfie Lawrence não estavam mais seguindo um ao outro gerou todos os tipos de emoções em mim, principalmente as ruins, porque você não para de seguir alguém a não ser que tenha um desentendimento sério, e você não tem um desentendimento sério a não ser que vocês sejam importantes um para o outro. E então eu fiquei lá refletindo por muito tempo sobre por que eu estava com ciúmes de um garoto com quem ela não falava mais.

Tentei dormir cedo, mas tentei por um tempão e não consegui. Já deviam ser umas quatro da madrugada quando caí num não sono mexe-remexe meio sonhando que me fez imaginar Katherine Cooper-Bunting deitada nua na minha cama e debaixo de um Alfie Lawrence igualmente nu, fazendo todos os tipos de barulhos enquanto a chuva estava num pinga-pinga na janela.

Acordei às seis pensando: *Será que conto para o Teddy que vou na casa dela?* Quando levantei, minha mãe tinha "preparado" o café da manhã para nós antes de ir para o trabalho e tinha deixado um bilhete dizendo "café da manhã", o que foi a coisa mais estranha do mundo em muitos níveis, mas principalmente porque ela tinha descascado uma laranja, e em vez de apenas tirar os pedaços nas divisões naturais, ela a cortou em pedaços não naturais, que também cortou ao meio mais uma vez para transformá-los em pedaços miudinhos de café da manhã, que então colocou no centro de um prato de servir muito grande, e com isso eles pareciam umas trouxinhas muito tristes e flácidas de pele de fruta.

Meu avô e eu preparamos tigelas de Sucrilhos e fingimos que a fruta não existia.

Sentei-me no sofá e comecei a comer, e meu avô foi para a mesa.

Por um breve momento eu me perguntei se a próxima vez que eu ficaria em casa sozinha seria quando ele morresse. Engoli Sucrilhos que ainda não estavam úmidos e gostei que doeu.

— Você parece estar muito preocupada hoje, Tilly — ele disse depois de um tempo.

— Estou bem — eu disse, pensando em Teddy novamente. — Sabe quando você não sabe muito o que fazer? Tipo, quando você tem uma decisão difícil pra tomar?

— Ah, sei sim — ele respondeu.

— Não sei o que fazer a respeito de um negócio. Mas não é nada muito importante, na verdade.

— Você sempre deve fazer boas escolhas — ele disse.

— É — falei. — Nem sempre é fácil.

— Se fosse fácil, todo mundo faria — ele disse. — E mais ninguém morreria, digamos, saltando de bungee jump. Ou você já viu aqueles vídeos idiotas quando as pessoas trancam outras em banheiros químicos e as empurram morro abaixo?

E não sei o que achei mais engraçado: os idiotas na televisão, ou o fato de que meu avô via esse tipo de coisa; mas isso me fez rir muito, e então ele também riu, e eu já me sentia melhor.

E foi por isso que decidi fazer boas escolhas e falar a verdade. Bem, mais ou menos.

Sabe que o pai da sua namô vai emprestar a câmera pra peça e eu vou filmar, né? O pai dela tem tempo pra me mostrar hoje, então vou lá às duas e queria saber se vc quer vir.

Respiração profunda. Os risquinhos ficaram azuis.

Esperei um minuto.

Dois minutos.

Três.

Então ele começou a digitar.

Por que eu ia querer ir?

Ótimo.

Porque ela é sua namorada.

Ela não é. E não me importo se vc vai pegar uma câmera na casa dela.

Muito bom.

O que aconteceu com seu amor feroz?

O que uma coisa tem a ver com a outra?
E por que você tá tirando sarro de mim?

Não tô!

Tá sim. Só pegue a câmera estúpida, Tills, não tô nem aí.

Tentei dar uma resposta espirituosa, mas não consegui, e aí era hora de sair porque o trânsito no fim de semana era sempre muito ruim e você poderia ficar em um ônibus literalmente por horas, e eu nem tinha me vestido ainda. Corri para o andar de cima e decidi usar o vestido que usei naquele dia em que encenamos aquela cena completamente vergonhosa na casa do Teddy.

Enquanto eu estava escovando o cabelo, fiquei tipo: *Merda, não posso levar meu avô, posso?*, e daí fiquei tipo: *Ele está literalmente muito bem, até me chamou de Tilly*, e então falei tipo:

— Vô, você acha que fica bem por uma hora mais ou menos? Porque tenho que pegar a câmera do pai de Katherine. Sabe, para *A vingança do Cupido*.

— Vou ficar bem — ele disse. — Vou ler um pouco e talvez eu tire uma soneca.

E eu acreditei nele porque ele estava bem.

Peguei o ônibus e desci na rodovia para caminhar pelo parque.

Vi que a grama no parque já estava amarela porque estávamos tendo um verão muito quente e seco; nem aquela chuva torrencial bizarra conseguiu salvá-la.

O calor do meio-dia era sufocante, e os sons que vinham das pessoas que estavam no parque pareciam ser abafados por ele. O ar cheirava a churrasco e sol de agosto e ondulava na estrada.

Quando apareceu uma igreja, e o pontinho no meu celular continuava me movendo nessa direção, me ocorreu que ela obviamente já tinha me dito que morava em uma igreja, ou perto de uma, e que eu já tinha tido todos aqueles pensamentos impróprios sobre ela se masturbando na referida igreja.

Sessenta segundos depois, cheguei ao meu destino e me vi no estacionamento da igreja.

O sino tocou, *blém, blém,* e eu dei um pulo.

Cheguei na hora certa.

Tentei parecer relaxada e meio que andei de um lado para outro algumas vezes, imaginando aonde exatamente eu deveria ir, porque você não entra simplesmente em uma igreja, entra? Além disso, a porta parecia fechada, meio que contradizendo o aviso de "Igreja aberta" logo à direita.

Às 14h05, pensei que ou eu seria vista como elegantemente atrasada, ou como uma daquelas pessoas irritantes que nunca conseguem chegar no horário, então enviei um WhatsApp para Katherine Cooper-Bunting dizendo: *Estou aqui na frente da sua igreja.*

Trinta segundos depois ela apareceu de trás de uma enorme árvore que provavelmente teve todas as suas flores queimadas durante o calor louco de maio.

Ela parecia pertencer a esse lugar, mas ao mesmo tempo também parecia que não.

A maneira como ela se portava e a maneira como era tão bonita e séria nunca combinavam muito com os vestidos de verão quase sem forma nenhuma que ela usava.

Mas o de hoje era um azul-cobalto, e o pensamento de como essa cor provavelmente afetava seus olhos me fez estremecer.

Como de costume, seu vestido ia até logo abaixo do joelho. Eu obviamente escolhi usar meu vestido curto floral para exibir meus seios e minhas pernas, mas em vez de me sentir confiante, agora eu me sentia um pouco nua.

— Oi — Katherine disse. E quando o sol atingiu seu cabelo, ele ganhou um brilho dourado. Seus olhos dançaram pelo meu rosto do jeito brincalhão habitual.

— Oi — eu disse.

— Deu tudo certo para chegar aqui?

— Óbvio.

— Desculpe, que pergunta estúpida. — Ela riu e olhou para os pés, depois olhou de volta para mim.

— Não, desculpe, a resposta foi estúpida. Deu tudo certo. Obrigada.

— O.k. — ela disse, e parecia que ela estava tentando piscar o sol de seus olhos. — Meu pai está lá atrás.

Ela me levou até as pesadas portas principais da igreja e abriu uma delas. O ar fresco que cheirava a cera escapou de dentro.

Quando a porta se fechou atrás de mim, todo o barulho externo desapareceu com o barulho da porta se fechando, como quando você sela algo com aquelas máquinas que sugam o oxigênio.

Eu podia ouvir o estalo gentil dos passos de Katherine Cooper-Bunting conforme ela acelerava pelo corredor central.

Parei e olhei para cima, e sabe quando você está em um passeio com a escola para visitar, tipo, uma catedral importante, como a Abadia de Westminster, e tem, tipo, umas cinquenta outras crianças lá e um zilhão de turistas, e todo mundo está sussurrando muito alto, e os professores ficam fazendo "shhhhh"?

Acho que nunca estive em uma igreja tão silenciosa, e foi, sei lá, de alguma forma mágico.

Mas não mágico estilo Disney — tipo uma magia bombada —, mas um mágico real.

— Tudo bem? — Katherine Cooper-Bunting perguntou, sua voz ecoando no espaço enorme, um tanto alta para a coisa toda.

Ela estava parada ao lado do altar, e era estranho pensar que alguém podia crescer em um lugar como esse e, portanto, não o veria mais como aquilo que realmente era.

— É tão silencioso — eu disse.

Ela ouviu.

— É, acho que é. Bem, se você gosta, a igreja fica aberta para oração privada diariamente. Fique à vontade para dar uma passada. Todos são bem-vindos. — Ela deu uma risadinha e se virou em direção à porta da esquerda.

Eu a segui, olhando para o altar ao passar e meio que acenando com a cabeça para Jesus, até um pátio onde um homem estava montando móveis de jardim.

Ele se virou quando nos ouviu.

— Pai, esta é a Tilly — Katherine Cooper-Bunting disse. E juro que nunca tinha me ocorrido até aquele momento que padres vestiam outras roupas além daquela vestimenta preta com o colarinho branco, mesmo que costumássemos ver *A vigária de Dibley* com minha avó, tipo, o tempo todo.

O vigário de Clapham limpou as mãos na calça jeans e arrumou sua camiseta do *The Doors*.

— Olá — ele disse e fez uma dancinha estranha estendendo primeiro a mão, depois o cotovelo, depois a mão de novo e, no final, fizemos um cumprimento de cotovelo, e acho que Katherine Cooper-Bunting já estava mortificada, o que a fez ficar com uma aparência completamente deliciosa.

— Eu sou o Nick — o Sr. Cooper-Bunting disse, e eu obviamente nunca iria chamá-lo apenas de Nick. — Vamos entrar. Vou lavar as mãos e te dou a câmera. É muito simples, para ser sincero com você.

Olhei para todos os bancos dobráveis e para as mesas ainda empilhadas.

— Você quer ajuda com isso? — perguntei.

— Não precisa, acho que dou conta — ele disse e limpou o suor da testa. — Eu sempre acabo ficando com os trabalhos que não são divertidos.

— Eu sei tudo sobre eles.

— Todo mundo está lá dentro, cozinhando e assando. Amanhã temos a festa de verão da nossa paróquia. Sempre há muito o que fazer. Venha se quiser. Todos são bem-vindos — ele disse.

— Foi o que ouvi. — Sorri para Katherine Cooper-Bunting, que deu de ombros.

— Deixe-me ajudar com isso — eu disse, gesticulando para todos os móveis. — Como um agradecimento pela câmera. Em nome de todos os tipos de atores. E em meu nome. E porque sou uma pessoa boa.

Por que senti que tinha que destacar isso, eu não faço ideia. Exceto que, é claro, destaquei.

O Sr. Cooper-Bunting coçou a cabeça.

— Você não é um dos tipos de atores então? — ele perguntou.

— Não. Serei do tipo de filmagem. Só estou lá porque meu melhor amigo não queria ir à audição sozinho. E aí você sabe como as coisas acabam acontecendo.

— A Tilly é a melhor amiga do Teddy — Katherine Cooper-Bunting explicou, e eu fiquei tipo, *uau*, porque meus pais não seriam capazes de reter esse tipo de informação sobre uma pessoa com quem eu estava trabalhando, ou estudando, nem em um milhão de anos. E eles só têm duas filhas.

— Isso é muito legal da sua parte — o Sr. Cooper-Bunting disse.

— É claro que não me importo de fazer parte — eu disse. — E realmente não me importo em ajudar com isso. Eu estou, sabe, livre — menti (para um padre), porque a verdade era que eu deveria estar em casa com meu avô.

— Bem, se você quer mesmo — ele disse. — Mas tenha cuidado. A trava sob as mesas é, bem, muito travada.

— Pai! — Katherine Cooper-Bunting reclamou.

— Só estou dizendo para ter cuidado com os dedos.

Coloquei a mochila no chão.

— Vou te dar uma mão com esta — ele me disse, e juntos levantamos uma mesa da pilha de mesas mais compridas, a colocamos na grama e o observei encaixar uma das partes das pernas no lugar.

— Entendi — eu disse, e me senti obrigada a fingir que era uma operação difícil. Os pais são estranhos assim, não são? Sempre explicando o óbvio. Tipo: "Cuidado, está quente". Sim, é óbvio, já que ficou no micro-ondas por cinco minutos.

Encaixei a outra perna no lugar e viramos a mesa.

— Aqui, Katie, assuma — ele disse e gesticulou para Katherine Cooper-Bunting tomar seu lugar.

Ela enxugou as mãos depressa no vestido, e deslizamos outra mesa da pilha e encaixamos as pernas.

— Katie? — perguntei.

— É Katherine — ela sussurrou.

— É mesmo?

Ela me deu um olhar fulminante.

— Sabe, eu te chamo de Cooper-Bunting na minha cabeça — menti só para ver a reação dela.

— Você pensa em mim com frequência? — ela disparou de volta, e eu olhei em volta depressa para ver se o pai dela tinha ouvido, o que pareceu diverti-la, pois seus olhos se iluminaram e meu coração deu uma daquelas soluçadas.

— Então, Tilly, além de ser do tipo de filmagem, de que outro tipo você é? — o Sr. Cooper-Bunting perguntou da pilha de bancos que estava montando agora.

— Sou do tipo geralmente não artístico — eu disse. — Mas como você pode ver, sou muito boa com móveis de jardim.

— Sim, posso ver.

— Minha família é toda superartista. Músicos, principalmente — eu disse a ele. — Mas eu literalmente não consigo tocar nem flauta doce.

— Todo mundo consegue tocar flauta doce — Katherine Cooper-Bunting disse.

— Talvez todos na sua vida.

— Todo mundo consegue tocar flauta doce — ela repetiu e colocou as mãos na cintura, o que a fez parecer autoritária, e percebi que isso era algo que eu curtia. E então imediatamente me senti culpada por ter esses pensamentos sobre a filha de um padre no jardim dele e em sua presença.

— Eu também não sou muito musical — o Sr. Cooper-Bunting disse. — Mas eu consigo sustentar uma nota. — E então ele começou a cantar.

— Meu pai tem feito muitos funerais — Katherine Cooper-Bunting explicou.

Pegamos outro banco e o montamos.

— Obrigado por nos ajudar — ele disse.

No fim, levamos apenas uns vinte minutos para montar todos os móveis, e quando terminamos estávamos todos com calor e suados, e o Sr. Cooper--Bunting nos disse para entrarmos para nos refrescar e tomar um pouco de água. Peguei minha mochila e fomos.

Adoro ver as casas de outras pessoas por dentro, então, ao entrarmos, meus olhos ficaram tipo, alô, mas não rolou uma exploração sutil do espaço porque a casa da família Cooper-Bunting era um caos.

Tinha crianças por tudo.

E sabe quando alguém cisma com você sobre a organização do seu quarto e fala tipo: "Parece que passou um furacão por aqui", sendo que a única coisa no chão é uma calcinha?

Bem, parecia que tinha passado um furacão mesmo na cozinha dos Cooper-Bunting.

A pia estava transbordando, tinha tigelas, utensílios e ingredientes por toda parte, e equipamentos de todos os tipos estavam funcionando.

Uma pessoinha estava de pé em um banquinho para conseguir alcançar o balcão, cortando morangos ao meio. Não dava para dizer se seus dedinhos e suas mãos estavam cobertos de sangue ou suco de morango, mas parecia que ninguém estava se importando, o que era muito louco.

Katherine Cooper-Bunting roubou um morango da tigela, enfiou-o na boca, e a criança gritou:

— Mãe! Kaykay está pegando os meus morangos.

Uma mulher de cabelo loiro e curto, raspado nas laterais logo acima da orelha, entrou na cozinha, olhou para a criança e disse:

— Por que você está dizendo isso pra mim? Fale para a Kaykay.

— Não é justo — a criança protestou, e Katherine Cooper-Bunting riu e beijou a cabeça dela.

— Eu te amo, Mattie. Seus morangos são os melhores. — E então ela pegou mais dois, comeu um, e antes que eu tivesse tempo de entender o que estava acontecendo, empurrou um na minha boca.

— Mãe! — Mattie gritou.

Jesus!, eu gritei por dentro.

Vi Katherine Cooper-Bunting lamber os lábios e sorrir, e então eu a segui para fora da cozinha pelo corredor até um dos quartos na frente da casa, onde seu pai estava tirando a câmera da capa.

A algazarra da cozinha ecoava pela casa inteira, mas parecia que ninguém ligava para isso.

— Certo, aqui está. A única coisa que eu diria é: certifique-se de que está realmente gravando — o Sr. Cooper-Bunting disse, e apontou para o ponto vermelho na parte inferior da tela. — Quando isso aparece, quer dizer que está pronta. Pressione-o novamente e um círculo vermelho vai aparecer, assim, e aí está ligada.

— Aparentemente meu pai conversou consigo mesmo por vinte minutos num domingo — Katherine Cooper-Bunting disse e deu risada.

— E eu tinha me expressado excepcionalmente também, portanto é uma pena que ninguém tenha ouvido. Você precisa do cabo para carregar?

— Não, obrigada. Tenho cabos em casa.

— Certo, é toda sua.

— Obrigada.

— Obrigada, pai.

— Brinque um pouco com ela e se tiver alguma dúvida me chame. Vou estar lá fora — ele nos disse e saiu do cômodo.

Katherine Cooper-Bunting olhou para mim e sorriu, e eu sabia que precisava voltar para casa, mas também sabia que precisava ficar.

— Para onde você quer ir? — ela perguntou, e eu, de repente, fiquei muito confusa, porque não tinha me imaginado vivendo essa situação.

— Não sei — respondi. Eu não conseguia nem pensar com ela sendo a única outra pessoa ali.

— Vamos voltar para a igreja. Lá é legal e mais fresco. Vamos pela frente. A cozinha está perigosa — ela disse, mas riu, e me dei conta de que rir era algo que não fazíamos muito na minha casa.

Quero dizer, além de Teddy e eu, é claro.

Mas mesmo nós dois ríamos menos desde que Grace morreu.

Dentro da igreja de novo, Katherine Cooper-Bunting pegou minha mão como se não fosse nada de mais e me conduziu pela estreita nave lateral da direita.

— Venha — ela disse. — Este é o meu cantinho favorito.

Minha cabeça estava girando novamente e, quando recuperei o equilíbrio, estávamos embaixo de uma estátua da Virgem Maria.

— Quando eu era pequena adorava o vestido dela — Katherine Cooper-Bunting disse acenando com a cabeça para Maria. — É tão bonito com o amarelo, não é? E sempre colocamos flores frescas ao redor dela também. Bem, pelo menos no verão.

Olhei para Maria, mas em vez do rosto dela eu vi o da Grace, e ela olhou para mim como se soubesse todos os meus segredos, e eu fiquei tipo, *como assim?*

— Interpretei Maria na natividade — Katherine Cooper-Bunting disse e riu, depois me puxou para eu me sentar em um dos bancos ao lado dela.

Ela soltou a minha mão.

— Ah é? — perguntei, e decidi que não podia simplesmente fingir que não tínhamos ficado de mãos dadas, então peguei a mão dela de volta e fiquei entrelaçando nossos dedos. — É por isso que você quer se tornar atriz? — perguntei.

— Eu *sou* atriz, meu amoooor — ela disse, e então deu uma risadinha, e eu me perguntei se alguma vez ela tinha levado Alfie para a igreja, deixado ele brincar com a mão dela e contado essa história.

Eu a soltei e comecei a tirar a câmera da capa.

— Acho que foi como tudo começou — ela disse. — Sei que parece arrogante, mas eu realmente amei ter atenção. Sabe, quando todo mundo está quieto, esperando que você fale, e eles realmente vieram pra te ouvir.

— Sei — eu disse. — Meus pais são assim também. Você basicamente entra num barato enorme de poder.

— Basicamente — ela riu, sem se incomodar com a minha comparação e/ou análise questionável. — Acho que sou como o meu pai. Quero que as pessoas ouçam e aprendam, e queiram fazer o bem, mas não através de Jesus, através das histórias de pessoas normais.

— Achei que Jesus fosse normal — brinquei. — Tipo, ele era um homem.

— Ele transformou água em vinho — ela disse olhando para Maria novamente. — Isso não é normal.

— Qual é o seu truque de mágica? — perguntei e imediatamente fiquei tipo: *Cala a boca, cala a boca,* e depressa disse: — Você, quero dizer, você acha que ele realmente fez isso?

Ela sorriu para mim, franziu o nariz fofo, me olhou com os olhos semicerrados, aproximou o rosto do meu e sussurrou "sim" nos meus lábios.

Eu não respondi e não me senti acuada com a maneira como ela me olhou, e ficamos sentadas assim pelo que pareceram dez minutos, mas provavelmente foram apenas alguns segundos.

Finalmente me sacudi e puxei a tela da câmera para baixo.

Aí apertei o botão vermelho duas vezes.

— Acho que estamos prontas — eu disse.

— Não vou interpretar uma cena — ela disse.

— Você pode só falar.

— Sobre o quê?

— Fale um pouco mais sobre a sua amiga Maria aqui, se quiser. Você é a atriz, Cooper-Bunting.

— Sério? Você não me chama de Katherine na sua cabeça? — ela perguntou e olhou diretamente para a câmera, ou seja, para mim.

— Todo mundo te chama de Cooper-Bunting — eu disse.

— Olivia me chama de Cooper-Bunting.

— E Robin.

— Robin só me chama assim por causa da Olivia.

— Desculpa.

— Não, tudo bem. É só que, sabe, eu me chamo Katherine.

— Na verdade, parece que você se chama Katie — eu disse, e vi os cantos da sua boca se contorcerem.

— Todo mundo me chama de Katherine — ela insistiu, e foi muito fofo.

— Todo mundo menos sua família — provoquei.

— E aqueles que me chamam de Cooper-Bunting — ela disse, e agora sim deu um sorrisinho malicioso.

— Tá, tudo bem, vou me esforçar.

— Não quero que você tenha que se esforçar — ela disse.

— Vou dar um zoom no seu nariz.

— Não, não faça isso.

— Por que não? Seu nariz é fofo.

— Você acha?

— Muito fofo — eu disse, e porque eu estava falando com ela através da câmera, achei superfácil dizer isso para ela. — Tem uma sarda que eu gosto — eu disse, e vi sua pele ficar corada. — Você está corando.

— Está quente aqui — ela disse, e eu me concentrei em seus lábios.

— Não, não está — eu disse.

— Tá bom, não está — ela admitiu.

Abaixei a câmera e nos olhamos por alguns segundos, e senti essa força invisível literalmente me puxando em direção a ela, e pensei: *Por favor, diga que não sou a única aqui sentindo isso.*

— Me fale sobre você — ela disse, e eu voltei para a posição em que estava, que ainda era muito perto dela para poder pensar com clareza.

— Meu pai é músico, minha mãe é dançarina clássica que virou professora…

— Isso eu sei.

— Ah é?

— O Theodore me contou. E, para sua informação, *sei* que ninguém o chama assim. Quero saber sobre você.

— Teddy está tentando ser mais homem — eu disse para ela e olhei para sua boca. — E não sei mais o que te dizer. Por que não falamos sobre você?

— Porque já fizemos isso.

— Mas o que você quer saber? — perguntei.

— Tanta coisa — ela disse, e meu cérebro ficou tipo: *GglrghhhhaaaaH-HHHHH!* Tipo quando você coloca bala Mentos em uma garrafa de Coca-Cola.

Meu celular apitou, e eu fiquei tipo, *merda,* porque merda, e porque eu sabia que era a minha mãe.

Tirei o celular da mochila, e quando vi que minha suposição tinha sido correta, nem li a mensagem.

— Deixei meu avô sozinho — falei para Katherine Cooper-Bunting.

— Você precisa ir? — ela perguntou, e eu odiei isso, mas eu precisava ir.

Ela pegou a câmera, eu abri a capa para ela colocá-la lá e fechei o zíper.

Nossos dedos se tocaram e ficaram assim um tempo.

Olhamos uma para a outra brevemente e nos levantamos.

— Eu…

— Você gosta de meninas, não é? — ela perguntou, e em um momento de frenesi, eu a empurrei contra a parede embaixo da Virgem Maria e a beijei.

E a questão era que eu nunca tinha beijado ninguém antes.

Tipo, nunca.

E foi estranho, porque sempre achei que ia ser um pouco bizarro e que talvez eu não soubesse o que fazer, mas eu sabia exatamente o que fazer.

Abri a boca e ela também, e então estávamos nos beijando direito, com línguas e tudo, e pensei em como ela tinha gosto de morango, e que eu nunca tinha me sentido tão fisicamente quente em toda a minha vida. Tipo, minha pele estava pegando fogo. E eu queria entrar nela, tipo, cada vez mais fundo, e parecia que ela queria a mesma coisa, porque estava me puxando cada vez para mais perto, e achei que minha cabeça ia explodir. Ou que eu ia desmaiar. Ou simplesmente morrer.

Tentei abrir os olhos para olhar para ela, mas não consegui, e então a beijei com mais força de novo e de novo e de novo, e então fiquei consciente de seu corpo — seus seios pressionados contra os meus, e eu tinha, definitivamente, que parar.

Coloquei as mãos na cintura dela e dei um passo para trás.

— Eu tenho que ir — eu disse, e parecia que o mundo inteiro tinha se transformado.

— O.k. — ela disse. Seu rosto estava corado e seus olhos estavam de um azul profundo.

Meus lábios estavam formigando.

Ela estava sorrindo.

— Nos vemos na segunda-feira — eu disse. Coloquei a mochila e peguei a câmera.

— Até mais — ela disse, ainda encostada na parede debaixo de Maria.

Não sei como consegui sair daquela igreja.

Assim que me vi no estacionamento, comecei a correr.

Desci a ladeira inteira correndo até o ponto de ônibus e persegui o ônibus até a outra extremidade da estrada.

Quando entrei no ônibus, desabei no assento atrás do motorista.

Toquei os lábios com a ponta dos dedos.

Que tipo de besta insaciável era o desejo?

CENA 10

Assim que coloquei a chave na porta, ouvi os passos da minha mãe e fiquei basicamente paralisada pelo medo.

— Onde diabos você esteve, hein? — ela sussurrou de um jeito muito passivo-agressivo.

— Me desculpa — eu disse, e eu lamentava, mas não muito. — Minha bateria morreu — menti. — Eu tive que pegar a câmera na casa de Katherine, e como eles vão fazer um churrasco na igreja do pai dela amanhã, ajudei a montar alguns móveis. Eu só ia ficar fora uma hora, no máximo, mas tinha um buraco na estrada. Levei duas horas pra chegar em casa.

— Posso ir andando daqui até o centro de Londres e voltar em duas horas, Matilda — ela disse furiosa.

— Mas você está, tipo, muito em forma — eu disse baixinho, e juro que pareceu que ela ia realmente me matar. — Desculpe, mãe. Não vou mais fazer isso.

Fui subir as escadas, mas ela me agarrou pelo braço e disse:

— Essa conversa não acabou, Tilly.

— Ai, meu Deus, mãe, eu já pedi desculpas, o que mais você quer que eu diga?

— Quero que você entenda que seu avô é uma pessoa vulnerável e que não pode ser deixado sozinho por muito tempo. Achei que você tivesse entendido isso.

— Ele estava bem quando você chegou em casa? — perguntei.

— Estava, mas poderia não estar.

— Ele disse que ia tirar uma soneca.

— Você não pode deixar as pessoas sozinhas só porque elas estão cochilando.

Eu literalmente ri na cara dela e falei:

— Você sempre deixava a gente sozinha.

— Nós nunca...

— Deixava, sim. Lembro de Emilin e eu em um quarto de hotel em algum lugar quando éramos pequenas e você pediu serviço de quarto pra nós e ligou a TV, e aí você e meu pai desapareceram durante a noite. Aposto que você poderia ter ido para a cadeia por causa disso. Além do mais, se você estivesse tão preocupada com o meu vô, teria ajustado seu horário de trabalho em vez de esperar que outras pessoas cuidassem dele vinte e quatro horas por dia, sete dias por semana, mas você fez isso? Não, não fez.

— Acho que você precisa baixar a bola, madame — minha mãe disse, ainda sussurrando daquele jeito que me faz querer gritar. — E talvez a gente precise chegar a um acordo sobre o que significa cuidar do seu avô. Porque isso claramente não está funcionando.

— Ele está bem — eu disse novamente. — Ele não sai andando por aí e, além de me chamar de Sarah o tempo todo e ficar um pouco desorientado, na maior parte do tempo ele não fica fora de si. E acho que o Alzheimer dele piorou quando ele estava na casa dele por causa do choque da morte da vó, e aí ele nunca mais teve nada pra fazer, ou alguém interessante pra conversar. Como você se sentiria se só pudesse conversar com a enfermeira que vem duas vezes por dia? E ele não podia nem ir ao teatro, ou a um bar, por causa da covid. Acho que ele vai melhorar agora. Ficando aqui conosco, podendo sair, fazendo coisas.

— Não é assim que o Alzheimer funciona, Tilly, e você sabe disso. Só porque você quer que ele melhore não significa que ele esteja melhor. E, por favor, você pode enviar uma mensagem para o Teddy pra dizer que você voltou, porque eu fui até lá te procurando.

— Com quem você falou? Amanda?

— Falei com o Teddy. Por isso te pedi pra mandar uma mensagem pra ele. Você está se sentindo bem? — ela perguntou. Ela balançou a cabeça para mim e pressionou a parte de trás da mão ossuda e gelada na minha testa.

— Me deixa, eu tô bem. Eu te disse que tinha que pegar essa câmera e levei uma eternidade pra voltar. Provavelmente estou desidratada por ter ficado naquele ônibus quente tanto tempo. E, pra sua informação, Teddy sabia onde eu estava, então não sei por que ele não disse nada. Posso subir agora? Tenho que mandar uma mensagem pra ele.

Ela me deixou passar, e eu subi de dois em dois degraus.

Meu quarto estava agradável e fresco porque eu não tinha aberto as cortinas, e eu caí na cama.

Abracei meu travesseiro e estava me sentindo maravilhosamente tonta por ter beijado Katherine Cooper-Bunting.

Peguei o celular para ver se ela tinha me mandado mensagem.

Mas fora as ligações da minha mãe e uma mensagem em letras maiúsculas gritando: ONDE VOCÊ ESTÁ com um monte de pontos de exclamação mesmo isso sendo uma pergunta, não tinha nada.

Por que você disse pra minha mãe que não sabia onde eu estava?, escrevi para Teddy e os dois risquinhos ficaram azuis imediatamente.

?

Você sabia que eu tava na casa da sua namô pra pegar a câmera.

Você disse que ia às duas, e sua mãe veio por volta das quatro, então imaginei que pegar uma câmera não demoraria tanto e que você devia ter ido a outro lugar depois. Desculpe.

Deixa pra lá.

Teddy não respondeu, mesmo tendo ficado on-line por um tempão, e sabe quando você acha que vai se sentir ótima depois de ter tido a última palavra?

Bem, não me senti nada bem.

Além disso, eu a beijei.

Eu tinha ido à casa dela e a beijado sob o olhar atento da Virgem Maria.

E beijos assim — não sei, mas eles significavam algo, não?

ATO III

CENA 1

Eu me entreguei completamente à luxúria por causa de Katherine Cooper--Bunting naquela noite.

E foi literalmente a pior coisa.

Parecia que eu estava pegando fogo.

E quando não parecia que eu estava pegando fogo, eu sentia vontade de vomitar.

Fiquei completamente desorientada depois daquele beijo, então tentei deitar na cama e me acalmar, mas cada pedacinho de mim estava uma confusão total.

Além disso, eu me sentia péssima porque tinha sido horrível com Teddy. Quero dizer, fora o fato de eu ter beijado sua namorada (o.k., ela não era namorada dele, mas enfim...), depois ainda fiquei toda brava com ele quando na verdade era definitivamente eu quem estava sendo a babaca de marca maior.

E para piorar as coisas, eu acreditava do fundo do coração que não conseguiria mais viver se não pudesse beijá-la novamente.

Tipo, qual o nível de insanidade da pessoa?

Devo ter dormido por volta das cinco, mas acordei às sete e quinze quando meu pai bateu a porta da frente tão alto que a casa inteira tremeu.

Fiquei, tipo, que porra é essa, e me perguntei se algo terrível tinha acontecido, mas então ouvi as notas inconfundíveis de *A cotovia ascendente*.

Abracei meu travesseiro e pensei em Katherine.

Imaginei nós duas acordando juntas.

Eu só precisaria estender o braço para tocá-la.

Em todos os lugares.

— Eu odeio essa música! — gritei.

E como o sono já tinha definitivamente passado, desci as escadas para fazer uma xícara de chá.

Minha mãe estava no jardim, toda descalça e se alongando e respirando e não sei mais o quê.

— O que você estava gritando? — ela perguntou sem olhar para mim.

— Achei que tinha ouvido uma explosão.

— Seu pai foi dar uma volta — ela disse, e quando a cotovia ascendente atingiu sua altura mais elevada, meu avô apareceu.

— Quem estava gritando? Ah, eu adoro *A cotovia ascendente* — ele disse. — Está vindo do vizinho?

— Sim — minha mãe e eu respondemos ao mesmo tempo.

— É magnífico.

— É poluição sonora — eu disse e tomei um gole do meu chá.

— Acho que seu pai vai enlouquecer se David continuar com isso — minha mãe disse e foi com tudo para a posição do cachorro olhando para baixo. — Você sabe que a única coisa que o irrita mais do que a música em si é quando o público vota nela como a favorita no Hall da Fama anual da Classic FM.

— Eu acho que ela é magnífica — meu avô disse e se levantou na ponta dos pés para espiar por cima da cerca.

— Eu particularmente não me importo, mas ela não me deixa psicótica — minha mãe declarou, e sua voz saiu toda esquisita porque ela ainda estava de cabeça para baixo. — Pra ser sincera, depois de um tempo até esqueço. Ela se repete, não é? Tipo pássaros de verdade. Não ligo pra eles também.

— Sabe, eu devia te apresentar ao pai do Teddy — eu disse ao meu avô, que ainda estava espiando por cima da cerca. — Vocês iam se dar bem.

— Tilly, talvez a gente deva esperar pra fazer essas apresentações até que aqueles dois se entendam.

— O pai do Teddy trabalhava com o meu pai — expliquei ao meu avô. — Mas ele não foi recontratado. Sabe, cortes no orçamento e tal.

— É uma pena o que aconteceu com os músicos — ele disse. — O maldito governo não está dando a mínima para as artes. Cretinos.

— Vamos arrecadar um dinheiro com a peça, pelo menos, não é?

— Não vai nem fazer cócegas. E como isso está sendo divulgado? Precisamos que o teatro fique lotado. Quantos assentos o Criterion tem?

— Não tenho a menor ideia.

A música parou. Minha mãe rolou e se colocou de pé.

— Acho que a cotovia ascendeu — ela disse e olhou para o meu avô como se estivesse esperando ele rir de sua piada musical.

Ele não riu. Só ficou lá parado no jardim, olhando para a cerca, depois para a casa, depois para mim e para a minha mãe.

— Vô, quer tomar café da manhã? — perguntei.

Ele olhou para mim.

— Quer Sucrilhos? Ou torradas? Ou posso cozinhar um ovo pra você, se preferir. Talvez eu cozinhe ovo com a gema mole pra molhar o pão. Quer?

Ele deu alguns passos em minha direção e olhou em volta como se nunca tivesse estado em nosso jardim.

— Obrigado, Sarah — ele disse, e vi a cabeça da minha mãe se virar para ele.

— Tilly, acho que nós...

— Pode deixar — eu a interrompi. A falta de habilidade dela mais uma vez me forçava a tomar a frente. — Vamos, vô, vamos entrar e tomar café da manhã juntos.

Ele me deixou levá-lo para dentro pelo cotovelo, e isso me deixou tão triste que senti um pedacinho do meu coração literalmente se quebrando, o que era quase pior do que uma catástrofe emocional total.

Fiz meu avô se acomodar na cozinha, fervi a água e estava quase colocando os ovos quando de repente Teddy apareceu na porta dos fundos.

— Bom dia, amigos — ele disse, e meu coração partido de momentos atrás foi substituído por uma bola de demolição que bateu no meu peito com força total.

Eu beijei ela, pensei, e não consegui olhar para ele.

— Como você entrou? — perguntei, apesar de saber exatamente como ele tinha entrado.

— Então, é uma história muito engraçada. Eu já falei pra sua mãe, mas a parte de trás da cerca parece ter se soltado — ele disse e puxou o lóbulo da orelha.

— Esse era o nosso segredo — eu disse e fiquei olhando para a água na panela.

— Ainda é nosso segredo. Ou você acha que ela vai investigar isso? Ou tentar consertar? Ou que ela vai usar como caminho alternativo pra ir até a minha casa?

— Não é essa a questão.

— Qual é a questão?

— Por que você está aqui? — perguntei, e não sei por que saiu assim, superagressivo, mas sabe como dizem que você projeta seus sentimentos mais vis sobre aqueles que mais ama?

Teddy foi até a geladeira, pegou uma caixa de suco e serviu em um copo.

— Sr. Taylor, está tomando suco? — ele perguntou ao meu avô, que estava olhando para as palavras cruzadas no jornal de ontem que alguém comprou ou encontrou no metrô.

— Não, obrigado, meu jovem.

— E como está você hoje? — Teddy perguntou e se sentou ao lado dele.

— Estou ótimo. E você, meu jovem?

— Vô, é o Teddy.

Meu avô olhou para mim e balançou a cabeça.

— Eu sei que é o Teddy. Interpreta Orlando. Cena engraçada, inclusive.

— Ah, sim, você acha? — Teddy perguntou e se aproximou dele.

— Teds, quer torrada? — perguntei, e visualizei a imagem de Grace encostada no balcão ao meu lado dizendo: "Você sabe que ele nunca pode saber sobre esse beijo".

— Aceito torrada. Por que não? — Teddy disse. — E eu vim pra te perguntar se você quer sair com Robin e eu. Vamos procurar fantasias em lojas de caridade e depois vamos na loja de fantasias procurar uma de cavalo. Aparentemente você já conversou com elu sobre isso.

— Ah, sim, a gente ia fazer isso outro dia. Esquecemos.

— Venha hoje — Teddy disse e sorriu para mim.

— Sua namorada está numa festa na igreja, você deveria passar lá pra dar um oi — eu disse, porque incluí-la na conversa o mais rápido e casualmente possível parecia ser uma boa ideia.

— Ah é?

— Ajudei a montar uns móveis pra isso ontem. Aparentemente, todos são bem-vindos.

— Vou mandar uma mensagem para Robin — Teddy disse e pegou o celular. — Mas você quer vir?

Sim, pensei. *Sim, sim, sim.*

— Não — respondi. — Tenho que ficar em casa hoje — menti e meio que olhei para o meu avô, que não estava olhando para mim, e Teddy meio que fez que sim com a cabeça indicando que tinha entendido.

O celular do Teddy vibrou.

— Robin disse que não curte muito a igreja porque acha que ela promove a homofobia constitucional e a transfobia, entre outras coisas, mas que podemos dar um pulo lá se tiver comida de graça.

— Então, basicamente, elu não aprova as pessoas da igreja, mas fica feliz em comer a comida deles? — perguntei.

— Pra ser justo, Jesus comeu com seus inimigos — Teddy insinuou.

— Judas — meu avô disse, e eu me identifiquei.

— O que aconteceu com Judas? — perguntei. Minha garganta de repente ficou seca e minha voz, rouca.

— Aposto que ninguém sabe — Teddy disse.

— Ele se enforcou — meu avô disse.

Ah...

Teddy estava agora debruçado sobre as palavras cruzadas com meu avô.

— Recebeu dez mandamentos — Teddy leu e olhou pra mim.

Dei de ombros porque não sabia o que isso queria dizer.

— Foi Moisés — meu avô disse, e Teddy olhou em volta em busca de uma caneta.

— Aqui — falei e dei a ele um lápis sem ponta que ficava no bloco de lista de compras.

— A Katherine não fica falando sobre essas coisas, mas eu provavelmente deveria ler sobre Jesus e companhia — Teddy disse.

— Por quê? — perguntei e coloquei outro ovo na água fervente com cuidado. Mesmo assim a casca rachou.

— Porque acho que Jesus é uma grande parte da vida de Katherine. E para entender as pessoas, você tem que entender de onde elas vêm.

— Ela vem de Clapham Common — eu disse olhando para os ovos se agitando na panela.

— Estou achando que você está com um humor de cão hoje, Matilda — ele disse.

— Estou bem — menti.

— Capital do Senegal começando com D — Teddy leu em voz alta.

— Dakar — meu avô falou.

— Você está com tudo, Sr. Taylor. A gente devia ir a uma noite de jogo de perguntas e respostas — Teddy disse e escreveu nos quadradinhos.

Olhei para os ovos novamente, ajustei o cronômetro no celular e fiquei observando a contagem regressiva de cinco minutos.

— Acho que sua namorada vai gostar de você mesmo que você não seja BFF de Jesus — eu disse para ele quando faltavam três minutos e cinquenta e oito segundos.

Eu ainda podia sentir os lábios dela nos meus.

— Ela não é minha namorada — ele disse se levantando e colocando duas fatias de pão na torradeira. — Mas eu gostaria que ela fosse. Desculpa por aquela coisa com a sua mãe ontem. O amor me deixa estúpido. E eu pensei muito bem sobre tudo isso durante a noite, e eu estava com ciúmes — ele admitiu como a pessoa corajosa que era. — E a questão é que, é claro que fico feliz que você se dê bem com a Katherine, e se você diz que não está interessada nela, então acredito em você.

Eu estava silenciosamente sufocando.

— E a questão é — Teddy continuou —, quero que você seja amiga dela, óbvio. Porque aí vai ser quase como ter a Grace de volta.

— Teddy...

— Não estou tentando fazer uma substituição nem nada, mas...

— Está, sim — eu disse. — Mas não pode. Você sabe disso, não sabe? Não é a mesma coisa, não pode ser a mesma coisa, porque a Katherine não é a Grace, e eu não quero que ela seja a Grace, e se você quer que ela seja a Grace, então...

— Tills, relaxa — Teddy disse e balançou a cabeça. — Não quis dizer isso literalmente. É que era muito bom sair por aí com o nosso grupinho. Também não quero que a Katherine seja a Grace. A Grace era a Grace, e ela era absolutamente única.

— Ela era ótima — eu disse.

E então sorri para ele, e ele sorriu de volta, e tinha tanta coisa entre nós que significava tanto pra mim.

Depois do café da manhã, Teddy se arrumou para sair, meu avô se sentou com um livro, e eu voltei lá pra cima para o meu quarto e assisti umas vinte vezes ao vídeo que fiz de Katherine, seu nariz, sua sarda e sua boca, o que fez eu me sentir completamente infeliz.

Peguei o celular, porque sabe quando você simplesmente não consegue deixar pra lá?

Espero que você esteja tendo uma ótima festa de verão hoje.
Estou de boas em casa com meu avô.

Eu queria dizer algo espirituoso sobre o beijo, mas não sabia o quê, então deixei por isso mesmo.

Aí fiquei vendo os dois risquinhos cinzas por uma hora, mas eles não mudaram de cor.

Imaginei Katherine com seus irmãos, cercada por pessoas que eu não conhecia. Imaginei Teddy e Robin indo lá, se sentando nos móveis de jardim que eu tinha montado, comendo as coisas que tinham sido feitas na cozinha caótica, o bolo de morango.

Me imaginei lá também, e Katherine me olhando no meio daquele alvoroço todo.

Me imaginei flertando com ela, pegando ela pela mão e a gente se esgueirando para a igreja juntas, bem embaixo daquela estátua da Virgem Maria. Eu a imaginei usando o vestido que ela tinha usado ontem, eu beijando seu pescoço bem onde ela fuçou o meu naquele dia em que fomos cavalos, e aí me imaginei passando a mão pelo interior de sua coxa nua. E subindo, subindo e subindo um pouco mais para cima.

CENA 2

#AmigosParaAmantes #sexonaigreja #primeiravez #sexolésbico

Naquela tarde eu me senti como um daqueles cavalos de corrida que a gente vê na televisão, que está muito assustado com as grades da largada para correr e por isso só fica lá tipo marchando no mesmo lugar, em pânico.

Meu corpo estava tenso, meu cérebro tinha se tornado uma geleca de *fanfic* da vida real, e enquanto isso meus amigos tiveram a tarde dos sonhos do Insta.

Um sonho ao qual assisti do celular.

Parece que Teddy e Robin tinham mesmo ido à festa da igreja e não tiveram vergonha de participar das atividades.

Teddy até comprou um bilhete de rifa que tinha o número 666. Cômico. Aí é claro que ele e Robin entraram escondidos na igreja e posicionaram o bilhete nos mais diversos lugares, inclusive na estátua da Virgem Maria, onde o indescritível tinha acontecido e cuja memória me fez fisicamente derreter no chão por um momento.

Perdoe-me, Teddy, pois eu pequei, pensei, mas eu estava literalmente salivando ao pensar em Katherine e em como eu ainda podia sentir seus seios pressionando os meus por sobre nossas roupas.

Ela também estava em alguns dos stories.

Em um deles ela estava com os braços em volta de Teddy e Robin, e Teddy escreveu: *Adoro passar tempo com meus amigos.*

Como eu não tinha nada para fazer e lugar nenhum para estar, e como eu estava acordada e já tinha ficado no quarto a noite toda, finalmente decidi ir lá embaixo de novo, onde a porta dos fundos estava escancarada.

Meu pai tinha voltado depois do seu chilique sobre *A cotovia ascendente* e estava no jardim inspecionando a cerca.

Minha mãe estava alguns metros atrás, de braços cruzados, falando.

Meu avô estava tocando piano, e Rachmaninoff estava dormindo no banco ao lado dele.

— O que você está tocando? — perguntei ao meu avô.

— *Camelot.*

— O que é *Camelot*?

— O musical se chama *Camelot*. Charles canta um dos números dele no show. É magnífico. Julie Andrews, Richard Burton e Robert Goulet faziam parte do elenco quando estava na Broadway.

— Goulet é um nome estranho.

— Ah, todos eram apaixonados por Robert Goulet.

— Sobre o que é o musical? — perguntei.

Ele olhou para mim.

— Camelot.

Olhei para ele.

— Rei Arthur, Tilly. Sinceramente, sobre o que você conversa na escola o dia todo? — ele perguntou. Ele dedilhou a introdução no piano novamente e cantou a música inteira para mim, e eu soube que meu avô tinha uma voz realmente adorável.

Eu murmurava junto e pesquisei *Camelot* no Google no celular e, sim, é claro que eu conhecia a história do Rei Arthur, mas acho que nunca soube o quanto sua esposa gostava do cavaleiro dela. Ou o quanto ele gostava dela. Tipo, ele estava literalmente dentro dela com frequência, o que me levou à conclusão não surpreendente de que eles nunca ensinam as coisas boas na escola, o que é uma pena. Porque se eu soubesse que Guinevere tinha um caso picante com um homem que não era seu marido, o que era obviamente um escândalo total, e que seu marido pode, ou não, também ter sentido tesão por ele, eu poderia ter me dedicado um pouco mais à lenda.

— Quanto dinheiro você acha que precisamos arrecadar com *A vingança do Cupido* pra fazer a diferença, vô? — perguntei.

— Milhões — ele disse. — E aqueles canalhas conservadores não devem ficar com nada.

— Tá, mas e se a gente for mais realista?

— Bem — ele disse, e parou de tocar —, vamos ver. Quantas pessoas cabem no Criterion?

Dei de ombros.

— Pesquise então. Você já está no celular. Deve haver um mapa de assentos ou algo assim on-line.

Pesquisei no Google.

— Quinhentos e oitenta e oito.

— O.k., então digamos quinhentos e oitenta, multiplique isso por quanto custa um ingresso. Esse é o máximo que podemos ganhar, então esse deve ser nosso objetivo. E vou te dizer uma coisa, nós também deveríamos fazer uma arrecadação na noite da apresentação.

— Mas ninguém mais anda com dinheiro.

— Tem essas máquinas, eu já vi. Você só diz quanto quer doar e paga com cartão. Vendedores de jornal têm também. É bem prático.

— Precisamos conseguir uma dessas.

— Vou falar com o Brian — meu avô disse.

— Quinhentos e oitenta vezes quinze dá oito mil e setecentas libras. Nossa. É muita coisa.

— Na verdade não é, Tilly, se você pensar quanto as pessoas têm que pagar de aluguel e contas. Isso vai ajudar uma família por um tempinho.

— Então acho que devemos ter como objetivo dez mil. Por que não?

— Bravo.

— Mas como?

— Vou pensar — ele disse e começou a tocar de novo. — Mas você também tem que pensar. Porque você tem o melhor cérebro.

— Sinto muito por isso — eu disse.

— Não fique muito animada — ele falou. — Porque, você sabe, genes.

E foi brutal, mas engraçado, e eu ri de verdade, e entendi perfeitamente por que minha avó passou a vida com ele.

Pouco antes de eu ir para a cama, às dez e meia, Teddy postou outro story com ele e Robin em Clapham Common. Eles estavam no laguinho falso que geralmente tem água, mas que estava vazio por causa da seca, e eles estavam andando de skate, subindo e descendo, Robin estava fazendo acrobacias e Teddy parecia que nunca tinha subido em um skate.

Ainda não tinha tido resposta de Katherine, e posso dizer com toda sinceridade que nunca me senti tão infeliz.

Será que o beijo não significou nada pra ela?

E se não significou nada, como pode?

Porque como uma pessoa pode sentir tanto e a outra não sentir nada?

Existe algo mais injusto do que isso na vida?

Me deitei lá em completa angústia, pensando em Katherine Cooper-Bunting como Guinevere, e eu como Lancelot, me esgueirando em sua cama e fazendo todos os tipos de coisas.

Então pesquisei por "*fanfic* Rei Arthur" e devo dizer que não sou a primeira pessoa a ter fantasiado sobre isso.

Quando fechei os olhos para dormir naquela noite, apaguei.

CENA 3

Na segunda-feira, todo mundo estava se dando superbem no ensaio depois do encontro no domingo.

Olivia ficou chateada por não ter ido porque estava trabalhando, e Miroslaw ficou tipo: "Por que ninguém me falou nada?", e todo mundo ficou tipo: Porque nós somos péssimos mesmo. Então prometemos nunca mais fazer isso de novo.

Meu coração estava batendo acelerado desde que acordei porque eu não tinha ideia do que ia acontecer quando visse Katherine.

Ela estava conversando com Maeve quando entramos e, quando ela me viu, sorriu, e eu senti a adrenalina correndo pelo meu corpo, e meu coração ficou tipo, *eba*, mas aí ela voltou para a conversa e soprou sua xícara de chá, me deixando zonza e carente.

Ela veio ficar/deitar ao meu lado durante o aquecimento, mas não houve toque, o que fez todo o meu corpo doer por querer isso, desde a ponta dos dedos até o fundo do meu umbigo.

Ela e Teddy passaram a cena deles enquanto Brian e eu estávamos preparando a primeira cena, que era *Sonho de uma noite de verão* de Miroslaw e Maeve, e eu os observei de canto de olho, me perguntando se eu realmente tinha beijado ela ou se era coisa da minha cabeça, assim como imaginava Grace às vezes.

Ou talvez fosse algo que ela fazia regularmente. Beijar as pessoas. Porque *ela* não disse que gostava de meninas, ela só confirmou que *eu* gostava de meninas. No entanto, depois ela aceitou plenamente que nos jogássemos uma em cima da outra (#consentimento).

Eu a vi rir de algo que Teddy disse.

Ela era muito linda, e eu não conseguia imaginar não a querer.

— Meus amooooores! — Brian interrompeu o conversê geral e bateu palmas três vezes. — Vamos trabalhar, o.k.?

Peguei o roteiro de *Sonho de uma noite de verão* e apontei meu lápis.

Brian olhou para mim e acenei com a cabeça para sinalizar que estava pronta.

Eu tinha visto um balé de *Sonho de uma noite de verão* quando era pequena que teve momentos bonitos, com várias bailarinas fadinhas voando penduradas no teto, mas na maior parte foi perturbador, porque o solo principal é a mulher dançando com um homem que está usando uma cabeça de burro enorme. E como ele obviamente não tinha expressões faciais, o fato de que seu pênis e suas bolas estavam totalmente visíveis através da calça meio que me impediu de ver o resto.

Sei que o título sugere que é um sonho, e reconheço que sonhamos umas merdas esquisitas que parecem não fazer o menor sentido, e às vezes vemos as pessoas e não são realmente elas (mas são), mas para ser bem sincera não achei que o balé se parecia com um sonho, estava mais para um delírio induzido por drogas. Com pênis gigantes. Não que eu tivesse algum conhecimento sobre qualquer uma dessas coisas.

Não é de admirar que fiquei completamente surpresa quando achei a cena de Maeve e Miroslaw não apenas compreensível, mas também hilária. Maeve estava engraçadíssima como a dama principal, Titânia, que é a rainha das fadas, e Miroslaw estava absolutamente hilário também como o homem que não sabe que é um burro, e eles já tinham quase decorado o roteiro, e por duas vezes quando se perderam eu demorei para dar as falas porque estava muito entretida com o que estava rolando no palco.

Eu podia sentir os olhos de Katherine Cooper-Bunting em mim, mas decidi ser profissional e não olhar para ela de jeito nenhum.

A primeira vez que falei com ela foi durante o intervalo.

— Oi — ela disse.

— Oi — respondi. — Como foi a festa?

— Desculpe não ter respondido sua mensagem, mas eu não estava com o celular — ela disse. — E aí ficou tarde e achei que talvez você já tivesse ido dormir.

— Só queria desejar um bom-dia, de qualquer maneira — menti, porque o que eu queria mesmo era flertar com ela pelo WhatsApp.

— Achei que talvez você fosse também — ela disse. — Você poderia ter levado seu avô, sabe.

— Eu meio que precisava de um dia pra mim mesma.

— Entendo — ela falou e começou a brincar com um dos botões da minha blusa.

— Você queria que eu tivesse ido? — perguntei olhando para o seu rosto.

— Meus amooooores! — Brian gritou e nós nos separamos com o susto. — Faltam menos de duas semanas para estarmos no palco, e duas semanas não são nada no *show business*, então peço que vocês fiquem ligados, o.k.? Até o final desta semana, no máximo, espero que ninguém mais precise do roteiro. Isso significa que vocês saberão suas falas e músicas de cor, e suas posições de palco também, o.k.? Se tiverem alguma dúvida, lembrem-se, Tilly e eu estamos aqui para ajudar vocês. E na segunda-feira, daqui a uma semana, vamos tentar fazer um ensaio geral.

Charles levantou a mão e disse:

— Creio que não vou poder na segunda-feira, Brian.

Brian parecia que ia dar um piti, e senti a tensão de Katherine Cooper-Bunting.

— Veja bem, o trem Eurostar vai completar cem mil viagens neste dia, e todos nós vamos documentar o feito.

Brian não se mexeu, e acho que eu também não, e antes que eu pudesse perguntar, Brian falou:

— Tudo bem. Faremos o ensaio na terça. Eu não gostaria que você perdesse o Eurostar.

Eu obviamente precisava da história toda, então procurei Maeve atrás do bar e ela me disse que Charles era uma daquelas pessoas que ficam no fim das plataformas da estação com câmeras enormes fotografando trens sem motivo aparente, e depois fazem anotações sobre eles, que não significam nada para as pessoas normais, em caderninhos.

Como essas pessoas que gostam de trem são estranhas.

E quem diria que elas estavam entre nós?

Enfim, depois do intervalo ensaiamos "Seasons of Love", e acontece que ninguém além de Olivia e Katherine tinha decorado a música ou sabia como ler as partituras que estava segurando, e no ponto crucial, em que eles têm que cantar uma lista enorme de coisas com as quais se poderia medir o tempo, parecia que eles eram um grupo murmurando palavras inventadas sem vontade nenhuma.

— Que ruim — Robin sussurrou no meu ouvido.

— Muito ruim.

Teddy, que estava ao lado de Katherine, ficava olhando para a boca dela como se quisesse ler seus lábios, e ela estava corada, e a ideia de alguém além de mim fazendo-a corar assim me deixou tão perdida de amor que tive vontade de morrer.

Olhei para a partitura e fiquei na dúvida se deveria gritar a letra, mas a coisa toda já estava uma bagunça tão grande que achei que, se eu começasse a contribuir, a cabeça de Brian provavelmente ia explodir.

Olhei para Katherine de novo.

Ela ainda estava corada.

Passou pela minha cabeça que poderia ser um rubor de vergonha porque talvez ela soubesse que eles soavam como um bando de turistas desafinados num karaokê.

No fim, foi meu avô que terminou o show de terror tocando um bilhão de notas erradas no piano. Todos pararam de cantar, e nesse momento ele começou a tocar algo superdramático, tipo, dadadadaaaaaaaaaaaa, dadadadaaaaaaaaaaaa, e todos olharam para ele boquiabertos.

— Isso foi uma droga, não foi? — ele disse.

Olivia bufou, porque, sim, foi engraçado, mas eu também fiquei tipo: *Será que ele está tendo um de seus momentos agressivos?*

Ele se levantou do piano, olhou para todos no palco e disse:

— Por que vocês estão aqui se não se importam?

— Desculpe, mas eu me importo — Olivia disse dando um passo à frente e levantando o braço.

— Eu me importo — Katherine disse, um tanto quanto previsível, e deu um passo à frente também.

Teddy puxou o lóbulo da orelha.

— Vocês querem que as pessoas lhes deem seu dinheiro e não querem trabalhar pra isso? Vocês acham que quando vão ao teatro num sábado à noite as pessoas no palco têm o direito de ser preguiçosas? Ou que estão lá de brincadeira? Ou não sabem suas falas? Elas já fizeram a mesma coisa sete vezes naquela semana. E ensaiaram. E tiveram aulas de voz, e aquecimento, e provaram os figurinos. E ainda assim fazem o que têm que fazer.

Todos pareciam estar envergonhados, menos Olivia e Katherine.

— Todo mundo erra, às vezes, mas aí você segue em frente. Eu sei que vocês não são profissionais, mas isso não deveria ter importância. Brian acabou de dizer para vocês ficarem ligados. E vocês não têm nem a capacidade de olhar para a partitura pra ler a letra da música? Que vergonha.

Aí ficou um silêncio ensurdecedor e as pessoas ficaram lá paradas e um pouco inquietas, aí passou uma ambulância com a sirene ligada e as pessoas finalmente se mexeram.

— Certo, pessoal, cinco minutos para se recomporem e aí faremos de novo — Brian disse.

Todo mundo se dispersou em silêncio, exceto Olivia, que nos deu outra demonstração de sua capacidade vocal cantando os primeiros versos de "Seasons of Love" na maior altura, e ela continuou cantando a caminho do banheiro. Ainda podíamos ouvir cada palavra que ela estava cantando mesmo depois de a porta se fechar.

— Ela seria ótima pra começar um flash mob — eu disse e ri, e aí fiquei tipo, *espera aí*, e me virei para Robin e agarrei seu braço porque: — É exatamente isso que a gente devia fazer. Um flash mob. Vai chamar muita atenção. Eu podia filmar e postar, e aí as pessoas vão nos assistir no teatro, e vamos levantar quinhentas e vinte e cinco mil e seiscentas libras. Podemos postar um link para o fundo Acting for Others para as pessoas doarem. Meu Deus, essa é a melhor ideia que eu já tive.

Robin olhou para mim, bateu palmas, mas sua animação terminou prematuramente no meio de uma batida.

— Onde faríamos isso? No shopping de Clapham? É meio porcaria. Além disso, só somos, tipo, umas quinze pessoas. Incluindo você e eu.

— Não tem problema, temos a Olivia. Ela é tão barulhenta.

— E acho que o Teddy poderia se esforçar mais. A voz dele não é ruim, ele só precisa acreditar mais em si mesmo — elu disse.

— Tipo, e claro que posso cantar junto também. Quero dizer, não sou cantora, mas…

— Ei, por que tudo gira em torno de a gente ser ou não bom em alguma coisa? Às vezes deveria ser suficiente o fato de você querer fazer — Robin disse.

E quer saber de uma coisa? Eu literalmente nunca tinha pensado nisso dessa maneira, e gostaria de ter pensado, porque acho que minha vida poderia ter sido muito mais alegre até agora.

— Bem, talvez não se você quiser fazer uma cirurgia no cérebro — Robin acrescentou. — Ou pilotar um avião comercial.

Pesquisei no Google "Como organizar um flash mob", e por puro acaso troquei um olhar com Katherine enquanto ela passava por nós carregando duas xícaras de chá. Ela sorriu e eu a observei indo até o piano. Ela se sentou no banco ao lado do meu avô e colocou as xícaras em cima do piano.

Ela falou com ele, e ele fez um gesto afirmativo com a cabeça e sorriu para ela.

— Eu não sei por que Olivia odeia tanto ela — eu disse.

Robin acompanhou meu olhar, depois olhou para mim e disse:

— E eu não entendo por que todo mundo é apaixonado por ela.

— Todo mundo quem? — perguntei.

— Todo mundo você — elu disse, e eu fiquei quente quente quente.

— Ah, não, não é bem assim.

— Continue dizendo isso a si mesma.

Katherine e meu avô começaram a tocar "The Entertainer" no piano.

E sabe quando uma música é uma escolha muito previsível e também é basicamente uma merda, mas faz você rir mesmo assim?

Olhei de volta para o celular e tive outra tirada de gênio.

— Ah, meu Deus! — eu disse e me levantei num pulo e me sentei imediatamente de novo, porque, sabe, tontura, mas então me levantei de novo, peguei e disse: — Já sei onde vamos fazer o flash mob. E sei como torná-lo maior.

Enrosquei os pés na alça da minha mochila e meio que tropecei na fileira de cadeiras de plástico.

Fui até o piano e me ajoelhei ao lado de Katherine.

— Preciso da sua ajuda — eu disse, e ela parou de tocar.

— Você está bem? — ela perguntou e se virou para se sentar de lado no banco para olhar pra mim.

Não, pensei, porque eu estava de joelhos, e olhando para ela, e eu tinha lido esse tipo de *fanfic* justo ontem à noite.

— Sim — eu disse. — Você precisa convencer as pessoas da escola de teatro a nos ajudarem com um flash mob.

Ela olhou para mim como se não falássemos a mesma língua.

— Vamos encenar um flash mob na estação de trem quando o Eurostar chegar, e eu vou filmar, e vamos postar, e aí muita gente vai querer vir ver *A vingança do Cupido*, e assim vamos arrecadar muito dinheiro. E você e Olivia podem ficar famosas.

Ela ainda olhava para mim.

— Por favor.

— Eu não quero ser famosa, na verdade.

— Mentira.

Ela tentou não sorrir, mas não conseguiu impedir sua boca de fazê-lo.

— Tá, tudo bem, talvez eu queira.

— Olivia disse que sua mãe é uma das principais pessoas na escola de teatro. Você precisa convencê-la a mobilizar todas as mães da escola, e aposto que elas vão topar. Se não, mostre pra elas, tipo, uns flash mobs muito massa no YouTube ou algo assim, e aposto que elas vão mudar de ideia, tipo, na hora.

— Mas isso já é na segunda-feira.

— É, tem uma semana inteira ainda. Achei que eles tinham ensaio todos os dias, como nós.

— Tem, mas eles têm a apresentação deles pra ensaiar. Eles estão fazendo *Positivamente Millie*.

— Por favor — eu disse, e aí cometi o erro monumental de pegar a mão dela, mas só fiz isso porque estávamos sendo superamigáveis e parecia natural.

Bem, por um segundo pareceu natural.

Ela meio que olhou para as nossas mãos, aí olhou de volta para mim, e então nossos dedos ficaram se mexendo e se entrelaçando, e se fosse uma *fanfic* eu já teria enterrado o rosto entre as pernas dela porque, você sabe, é assim que #AmigosParaAmantes acontece. Mas não necessariamente na frente de outras pessoas.

— Pode ser divertido — eu disse, observando-a observar nossas mãos. — Vamos ensaiar juntos, tipo, na sexta-feira ou talvez no sábado ou algo assim, porque a escola é um pouco depois da sua igreja, não é? E aí vamos pra estação de trem na segunda-feira de manhã.

— Não posso prometer nada — ela disse.

— Sim, claro.

— Mas vou perguntar pra minha mãe.

— Obrigada — eu disse e me levantei, e meu pé direito tinha dormido porque fiquei agachada desajeitadamente. Ia me afastar dela, mas ela não soltou a minha mão.

— Tilly — ela chamou e me puxou de volta.

— Quê?

— Tenho dois ingressos pra ver *Do jeito que você gosta* no domingo. Você iria comigo?

— Você deveria ir com o Teddy — eu disse com meu coração batendo forte. Olhei em volta para ver onde ele estava.

Ele estava atrás do bar tomando uma xícara de chá conversando com Miroslaw.

— Quero dizer, vocês vão fazer uma cena exatamente dessa peça.

— Mas não quero que ele tenha a ideia errada.

— O que você quer dizer? — perguntei, embora soubesse exatamente o que ela queria dizer.

— Ele gosta de mim, não gosta? — ela sussurrou e olhou para trás de mim, provavelmente para ele. — Mas eu não sinto a mesma coisa.

E meu coração parecia uma daquelas pessoas naqueles filmes de tubarão, quando a pessoa é atacada e o tubarão está arrancando grandes pedaços dela, mas ela ainda está tentando fugir, mesmo já não tendo mais as pernas e sangrando.

— Teddy é literalmente a pessoa mais legal — eu disse a ela.

— Eu sei. Eu só... não seria justo. Por favor, não diga nada.

— O.k. — eu disse, e ela finalmente soltou a minha mão, e a perda de seu toque me fez parar, e a suposição do que isso poderia ser me deixou sem palavras.

CENA 4

O que você faz quando sabe que a pessoa por quem seu melhor amigo está apaixonado não está apaixonada por ele? E quando você beijou o objeto de desejo dele e desde então caiu em um estupor lascivo?

Bem, é fácil, né? Você confessa; é claro, você confessa, senão você não seria a melhor amiga dele, e sim uma mentirosa e também uma traidora.

Eu obviamente não podia contar o que ela me disse, e sem chance de contar o que aconteceu e muito menos confessar minha paixão por ela, então fingi que Katherine Cooper-Bunting nunca tinha me falado nada sobre ele e que eu não fazia ideia de como era ter a minha língua dentro da boca dela.

Na manhã seguinte, no ônibus, Teddy e eu passamos as falas, e ele estava literalmente tropeçando em uma palavra sim, outra não.

— Você precisa aprender isso aqui — eu disse para ele. — Eu sei que você está apaixonado e tal, mas não é tão difícil assim.

— Não, Tilly, é muito difícil mesmo, e não estou convencido de que muitas dessas falas signifiquem alguma coisa. Nem de que elas rimam.

— Claro que não rimam. Não é, tipo, a música da barata. Essas pessoas estão tendo uma conversa real.

Ele olhou para o texto.

E então para mim.

— Por que de repente você está do lado do William?

— Estou do lado do Orlando.

— Tilly, você não entende. Atuar é literalmente a coisa mais difícil que eu já fiz na vida.

— Como assim? — perguntei. — Você disse que essas pessoas eram papagaios. Explique pra mim por que de repente você acha que é difícil. Olha, Teddy, você não precisa pensar além do que está aqui na página. Honestamente, não é como se você tivesse que inventar algo novo e/ou interessante. Essas falas foram ditas milhões de vezes por milhões de pessoas. O esforço é mínimo. Você só precisa mandar ver.

Olhei para o meu avô, que estava sentado na nossa frente, mas, ou ele não estava ouvindo, ou optava por não reagir.

— Uau — Teddy disse e puxou o lóbulo da orelha. — Tenha alguma compaixão por seu semelhante, Matilda.

Nem sei por que estava tão irritada. Só que talvez eu soubesse. Esse tipo exagerado de sofrimento artístico que eu conhecia tão bem de casa realmente me deixava pê da vida. Quando aparentemente nenhum mero mortal jamais vai ser capaz de compreender como é difícil para eles, por serem pessoas criativas. Sabe, é sempre tão difícil para eles, até quando estão apenas vivendo e respirando.

E sim, entendo que dançarinos e músicos meio que têm que ser mestres de seus corpos e instrumentos, mas essa coisa toda de "atuar" é uma bobagem, né, porque você só precisa se concentrar no que está dizendo e saber por que está dizendo. Certo?

E se você não fizer direito, então o diretor, ou o diretor-assistente, vai lhe dizer.

Teddy olhou para sua cena novamente e soltou um gemido.

— Você sabe o que dizem sobre a estrada para o inferno, não sabe? — ele perguntou.

— Sim, se chama Cooper-Bunting — respondi em um momento de clareza surpreendente.

— Fico muito feliz que meu coração partido esteja te proporcionando tanto entretenimento.

— Desde quando seu coração está partido? — perguntei.

— Só não tenho certeza se ela gosta de mim.

— Acho que ela gosta de você — eu disse, e não estava mentindo sobre isso, porque ela gostava mesmo dele.

— O que você acha que eu devo fazer? — ele perguntou. — Porque já fiz todo o básico. Tipo, dei chocolates pra ela, e faço elogios, e faço muitas perguntas sobre ela e a família dela. E eu me lembro das coisas, tipo, outro dia a irmã dela, a Stella, foi a uma festa e eu perguntei como foi.

— Teds — eu disse. — Por que você não tenta simplesmente ser você mesmo e vê no que dá? Não dá pra forçar essas coisas.

— É só que, sei lá, não quero cometer o mesmo erro de novo.

— Que erro?

— Como com a Grace.

— Mas… Ted. Você não fez nada de errado.

— Eu deveria ter dito pra ela que gostava dela. Eu não deveria ter esperado, esperando que ela um dia olhasse pra mim e sentisse o mesmo. Eu nunca consegui dizer pra ela, sabe.

— Teds…

— Acho que ela morreu sem saber que eu gostava dela.

— Ela sabia.

— Não que eu estava apaixonado por ela.

— Amor é amor — eu disse. Meu pior momento até agora.

— Você ia gostar de saber se alguém estivesse apaixonado por você, não é? — ele perguntou, e eu sinceramente não sabia a resposta. Quero dizer, a questão é que claro que eu ia gostar de saber, mas só se eu estivesse apaixonada pela pessoa também. Porque se não seria muito estranho, e toda vez que essa pessoa me desse um abraço um pouco mais demorado, eu me sentiria um pouco nojenta.

— Você vai encontrar alguém maravilhoso — prometi a ele, porque ele iria. — Só seja você mesmo.

— Estou sendo um pouco idiota perto da Katherine, não estou? — Teddy perguntou e eu ri.

— Eu não diria idiota…

— Ah, não, diria sim, Matilda.

— Você está super-relaxado com Robin, Olivia e Miroslaw, então seja assim com ela.

— Essas coisas são mais fáceis de falar do que de fazer.

— Só estou dizendo pra não forçar a barra.

— Se eu fosse um Ursinho Carinhoso, seria o Urso Desesperado? — ele perguntou, e eu dei risada, mas não respondi, e agora, pensando bem, eu provavelmente deveria ter respondido, porque quando as pessoas não dizem nada nessas situações geralmente significa que elas concordam com a coisa com que você quer que elas não concordem.

— Enfim — eu disse —, Robin e eu vamos para Wimbledon depois do ensaio hoje para procurar uma cabeça de burro nas lojas de caridade. Porque vocês não encontraram uma no domingo.

— Nós não nos esforçamos muito, pra ser honesto — Teddy disse. Então ele apontou para o meu avô e me lançou um olhar questionador.

— Ele vai observar trens com o Charles, aí eles pegam o trem para Wimbledon, onde Charles mora, eu encontro com ele na estação e nós pegamos o ônibus pra casa.

— Sabe, Matilda, você deveria considerar uma carreira em logística.

— Sabe, Theodore, só porque não sou uma idiota quando se trata de organizar uma tarde e coordenar outras pessoas além de mim no transporte público, isso não significa que preciso seguir carreira nessa área.

— Talvez eu vá — ele disse. — A não ser que Katherine queira passar o texto. Acho que ela está começando a ficar de saco cheio de mim, porque eu literalmente esqueço tudo o tempo todo. Mas como vou me lembrar das coisas com ela bem ali? — ele perguntou e gesticulou de um jeito ridículo.

— Só... — eu disse, e o que eu realmente queria fazer era gritar, porque... por que ela? Por quê? Por quêeeee? Além disso, era tudo culpa da Grace. Se ela não tivesse morrido, Teddy e ela poderiam ser um daqueles casais fofos que ficam juntos superjovens e ficam juntos para sempre, e eu poderia beijar Cooper-Bunting o dia todo sem sentir essa culpa paralisante. — Olha. Orlando está apaixonado por Rosalinda, e ela está apaixonada por ele. Então, de verdade, tudo o que você tem que fazer é dizer as falas, porque você, Teddy, também está apaixonado por Katherine.

— Eu já te expliquei que não tenho certeza se ela está apaixonada por mim — ele disse, e eu enrolei os papéis do roteiro e bati na cabeça dele com o rolo.

— Bem, Orlando também não tem certeza, então canalize isso, caramba. Sério, por que essa é a minha vida? E como atores são ainda piores do que músicos?

— Não me compare com nossos pais — ele disse e bateu em mim. — Você acha mesmo que vai conseguir encontrar uma cabeça de burro em Wimbledon?

— Não sei de porra nenhuma — eu disse, e meu avô se virou.

— Desculpe — Teddy e eu dissemos ao mesmo tempo.

Katherine não queria ir até Wimbledon e Olivia estava trabalhando até tarde, mas Miroslaw topou, então fomos ele, Teddy, Robin e eu.

— Onde fica o tênis? — Miroslaw perguntou quando saímos do ônibus no centro.

— Ah, na verdade não é aqui. É em Wimbledon Park — Robin explicou. — Quando tá rolando, têm ônibus especiais até lá.

— É legal? — Miroslaw perguntou.

— Se você gosta de tênis é, acho — Robin disse. — Nunca fui.

— Gosto do Rafa Nadal. Ele é tão sexy.

— Eca — Robin disse. — Ele é velho. Que nojento.

— É sexy — Miroslaw disse, e estalou os lábios, e todos nós falamos:

— Eca!

De acordo com Robin, que sabia tudo sobre lojas de caridade, as lojas em Wimbledon não eram tão boas quanto as de Chiswick ou de Notting Hill, por exemplo, mas às vezes dava para encontrar coisas muito boas.

Além da cabeça de burro, também precisávamos encontrar uma calça para Katherine, uma roupa de caubói para o Fantasma e a esposa, e um vestido enorme para a cena de Maeve de *Sweeney Todd*. Ela disse que poderia arranjar as próprias facas e tortas, e até sangue, mas Brian disse que estava preocupado com a possibilidade de ela ser presa se fosse pega pela Polícia Britânica de Transportes a caminho do Criterion Theatre carregando um cutelo de verdade. Além disso, quando ela mencionou o sangue, ele deu uma engasgada tão séria que até saíram lágrimas dos olhos, o que foi um pouco LOL.

Enfim, primeiro fomos ao Subway e cada um pegou um sanduíche gigante porque estávamos literalmente morrendo de fome, e Robin fez todo mundo pegar o queijo vegano em vez do normal, porque elu ficou tipo: "Vocês nunca mais vão querer queijo normal", mas todo mundo ficou tipo: "Não, você está muito errade".

Miroslaw pegou um combo novamente, porque ele era obcecado, e enquanto estávamos andando pela estrada principal, ele falava a cada dois segundos: "É só mais uma libra por uma bebida e batatinha".

Enfim, não encontramos nada na primeira loja de caridade.

Na segunda encontramos uma camiseta de pijama masculina antiga, e Robin disse que transformaria aquilo em uma camisa de verdade para Teddy. Continuamos andando pela Broadway, passamos pela Starbucks e pelo pet shop, e então literalmente paramos de supetão, porque na vitrine de uma loja de caridade tinha um macacão do burro Bisonho do Ursinho Pooh.

— Não — Miroslaw disse.

— Sim — Robin disse.

— Vou voltar para a Polônia.

— Não vai, não. Você é nosso agora — elu disse, e enganchou os braços com ele. — Vamos só perguntar quanto é.

— De jeito nenhum — Miroslaw disse, mas Robin já estava abrindo a porta e todos nós entramos na loja.

— Talvez você possa cortar o capuz — sugeri.

— Com licença — Robin disse ao homem atrás do caixa. — Quanto custa o macacão do Bisonho na vitrine?

— O macacão do Bisonho na vitrine custa dez libras — ele disse.

— Será que conseguimos algum desconto? Vamos fazer uma apresentação de caridade e precisamos de fantasias.

— Não — o homem disse, mas sorriu.

— Entendo — Robin disse e olhou em volta. — Mas veja, a questão é que estamos arrecadando dinheiro para caridade.

— Esta é uma loja de caridade — o homem disse. — Estamos arrecadando dinheiro para pesquisas sobre câncer.

— Entendo, e é uma causa muito boa, mas talvez pudéssemos fazer um acordo ou algo assim. Poderíamos escrever no programa que compramos nossas roupas aqui, por exemplo.

— Kate, cliente! — o homem gritou de repente, e todos nós estremecemos.

— Vamos embora — eu disse a Robin, e fui saindo.

— Não, nó...

— Tudo bem, Alex? — uma mulher escocesa nos interrompeu. — Como posso ajudar?

O homem, Alex, olhou para nós, Robin olhou para ele, depois para a mulher, Kate.

— Oi. Eu sou Robin. Esta é a Tilly, este é o Teddy, e este é o Miroslaw. Nós vamos fazer uma apresentação de caridade para uma instituição chamada Acting for Others, que é uma instituição de caridade de teatro, e precisamos de uma cabeça de burro, mas é muito difícil encontrar uma cabeça de burro...

— Vocês já pensaram em pegar a parte da frente de uma fantasia de cavalo? — a mulher, que aparentemente não teve problema nenhum em acompanhar nossa história sobre precisar de uma cabeça de burro, perguntou.

— Bem, sim, mas não queremos comprar nada da Amazon se pudermos conseguir em lojas de caridade e, também, literalmente não temos orçamento, e preferimos um burro de qualquer maneira. Quero dizer, a cabeça.

— Você deveria ligar para o New Wimbledon Theatre, meu bem — Kate disse. — Aposto que eles têm um monte dessas coisas por lá.

— A questão é que não é neste domingo, mas no outro, e eu sou responsável pelos figurinos, e estava pensando que talvez você pudesse dar um desconto no macacão da vitrine para nós.

Ela franziu o rosto todo, respirou fundo e disse:

— Espero que seja uma comédia, meu bem, porque quem quer que seja que vá usar esta roupa vai ficar ridículo.

— Eu vou usar — Miroslaw disse e ergueu a mão.

— Ah, meu bem.

— É *Sonho de uma noite de verão* — ele disse a Kate, que olhou para nós tipo: Por que vocês estão sendo maldosos com o bom menino polonês?

— Vou fazer por cinco — ela finalmente disse. Alex claramente não concordou com o desconto.

Enquanto ele cobrava, Kate despiu o manequim na vitrine. Antes de Robin ir pagar, Alex disse:

— Posso lhe oferecer uma cartela de adesivos de bigode por três libras?

E Robin disse:

— Com certeza.

Elu levantou os adesivos para nós vermos e disse:

— Estes são para Cooper-Bunting.

Teddy olhou para eles por um momento e era possível literalmente ver o cérebro dele trabalhando, e então ele disse:

— Aposto que ela vai ficar gostosa com um bigode.

— Vocês dois precisam arrumar um quarto — Robin murmurou.

Alex deu uma risadinha.

Eu fiquei bamba com a imagem dela de bigode, porque, bem, a luxúria era essa coisa estranha que te agarrava e te balançava, mesmo quando você estava parada no caixa de uma loja de caridade de merda.

CENA 5

No dia seguinte, durante o intervalo, Robin estava ensinando Teddy a pular de skate do muro baixo em frente ao clube, e Olivia estava lá dentro cantando "Being Alive", a música do Malcom, porque aparentemente ela estava "devidamente obcecada por isso, colega" e queria adicioná-la ao seu repertório.

Não conhecíamos e nunca tínhamos ouvido a música antes, quero dizer, *eu* nunca tinha ouvido antes, mas todos os tipos do teatro disseram que a conheciam, porém eu não tinha certeza de que estavam sendo honestos, porque, você sabe, as pessoas querem soar importantes/ conhecedoras e aí ficam: "Aaaaah! Sim!", quando na verdade querem dizer: "Eu não tenho ideia do que você está falando".

Meu avô estava acompanhando Olivia e ficava tocando ornamentos melódicos fofos. Ele só fazia isso quando estava trabalhando com ela e, às vezes, com Charles, mas só quando Charles estava com seu aparelho auditivo ligado. Uma vez ele tentou tocá-los com o Fantasma da Ópera e a esposa dele, e eles quase ficaram doidos e cantaram todas as notas e palavras erradas, e foi basicamente uma catástrofe completa.

Katherine e eu estávamos lá fora, sentadas embaixo de uma grande árvore do outro lado da rua.

Ela estava lendo seu Shakespeare, e eu finalmente estava olhando os bigodes mais de perto, que tínhamos dado a ela mais cedo, e dava para ouvir Olivia com tudo no "Being aliiiiiiiive".

— Ela canta muito bem, não canta? — perguntei, tentando destacar os bigodes.

Katherine me deu uma olhada.

— O quê? — perguntei. — Ela canta bem sim. Ela é ótima. Aceite o fato!

Ela me passou suas folhas de papel.

— Passa o texto comigo — ela disse.

— Qualquer coisa por você, Cooper-Bunting — eu disse, e ela corou. — Você está sabendo que vai ter que usar um desses, né? — perguntei e levantei um bigode ruivo ridículo e enorme na cara dela.

Ela deu um tapa na minha mão.

— Só nos seus sonhos.

— Por que não? — perguntei grudando um bigode preto fino em mim. Me encostei na árvore e fechei os olhos. — E eu não preciso do roteiro. Memória fotográfica, lembra? Tipo, mais ou menos.

— Tudo bem — ela disse. — Há um homem assombrando a floresta que maltrata nossas jovens árvores esculpindo Rosalinda em seus troncos...

Eu literalmente dei risada, porque ela disse isso a um milhão de quilômetros por hora.

— O que foi?

— Mais uma vez com emoção, talvez? — perguntei.

— Estamos apenas passando o texto.

— Mas isso não significa que você tem que parecer a Alexa em alta velocidade.

— Tá bom. Há um homem assombrando a floresta que maltrata nossas jovens árvores esculpindo Rosalinda em seus troncos — ela disse, e eu a ouvi batendo a mão na árvore sob a qual estávamos sentadas.

Na minha vez, olhei para o céu e exagerei na emoção.

— Sou eeeeeu que estou tão abalado pelo amor! — eu disse para Katherine e peguei sua mão. — Eu imploro, diga-me qual é o seu remédio. — Ela olhou para mim, como Rosalinda, depois sorriu como Katherine e começou a rir.

— Você fica muito bonita de menino — ela disse.

— Eu fico muito bonita de menina — falei para ela, e ela corou um pouco mais. — Você perguntou pra sua mãe sobre o flash mob?

— Perguntei, e ela está falando com os pais hoje.

— Ótimo. Obrigada.

— Na real, ela ficou bem animada — ela disse, desenhando pequenos círculos na parte de trás da minha mão com o polegar. Eu me mexi um pouco para que ninguém pudesse ver do outro lado da rua. — Ela disse que se colocarmos no YouTube, ela pode adicionar um link na home page da escola também.

— E se der tudo muito errado?

— Não vai dar tudo errado. Sua menina, Olivia, vai salvar a pátria, certeza.

Olhei para ela e fiquei tipo: *Acho que você está com ciúmes, por favor esteja com ciúmes.* Mesmo sabendo que isso é, tipo, muita imaturidade.

— Só disse que ela é boa. E ela é — eu disse.

Katherine soltou minha mão, pegou a caneta e rabiscou umas anotações na página.

— Por que você não gosta dela? — perguntei.

— Por que você ama ela? — ela perguntou de volta.

— Não amo.

— Você decidiu se vai à peça comigo?

— Eu...

Ouviu-se um grito agudo, um tinido de skate, um carro freou bruscamente e "Being Alive" parou.

Dei um pulo. Teddy não conseguiu realizar sua manobra e estava deitado no meio do estacionamento como um besouro humano, braços e pernas se agitando no ar, e o skate estava no meio da rua, debaixo de um carro.

Eu fiquei completamente paralisada.

Registrei Robin se desculpar com o motorista, dizendo que era culpa delu e que não aconteceria novamente, e então olhei para onde Teddy ainda estava deitado no chão, mas parecia que eu estava vendo tudo através de uma lente com um filtro amarelo.

— Tilly? — Katherine Cooper-Bunting me chamou, mas eu não conseguia tirar os olhos do carro, e de Robin, que estava pegando o skate debaixo dele.

— Tilly — ela disse mais uma vez e pegou minha mão, o que me assustou e me tirou na hora do meu transe.

Atravessei a rua correndo, pulei o muro baixo e corri até Teddy, que estava tentando se levantar.

Agarrei seu braço e puxei-o.

— Você é burro? — gritei. — Levante já da porra do chão, seu idiota.

— Eu estou bem, Tilly — ele disse e pegou minha outra mão, e eu o puxei para cima.

— Por que você é estúpido? — perguntei de novo e dei um tapa no braço dele. — Ou você está tentando se matar?

— Estou bem. Pare de gritar. Foi um acidente.

— Foi sim, eu sei tudo sobre acidentes — gritei com ele. — Que merda, Teddy!

Olivia se aproximou de nós com cuidado.

— Colega, tenho treinamento de primeiros socorros. Vamos colocar ele na posição lateral de segurança.

— Não vamos, não — Teddy protestou enquanto ela tentava empurrá-lo de volta para o concreto quente. — Estou bem. Só sou muito estabanado.

Ele desviou o olhar de mim para Katherine, que agora estava de pé atrás de mim, e sua expressão passou de estúpida a cheia de covinhas sorridentes, e eu juro que quis estapeá-lo de novo.

— E quando digo que sou estabanado, quero dizer que ainda estou em fase de crescimento. Mas já cresci quase tudo. Eu definitivamente cresci em outras áreas. Tipo, sacou? Totalmente crescido.

— Cale a boca, seu idiota — eu disse. Dei mais um tapa no braço dele e olhei fixamente em seus olhos para verificar se havia danos cerebrais ou algo assim. Suas pupilas pareciam estar dilatadas, mas sempre ficavam assim quando ele estava perto de Katherine, então só balancei a cabeça para ele.

— Colega, você está se sentindo bem? — Olivia perguntou e inspecionou os braços e mãos dele pendurados.

— Meu orgulho está ferido — ele declarou e se afastou. — Mas tudo está funcionando muito bem. Tipo, tudo está em perfeito estado de funcionamento — ele acrescentou, olhando para Katherine e Olivia. E aí ele fez aquela coisa insuportável de mexer as sobrancelhas, e resolvi que o plano de ação mais gentil para mim seria removê-lo fisicamente da cena mais vergonhosa de sua vida até agora. Mas eu ainda estava furiosa.

— Está todo mundo bem? — Brian perguntou, parado na entrada.

— Tudo bem — eu disse, e passei por ele com Teddy a reboque.

— Tudo bem — Olivia disse. — Apenas um homem sendo homem.

— Ela me chamou de homem — Teddy sussurrou para mim, e eu o empurrei para uma cadeira de plástico.

— Acho que talvez você deva levar suas manobras para o parque de skate — eu disse.

— Aí posso passar vergonha na frente de pessoas da minha idade. Genial — Teddy respondeu.

Robin apareceu e deu um copo de água para ele.

— Você prefere passar vergonha ou morrer? — perguntei.

— Você ficaria ofendida se eu dissesse que teria que pensar sobre o assunto? — Teddy murmurou.

— Vá se foder, Teds — eu disse, porque o que ele disse foi uma coisa muito estúpida.

Imaginei Grace sentada no bar dando de ombros para mim e fiquei tipo: *Até os mortos estão tirando sarro do fato de estarem mortos agora? Como assim?*

— Fico feliz que você esteja bem — Katherine Cooper-Bunting disse, surgindo do nada e, sinceramente, você precisava ter visto o rosto de Teddy, e eu pensei: *O amor não é o fundo do poço mesmo?*

Fui ao bar para ferver água, mas Maeve já tinha se encarregado disso.

— É tão bom estar em contato com os jovens — ela me disse.

— Estou achando que somos exaustivos — falei, mas ela apenas riu.

— Pelo menos vocês ainda sabem como se divertir. Nós somos uns velhos bastardos miseráveis. — E aí ela gritou: — Não somos, Brian? Somos uns velhos bastardos miseráveis.

Brian olhou para ela e disse:

— Do que você está falando, sua velha louca?

Então Maeve riu novamente, mas desta vez foi uma gargalhada estridente.

Brian pediu a todos que se reunissem para fazer mais uma tentativa com "Seasons of Love", e pareceu que a bronca do meu avô no dia anterior tinha produzido efeito sobre eles, porque todos sabiam a letra, e a esposa do Fantasma parecia estar bem interessada, apesar de a música tratar de todas as coisas que ela claramente mais desprezava: gays, drogas e HIV.

Brian ficou satisfeito, e depois de dois ensaios bem-sucedidos, disse:

— Vamos parar por aqui hoje, pessoal. Muito bem.

Quando saímos, tinha uma van de sorvete estacionada bem onde Teddy tinha caído de skate.

— Alguém quer sorvete? — Robin perguntou.

Um homem estava sentado no banco do motorista com o vidro abaixado, lendo, mas quando ele nos ouviu, levantou a mão e acenou.

Todos nós acenamos de volta e então ficamos tipo: *Por que estamos acenando para o homem aleatório na van de sorvete?*

— Colega, isso é bizarro — Olivia disse.

— É meu pai — Miroslaw falou.

— Desculpa, como é que é?

— Meu pai comprou um caminhão de sorvete. É um bom caminhão, não?

— Nós chamamos isso de van — eu disse, e nós nos aproximamos.

— Por que você comprou uma van, colega? — Olivia perguntou e olhou para dentro pela janela de trás.

— Meu pai é empreendedor. As vans de sorvete são uma tradição boa na Inglaterra. Ele já tem todos os documentos e as licenças sanitárias.

— Posso te mostrar as rotas boas — Olivia disse. — Conheço esta parte da cidade melhor do que ninguém. E posso te dizer quais são as ruazinhas em que nenhuma van de sorvete vai, e as pessoas lá querem sorvete, colega, então sem brincadeira, acho que eu sou a sua garota.

A porta se abriu e o pai de Miroslaw saiu e disse:

— Olá.

— Este é o meu pai — Miroslaw disse, e todo mundo falou:

— Olá, pai do Miroslaw.

— Podemos tomar sorvete? — Robin perguntou, e o pai de Miroslaw respondeu:

— Desculpe, não tem sorvete ainda. Primeiro o caminhão, depois o sorvete. Eu só peguei o caminhão hoje.

— Olivia vai nos mostrar onde é bom pra vender — Miroslaw disse para o seu pai, e me ocorreu que eles provavelmente nunca tinham falado inglês um com o outro.

— Sr. Lewandowski, se você me der uma carona pra casa, vou te mostrar uma rota boa agora mesmo — Olivia disse e piscou para ele com seus cílios extremamente longos.

O pai de Miroslaw fez uma reverência cômica, abriu a porta do passageiro para Olivia e gesticulou agitando o braço para que ela entrasse. Olivia deu uma requebrada engraçada e subiu na van.

— Desculpem, mas só podemos levar um — Miroslaw disse para o resto de nós. — A segurança rodoviária é muito importante. E meu pai acabou de tirar a carteira de motorista britânica no departamento de trânsito. Ele subiu ao lado de Olivia, e foi literalmente a coisa mais fofa, ela sentada entre eles acenando para nós como se fosse a rainha.

— Sarah, vou pegar um sorvete pra você — meu avô gritou saindo do clube e caminhando em nossa direção com passos rápidos. Quando ele se aproximou de mim, sorriu, pegou minha mão, apertou-a e depois pegou a carteira.

Todo mundo estava olhando para mim

— Eles não têm sorvete ainda, vô — eu disse.

— Ah, ainda bem, porque não tenho dinheiro. Ou talvez eles aceitem cartão? Todo mundo aceita cartão hoje em dia. Lembra dos banheiros na estação em Paris? Até eles aceitaram cartão. Um euro para fazer xixi. Um assalto. Malditos franceses.

Eu não disse nada e enganchei meu braço no dele.

Katherine sorriu para mim, e foi tão incrivelmente íntimo que tive que dar um passo para longe dela.

O pai de Miroslaw buzinou e então ligou o som, e a van começou a tocar uma versão chiada de "The Teddy Bears' Picnic" enquanto eles saíam do estacionamento.

No ônibus, me sentei ao lado do meu avô, e Teddy se sentou atrás de nós.

Uma hora a cabeça dele apareceu ao lado do meu rosto e ele disse:

— Desculpe por ter sido um idiota.

— Só... — Olhei para ele. — Tenha mais cuidado. Você prometeu.

— Eu sei. Desculpe.

— O.k.

Quando chegamos em casa, fiz xixi, lavei as mãos e quando me olhei no espelho percebi que ainda estava usando aquele bigode.

Passei a tarde inteira usando um bigode falso.

Eu tinha tido um ataque nervoso com o Teddy usando um bigode falso.

Eu conheci um pai usando um bigode falso.

Meu avô me confundiu com a esposa dele quando eu estava usando um bigode falso.

— Pelo menos fico bonitinha com um — eu disse para o meu reflexo, pisquei para mim mesma e depois puxei o bigode com um movimento rápido.

— Ai!

Imaginei Grace sentada no chão ao meu lado.

— Você é tão idiota, Matilda — ela disse e revirou os olhos.

Menos de três segundos depois, toda a área onde o bigode estava começou a coçar, e uma hora depois uma alergia de pele de bigode falso com bolhas tinha surgido. E em vez de dizer: "Coitadinha, o que aconteceu com seu rosto amado", minha mãe apenas disse: "Tem pomada antialérgica na caixa de remédios".

No jantar, meu avô nos contou a história de que Rachmaninoff não tinha dentes pela vigésima vez, e aí ele continuou me chamando de Sarah, e minha mãe ficou: "Essa não é a Sarah, Douglas, é a Tilly", e fiquei tão exausta só de estar no mesmo ambiente que eles que fui para o meu quarto, tipo, às sete da noite, para ir pra cama.

Olivia tinha postado um story no Insta sobre seu passeio na van de sorvete, que foi hilário, e me fez pensar que se ela tivesse o próprio programa de TV, eu o assistiria. Tipo, eu nem me importaria com o assunto. Ela é literalmente muito divertida.

Teddy me mandou uma mensagem às nove.

Você acha que Katherine acha que sou um idiota?

Você é um idiota! Ainda estou brava com você.

Dsclp, mas sério.

Acho que ela acha que você ótimo.

E sabe quando você diz coisas para fazer as outras pessoas se sentirem bem, e é a coisa certa a fazer, mas ao mesmo tempo também é a coisa errada?

CENA 6

A escola de teatro está dentro e pronta e disposta a ensaiar conosco no sábado de manhã.

Eles querem saber se precisamos de permissão para um flash mob.

Porque não querem ser presos.

Deixei a cabeça cair de volta no travesseiro.

Eram seis e meia da manhã ainda.

Eu estava disposta a ignorar um bipe, mas não três, e Katherine claramente tinha resolvido que eram necessárias três mensagens para dar essa notícia.

Por que você está acordada, Cooper-Bunting?

Rezamos ao nascer do sol.

Brinks.

Boas notícias da escola de teatro.
Vou pesquisar sobre as questões legais.

Vi que ela estava digitando, mas depois parou e ficou off-line.

Eu daria tudo para saber o que ela digitou e depois decidiu não dizer.

Sentei na cama e fiquei olhando para o meu quarto.

Para quem você liga para pedir permissão para um flash mob? E a questão principal de um flash mob não é ser uma surpresa?

— Por que tudo tem que ser tão complicado? — perguntei para ninguém e, ao mover os lábios, a alergia do bigode parecia estar pulsando.

Pesquisei no Google: "é necessária permissão para um flash mob", e a internet disse que não, mas para informar a segurança, e concluí que isso era fácil, pois sempre tinha um monte de seguranças nas estações. Também tirei uma captura de tela da página caso alguém perguntasse sobre isso no dia. Mas quem iria prender um bando de crianças de teatro e uns idosos cantando uma música sobre o amor?

Porém, dito isso, talvez esse seja exatamente o tipo de coisa pela qual as pessoas são presas hoje em dia.

Então pesquisei no Google: "o que resolve alergia de bigode", e a internet me deu: "você quer dizer alergia de barba?". Aí fiquei tipo: "mais ou menos", e a internet devolveu: "passe a pomada que sua mãe disse para você passar ontem", e eu fiquei tipo: "tá bom!".

Eu me deitei de novo, mas não consegui voltar a dormir, e meia hora depois mandei uma mensagem para Katherine dizendo que não precisava de permissão para um flash mob, mas que teríamos que avisar as pessoas da estação de trem.

Quando cheguei ao ensaio ao meio-dia, Katherine já tinha falado com Brian, que já tinha entrado em contato com a chefe da Sra. Cooper-Bunting na escola de teatro, cujo nome é Nora, Nora tinha dito que ia encontrar a pessoa responsável na estação de trem porque precisávamos saber onde ligar o piano elétrico, a localização das "instalações" etc., etc.

Além disso, foram nomeados socorristas, sendo Olivia um deles.

— Vejo que você não precisa da minha ajuda — falei para Katherine.

— Deus ajuda quem cedo madruga e tal — ela disse, e aí fez um barulho de galo cantando ridiculamente fofo.

— Achei que éramos cavalos — sussurrei, o que a fez rir muito, o que me deu uma satisfação tremenda.

— Tenho a sensação de que nunca nos conhecemos adequadamente como cavalos — ela disse.

— Não, nos conhecemos adequadamente na igreja — eu disse, e verifiquei suas pupilas em busca de uma reação, depois seu nariz e suas bochechas, que coraram na hora. — Além disso, você dava medo como cavalo.

— Não dava — ela disse, e ela ficava fofa quando fingia estar indignada.

— Você ficava me mordendo — eu disse. — Fiquei tão aliviada quando você saiu do meu território.

— Eu não estava te mordendo. Os cavalos limpam um ao outro como sinal de cuidado e atenção.

— Você estava indo na direção da minha jugular.

— Não estava.

— Estava sim, Cooper-Bunting — eu disse e aí ela ficou toda vermelha, e posso dizer com toda a sinceridade que nunca tinha tido essa sensação de satisfação com qualquer outra coisa que já fiz. Quero dizer, além de enfiar a minha língua na boca dela. Eu estava prestes a dizer algo sobre cavalos vampirescos quando, de canto de olho, vi Teddy, que estava fazendo o sinal para o chá na minha direção, então eu me sacudi como um cavalo que tinha acabado de rolar na terra, fiz que sim com a cabeça e dei um grande passo de cavalo para longe dela.

— Tilly — Katherine disse e se aproximou demais de mim novamente, e eu queria sair correndo, mas queria ficar, e seus lábios estavam se movendo, mas eu estava tipo: "O quê?".

— Sobre o domingo. Você vai ao teatro?

E eu estava mais uma vez naquele momento da vida em que eu sabia que deveria simplesmente ter deixado para lá e ido embora, mas não o fiz porque não consegui, aí eu só olhei para ela, com o coração acelerado e minha temperatura corporal de repente muito acima do normal, e falei tipo: "Eu adoraria ir". E então eu me permiti sorrir, e ela sorriu de volta para mim, e foi a melhor sensação do mundo.

Pelo resto do dia eu me senti como se fosse uma pessoa em uma série de TV que está tendo um caso, só que ao mesmo tempo eu era o público me observando. Tipo, eu queria muito passar um tempo com Katherine, mas eu estava tipo: *Nãaaaao, não passe tempo com Katherine, porque só há uma maneira de isso acabar e vai ser em lágrimas, então por que você vai?*

Estava tentando me concentrar no meu trabalho, mas acabou que fiquei só olhando para o nada, e uma hora Robin falou tipo: "Qual é o problema com você hoje?", e eu fiquei tipo: "Acordei às seis", e elu perguntou: "Alguma coisa na cabeça?", aí falei tipo: "Na verdade, não", e quando cocei a alergia do bigode, elu disse: "Você tem que parar de pôr a mão nisso", mas eu ignorei e cocei mais um pouco.

No caminho para casa meu avô me perguntou um milhão de coisas sobre o flash mob e flash mobs em geral, e eu acabei mostrando um para ele em que uma orquestra inteira e um coral invadiram a praça de uma cidade e cantaram aquela música do Beethoven que é em alemão, e todos esses alemães de sandálias e bigodes tiraram fotos com câmeras de verdade.

Passei a noite tentando descobrir como criar um canal no YouTube, o que, para sua informação, não é difícil, só que leva um pouco de tempo.

Às nove meu celular apitou.

Era um WhatsApp de Katherine, e é claro que achei que ia ter uma parada cardíaca antes mesmo de abrir a mensagem, que era uma foto de dois cavalos beges acariciando um ao outro.

Caí na cama e enfiei a cabeça debaixo do travesseiro.

Meia hora depois, finalmente decidi como responder: É uma boa foto de nós duas.

Vi os risquinhos ficarem azuis imediatamente e, sei lá, mas o fato de ela não responder foi meio que perfeito.

Olhei para mim mesma no espelho e eu estava sorrindo, e então imaginei Grace, encostada na minha cama, lixando as unhas, cantando: "Com quem será, com quem será que a Tills vai casar…".

— Pare! — gritei para o meu reflexo.

CENA 7

O dia seguinte era sexta-feira e Brian tinha enviado uma mensagem no grupo pedindo que todos levassem as roupas que achavam que iam querer usar na apresentação, e MDS!

A cabeça do Bisonho do macacão de cinco libras agora era um gorro, e quando Robin o colocou em Miroslaw, que estava, como de costume, com um jeans preto superjusto e uma camiseta preta com as mangas cortadas que era comprida o suficiente para ser um vestido, Brian ficou tipo: "Meu amor, isso não é o Eurovision".

Robin pegou minha mão e disse:

— Por favor, você pode pedir para o seu pai perguntar no trabalho dele se eles têm uma cabeça de burro? Porque esta é a minha primeira apresentação oficial e, vamos combinar, olhe para o Miroslaw.

Miroslaw apontou para a cabeça e disse: "Não é minha culpa", e Robin disse: "Eu sei, querido. A culpa é minha, porque essa coisa é uma porcaria e precisamos de uma cabeça de burro".

— Vou perguntar para o meu pai — eu disse.

— Eu sou tão idiota — Robin disse e olhou para Miroslaw. — Aquela mulher Kate estava certa, ele está muito ridículo.

— Estou sexy — Miroslaw disse, e colocou a bunda para fora e deu um tapa em si mesmo, e eu caí na gargalhada, mas aí fiquei tipo: Espere, porque talvez ele goste mesmo disso.

— Estou mandando uma mensagem para o meu pai agora mesmo — eu disse, e cocei a alergia do bigode.

— Para de pôr a mão nisso — Robin disse, e eu falei: "Não estou pondo a mão", e Robin falou: "Você está pondo a mão", e eu falei: "Você não é minha mãe", e aí Robin olhou para mim e nós caímos na risada.

Robin disse:

— Felizmente não grudamos um no rosto angelical de Cooper-Bunting.

Eu não disse nada, mas olhei para onde Katherine estava ensaiando com Teddy e peguei meu telefone para enviar uma mensagem para o meu pai.

Vi os risquinhos ficarem azuis, mas ele não respondeu.

Katherine estava rindo, e Robin e eu olhamos para lá.

— Teddy é tão engraçado — Robin disse.

— Ele é hilário.

— Você acha que se fosse hétero gostaria dele?

— É…

— Sim, é uma pergunta muito estúpida. Acabei de me ouvir falando. Desculpe.

— Não, nem é isso. Mas você sabe que ele é como meu irmão, certo?

— Em *Game of Thrones* rolava muita coisa entre irmãos.

— Eca, não. Nas casas Taylor e Booker vai rolar exatamente zero coisas entre irmão e irmã. Não consigo nem imaginar ele fazendo sexo. Eca! Para, não me faça imaginar isso.

— Acho que ele é do tipo generoso — Robin disse, e eu fiquei tipo: "Eca!". E todo mundo se virou para olhar para nós, e Robin riu da minha agonia e falou:

— Cooper-Bunting é uma mulher de sorte.

— É mesmo — murmurei, e se Robin estava imaginando Teddy com o rosto dele entre as pernas de Katherine Cooper-Bunting, bem, eu estava imaginando meu rosto entre as pernas dela.

E então pensei: sabe, era bem provável que eu estivesse apenas com tesão, e talvez se Katherine e eu fôssemos com tudo para #AmigosParaAmantes #sexo #oral, ficaríamos livres disso. Porque, certamente, uma vez que a expectativa acaba, você pode viver como uma pessoa normal de novo, em vez de ficar para sempre presa nesse caldeirão hormonal de estupidez.

E aí, talvez, poderíamos ser apenas amigas, sem essa tensão sexual, e seríamos muito mais felizes, e cada olhar e cada conversa não precisariam mais ser analisados.

Porque sabe como quando alguém diz algo para você e você fica tipo: *Ah, o.k.*, mas aí quando alguém que você gosta diz algo para você, você fica tipo: *O que essa pessoa realmente está querendo dizer?*

Tipo, qual é!

Engoli em seco e tentei não pensar no domingo.

Durante o intervalo, meu avô, que tinha se incumbido da responsabilidade de verificar regularmente as vendas de ingressos d'*A vingança do Cupido*, anunciou que tínhamos vendido somente cinquenta e três ingressos, e ele disse:

— Vocês se dão conta de que são apenas setecentos e noventa e cinco libras, e que o aluguel médio aqui em Londres é de mil e setecentas libras por mês? Então isso realmente não vai ajudar muitas pessoas, senhoras e senhores, por isso precisamos impressionar com nosso flash mob e começar a vender esses ingressos.

Seu anúncio me fez rir, especialmente quando ele disse flash mob, porque para mim é sempre um pouco hilário quando pessoas idosas dizem palavras que não existiam quando eles eram jovens.

Perguntei ao meu avô se ele precisava ir ao banheiro e fomos juntos até lá, e aí fiquei tipo, *bem, quando em Roma*, e fui para o banheiro feminino, onde mais uma vez fiquei cara a cara com Katherine, e fiquei tipo: *Ninguém mais precisa fazer xixi?*

Katherine disse:

— Podemos pegar o ônibus para Waterloo e caminhar ao longo do rio até o teatro, se quiser.

— Posso te encontrar no ponto de ônibus da Northcote Road?

— A peça começa às duas e meia, então, digamos, meio-dia? Só por precaução?

— Só por precaução — eu disse, e nós meio que ficamos gravitando uma em torno da outra, e aí quando me dei conta eu estava sendo pressionada contra a pia ao lado do secador de mãos quebrado e ela estava me beijando.

— Desculpe — ela sussurrou nos meus lábios. — Estava querendo fazer isso faz tempo.

— Continue fazendo isso — eu disse, e ela fez.

— Você, hã, você contou para alguém sobre isso? — sussurrei. — Quero dizer, não isso, mas sobre o domingo?

Katherine Cooper-Bunting se afastou de mim e eu fiquei tipo: *Por que eu tinha que abrir a boca? A gente podia estar se beijando ainda.*

— Ganhei os ingressos de aniversário, então meus pais obviamente sabem que eu vou — ela disse.

— Não, não me refiro à sua família. Mas às pessoas aqui — falei e coloquei a mão sob o secador quebrado sem motivo nenhum.

— Não sou exatamente melhor amiga de Robin e Olivia — ela disse.

— Você se importa, tipo, de não contar para o Teddy?

— Por que eu contaria pra ele? — ela perguntou. — Eu te disse que não quero magoar ele, então obviamente não vou dizer nada.

— Tá, ótimo, porque não quero que ele fique, sabe, triste.

— Te vejo amanhã — ela disse.

Eu queria que ela dissesse outra coisa, de preferência com relação ao beijo, mas ela só disse:

— Para o ensaio do flash mob. Começamos às dez. Não se atrase.

— Quando foi que eu me atrasei? — perguntei, de repente superirritada.

Ela nem olhou para mim de novo. Apenas abriu a porta, saiu e me deixou parada lá, e eu fiquei tipo: *O que acabou de acontecer?*

No jantar, decidi tocar no assunto da cabeça de burro com a minha mãe, porque meu pai não me respondeu, e é claro que ela ficou tipo: "Não sei se seu pai tem tempo pra esse tipo de coisa no momento".

— Mãe, ele só precisa falar com a pessoa do figurino e perguntar: "Você tem uma cabeça de burro?".

— Tenho certeza de que todos estão muito ocupados.

— Suzanne — meu avô disse e sentou em sua cadeira. — Para ser honesto com você, não consigo ver a dificuldade em perguntar sobre um figurino. Eu faria isso, mas não conheço mais ninguém no Covent Garden. Inferno, você poderia perguntar, você trabalhou lá por um bom tempo. Seria por uma boa causa, e ninguém pode dizer que não, não é mesmo? Especialmente quando são pessoas como nós que estão necessitadas. Essas crianças estão trabalhando duro para fazer a diferença.

Minha mãe organizou as ervilhas em seu prato em um quadrado perfeito e então começou a comê-las linha por linha. Ela não falou mais nada sobre o assunto.

Eu estava me preparando para dormir quando bateram na minha porta, e pensei que era meu pai, porque tinha ouvido ele chegar meia hora antes, e supus que ele tinha vindo falar comigo sobre a cabeça de burro.

— Entre.

— Sou eu — Teddy disse e enfiou a cabeça para dentro.

— Ah, oi. Seu gato provavelmente está na porta ao lado.

— Odeio aquele gato — ele disse e tirou os sapatos. — Vim dormir aqui.

— O quê?

— É, como a gente costumava fazer.

— Quando tínhamos dez anos.

— Sim.

— Não, você não vai ficar.

— Já escovei os dentes e estou de pijama.

— Não. Qual o problema com a sua cama?

— Tá tudo bem com a minha cama, é com a minha casa que está difícil de lidar.

Olhei para ele.

— Minha mãe tem dois alunos novos.

— Às dez horas da noite?

— Sim, e também não.

— O que você está falando?

— Ela está dando aula pelo Zoom e eles estão na Nova Zelândia, então na verdade é sábado de manhã lá, mas são dez horas aqui, e eu não consigo dormir com isso acontecendo, porque ela acha que tem que falar e tocar mais alto, sabe, como se o Zoom fosse um abismo e você tivesse que gritar ou algo assim. Por que os velhos são tão sem noção quando se trata de tecnologia?

— Acho que são só os nossos pais — eu disse.

— Não. O Fantasma da Ópera acabou de me mandar uma mensagem para desejar a mim e à minha adorável esposa um feliz quadragésimo aniversário de casamento.

— O.k., tudo bem, você pode ficar, mas se roncar, você cai fora.

— Quando foi que eu ronquei?

— Bem, por enquanto nunca, mas, como eu estava dizendo, da última vez que você dormiu aqui a gente tinha dez anos de idade.

— Acho que a Grace estava aqui também — Teddy disse.

— Sim, e ela dormiu na cama comigo, e você dormiu no chão.

— Por favor, não me faça dormir no chão — ele implorou e se jogou na cama. Aí ele pegou o ursinho de um olho que eu tinha desde que nasci e disse: — Barnaby, cara, a Tilly é tão cruel.

— Me dá ele aqui — eu disse e peguei Barnaby, e Teddy fez um barulho de ronco. — Teddy!

— É só apertar meu nariz quando eu roncar. Mas eu não ronco.

— Aparentemente todos os homens roncam, e isso obviamente começa em algum momento, e suponho que seja na puberdade, e já que você está tão cheio de puberdade no momento, eu provavelmente estou certa em supor que você já começou a roncar.

— É por isso que você é lésbica, né? — Teddy perguntou.

— É exatamente por isso que sou lésbica.

Estava muito quente para usar edredom, então nós apenas nos deitamos em nossos respectivos lados e eu desliguei o abajur.

Havia uma brisa leve que, além de ar fresco e escalas no piano, também carregava a melodia muito familiar de *A cotovia ascendente*.

— Você já percebeu que isso é uma guerra musical, né? — perguntei.

— A gente devia se mudar o mais rápido possível.

— Juntos? — perguntei. — Porque achei que você e Katherine Cooper--Bunting viveriam felizes para sempre.

— Acho que ela não gosta de mim — ele disse depois de uma pausa que me fez pensar por que eu tive que tocar no assunto para começo de conversa. — Sabe, desse jeito.

— Sinto muito, Teddy — eu disse.

— Então você nem vai mentir pra mim e me dizer que estou errado?

Imaginei Grace deitada do meu outro lado. Ela chupava o dedo e estava fazendo isso agora. "Diga a verdade para ele, Tilly", ela sussurrou para mim.

— Não consigo ler a mente dela, o que você quer de mim? — perguntei ao Teddy.

Outro silêncio, exceto pela *Cotovia ascendente*.

— É — ele disse, suspirou e deitou de costas. — Lembra de quando eu gostava da Ramona Hutchison?

— Não.

— Lembra sim. Ela acabou saindo com o Simon Hughes?

— Ah, sim.

— E acabou que ele era o menino mais burro de todos os tempos.

Dei uma risadinha.

— Ele era muito estúpido, não era?

— Naquela época aprendi que isso é literalmente a única coisa que ajuda a superar um coração partido. A pessoa que você pensou que era tudo de repente namorando alguém que é literalmente um completo idiota.

— Ou feio pra danar.

— Espero que, se Katherine me rejeitar, ela pelo menos tenha a decência de começar a namorar alguém muito burro e muito feio.

— Também espero — eu disse bem baixinho, e me perguntei quando exatamente mentir ficou tão fácil.

CENA 8

— Vou até lá agora mesmo e espancá-lo até a morte com o próprio violino, juro por tudo o que é...

— Bom dia — Teddy interrompeu meu pai, que estava furioso na cozinha.

— Não vi você entrar — meu pai disse.

— Na verdade, dormi aqui, Roger, porque a humilde cotovia também não está exatamente no meu top dez.

Meu pai olhou para ele, depois para mim.

Dei de ombros.

— O vô já acordou? — perguntei. — Vou fazer o café da manhã porque temos que sair em meia hora.

— É sábado — meu pai disse.

— Vamos trabalhar com a escola de teatro hoje.

— Fazendo o quê?

— Algo secreto.

— Nada ilegal, espero.

— Pai, é a escola de teatro. Eles são, tipo, escoteiras, mas que cantam e dançam.

— Escoteiras em alta velocidade.

— Gostosas — Teddy disse, e meu pai pareceu preocupado.

— Vou dar uma olhada no meu avô e depois vou fazer chá — eu disse.

Só quando cheguei na metade da escada que me ocorreu que eu não tinha ouvido nenhum barulho vindo de seu quarto, e fiquei tipo, MDS, e se ele estiver morto, mas em vez de pensar: *Isso seria horrível, porque não quero que ele morra,* pensei: *Isso seria inconveniente, porque temos ensaio.*

Bati na porta muito forte, sabe, forte o suficiente para literalmente acordar os mortos, e não posso nem descrever o meu alívio quando ouvi passos.

— O que você quer? — meu avô perguntou, e eu dei um passo para trás. Ele estava vestindo literalmente nada além de uma daquelas regatas brancas que os velhos usam na televisão.

— Estávamos apenas nos perguntando se você já estava quase pronto.

— O que você está fazendo na minha casa?

— Vô?

— O que você quer?

— Eu... Vô, é a Tilly.

— Saia da minha casa! — ele gritou e avançou na minha direção, e levei um susto tão grande que corri escada abaixo.

Minha mãe e meu pai, que ouviram os gritos, já estavam na beira da escada vindo na minha direção, e meu avô estava atrás de mim ainda gritando "Vá à merda!".

Foi horrível.

Foi como se alguém, do nada, tivesse removido todos os filtros e dito: Bem-vinda à demência.

Minha mãe me deixou passar por ela, Teddy pegou minha mão e me puxou para ele, e meu pai foi em direção ao meu avô como alguém que não queria assustar um cavalo.

— Saiam da minha casa! Agora, saiam já da minha propriedade! — meu avô continuou gritando, e eu empurrei Teddy para longe e corri para o jardim.

— Douglas, se acalme — ouvi minha mãe dizer, e então ouvi uns baques, e minha mãe gritou, e aí ouvi alguém gemendo, e então meu pai disse:

— Teddy, me ajuda aqui.

Fui até a porta dos fundos na ponta dos pés e espiei para dentro.

— Roger, a gente devia chamar uma ambulância — minha mãe disse.

Dava para ver pernas e pés de todo mundo e meu avô sentado no degrau inferior com sua metade inferior literalmente exposta, e nem posso expressar o quanto desejei que nada disso fosse a minha vida.

— Ele está bem, Suzanne — meu pai disse. — Ele só deslizou por alguns degraus. Dói em algum lugar, pai? Suas costas doem?

Devagar, voltei para dentro.

Meu avô olhou para o meu pai e disse:

— É claro que minhas malditas costas doem. Eu caí da maldita escada, não caí?

E então ele se desvencilhou do meu pai e de Teddy, foi para a cozinha e disse:

— Preciso de uma xícara de chá. Sarah!

Quando ele me viu, parou e perguntou:

— É muito difícil um homem tomar uma maldita xícara de chá por aqui?

— Vou fazer um pra você — eu disse.

— Acho que você deveria terminar de se vestir primeiro — meu pai disse e meio que gesticulou para o meu avô subir a escada.

Meu avô olhou em volta, mas não se mexeu.

Ele olhou para mim novamente e eu disse:

— Pode ir, seu chá vai estar pronto quando você descer.

Então meu pai tocou no braço dele, e ele se desvencilhou e meio que rosnou, mas deixou meu pai levá-lo até a escada, e aí meu avô disse:

— Para de me apressar, pai.

Ficamos lá parados em completo silêncio por alguns segundos, então minha mãe declarou o óbvio dizendo:

— Tilly, acho que ele não está bem hoje pra ir com você.

— Vou ficar em casa — eu disse. — Não preciso ir pra essa coisa. Nem faço parte, na verdade.

— Eu fico com você — Teddy disse.

— Vou cancelar minha aula — minha mãe disse e olhou para o celular novamente, a mãozinha ossuda tremendo.

— Tudo bem, sério. Eu dou conta de lidar com isso — eu disse e coloquei a chaleira no fogo. — Vou ficar bem.

— Eu vou ficar, Suzanne — Teddy disse. — Pra falar a verdade, sou um péssimo cantor, de qualquer maneira. Eles provavelmente vão se sair muito melhor sem mim.

— Vou dar uma passada na sua casa pra falar com seus pais — ela falou para o Teddy, pegou as chaves e desapareceu pela porta da frente como uma mulher em fuga.

— Você liga para o Brian? — pedi para o Teddy e ele concordou. — E talvez para a Katherine também?

— Tá, tranquilo, pode deixar. Só vou rapidinho em casa também pegar meu carregador e tal.

— Obrigada — eu disse e me sentei na mesa da cozinha.

Quando Teddy voltou, eu ainda não tinha feito o chá.

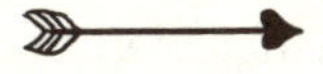

Meus pais foram trabalhar, Teddy e eu ficamos no sofá assistindo à primeira temporada de *O mundo sombrio de Sabrina* e meu avô ficou no andar de cima em seu quarto.

Uma hora Rachmaninoff entrou e Teddy o levou para visitar meu avô.

Fizemos sanduíches lá pelas duas, porque finalmente ficamos com fome, e nessa hora a campainha tocou.

Achei que fosse o carteiro ou algo assim, mas quando atendi, Robin e Katherine estavam lá fora.

— Surpresa! — Robin disse.

— Oi — Katherine disse, e meu coração ficou tão feliz que deu vontade de chorar.

— O que vocês estão fazendo aqui? — perguntei.

— Teddy contou que você teve uma emergência, aí pensamos em dar uma passada e relatar o grande sucesso que foi o ensaio com a escola de teatro — Robin disse.

Olhei para Katherine, que olhou para mim.

Meu corpo inteiro estava tremendo e eu queria que ela me abraçasse.

— Estamos só fazendo o almoço. Querem um sanduíche? — perguntei para elus.

— Opa — Robin disse, e Katherine não disse nada, e eu fiquei tipo: *O.k., talvez eu devesse parar de olhar para ela e deixar essas pessoas entrarem na minha casa.*

Abri a porta e fomos para a cozinha.

— O que vocês estão fazendo aqui? — Teddy perguntou erguendo os olhos do queijo que estava ralando.

— Olhe pra você sendo todo dono de casa — Robin disse e foi dar um abraço nele. — Queijo e picles pra mim, por favor.

— O que você quer? — perguntei para Katherine.

— Só queijo, obrigada.

— Que sem graça — Robin disse.

— Não é sem graça, é só queijo.

— Que tal eu fazer um Theodore Booker Especial pra todo mundo? — Teddy perguntou.

— Qual é esse? — Katherine olhou para mim.

— Sei lá — respondi. — Ele nunca faz sanduíche pra mim.

— Que mentira, Matilda. Faço sanduíche para você o tempo todo. Mas talvez eu simplesmente nunca tenha oferecido o meu especial.

— Você definitivamente nunca me ofereceu esse.

— É queijo — Teddy disse e colocou o cheddar ralado no pão. — E batatinha... — Ele pegou um pacote de batatinha sabor carne de churrasco e colocou um punhado em cima do queijo. — E catchup.

E sabe quando o catchup faz aquele som molhado nojento?

Todo mundo disse:

— Eca!

E aí demos risada.

Teddy colocou a outra fatia de pão por cima e apertou. Um pouco de catchup escorreu pela lateral.

— Isso é... incrível — Robin disse.

— Isso é nojento — eu disse.

— Você nem experimentou — Teddy reclamou, e fez outro.

Robin ralou o resto do queijo e depois que Teddy fez quatro Theodore Booker Especiais, fomos para o jardim e puxamos a mesa e as cadeiras para a sombra da cerca que, surpreendendo zero pessoas, ainda estava quebrada.

— Todas as crianças da escola de teatro estão superempolgadas para segunda-feira — Robin disse. — Acho que ainda melhor do que estar no palco é a perspectiva de ser filmado, e aposto que todo mundo está arrumando o cabelo e fazendo as unhas enquanto estamos aqui. Além disso, todos eles têm pais literalmente muito exigentes, atores fracassados, se é que me entendem, o que significa que não tem a menor chance de eles não saberem a letra na segunda-feira. Então, mesmo que nosso grupo seja uma droga, os outros vão nos ajudar. — Robin deu uma mordida enorme no sanduíche. Migalhas de batatinha choveram no prato. — Tá uma delícia — elu acrescentou mastigando.

— A Nora, que, a propósito, é muito legal, tocou piano pra nós, então não tem problema se seu avô não puder ir na segunda-feira — Katherine me disse, e eu me perguntei se algum dia conseguiria olhar pra ela sem desejá-la.

Um pouco depois sua perna fez contato com a minha e tudo pareceu se encaixar de novo.

— O plano é a gente chegar em pequenos grupos — Robin explicou. — Felizmente tem um piano público na estação, então não vamos precisar levar o elétrico. Nora já falou com uma pessoa de lá e alguém vai garantir que ele esteja pronto e higienizado pra nós. Nora, ou seu avô, vai estar lá tocando a música aleatoriamente, e aí os pequenos vão começar a cantar, o que vai chamar a atenção das pessoas...

— Obviamente — Teddy disse com a boca cheia de sanduíche.

— Ah, pois é. Eu não entendo. Quer dizer, quem quer mesmo ouvir crianças cantando? Mas, enfim, então nós vamos nos juntar nos grupos e aí a Olivia vai nos dar o *grand finale*, e nessa hora esperamos que as pessoas do Eurostar já tenham saído do trem e passado pela alfândega.

— E você planejou tudo isso em, o quê, algumas horas? — perguntei e lambi o catchup da mão.

— Bem — Robin disse e olhou para Katherine. — A mãe dela é uma das pessoas exigentes.

— Um ator fracassado — Katherine disse e balançou a cabeça afirmativamente.

— Ah, ops — Robin disse, mas Katherine acenou com a mão para que ela não se preocupasse.

— Não, é verdade. Minha mãe sempre diz que gostaria de ter sido atriz, mas você sabe, a vida.

— Que droga — eu disse.

— É — Robin disse. — Imagine não poder ser quem ou o que você é.

— Acho que ela está bem, na verdade — Katherine disse. — Ela gosta muito de ser mãe. E adora administrar a franquia da escola de teatro.

— E agora ela pode viver indiretamente através de você — Robin disse, e na verdade não soou como maldade.

— É ótimo, na verdade — Katherine disse —, porque, sabe, algumas pessoas têm muita dificuldade em convencer os pais de que fazer algo artístico é uma boa ideia.

— Tilly e eu passamos a vida inteira tentando convencer nossos pais de que fazer algo não artístico é uma boa ideia — Teddy disse.

— Por falar nos seus pais — Robin disse e pegou meu braço —, alguma notícia da cabeça de burro? Tipo, você obviamente tem mais com o que se preocupar no momento, mas é meio urgente. Assim, sei que não é caso de vida ou morte.

— Vou falar com meu pai de novo. Não tive oportunidade com tudo o que aconteceu.

— Não, não, eu entendo. A propósito, você está mesmo b…

— O que vocês estão fazendo aqui? — meu avô perguntou e eu me encolhi. Ele saiu para o jardim e eu fiquei tipo: *Graças a Deus ele está vestido dessa vez.* Rachmaninoff estava logo atrás dele, pulando alegremente em suas três patas.

— Vô, este é Teddy e Robin e…

— Eu sei quem todo mundo é, Tilly. Estou apenas perguntando o que eles estão fazendo aqui.

— Estamos apenas almoçando, sr. Taylor. Você gostaria que eu fizesse um sanduíche pra você? — Teddy perguntou.

— Queijo e picles, por favor, meu jovem — ele respondeu, e quando Teddy abriu a boca, eu falei:

— Queijo e picles, Teds.

Todo mundo deu um sorrisinho maroto.

— Seu gato é um amor — Robin disse e caminhou até ele. Elu se ajoelhou para pegá-lo, mas o gato afastou a mão delu e rosnou. — Eu literalmente amo ele — Robin disse, mas recuou.

Robin e Katherine ficaram até depois das cinco, e você precisava ter visto a cara da minha mãe quando chegou e estávamos todos sentados em seu jardim.

Tipo, é óbvio que ela acha que Teddy e eu nos tornamos incapazes de fazer amizades desde que perdemos Grace, e de repente ser pega de surpresa conosco se divertindo no jardim fez com que ela fisicamente se contorcesse um pouco, e eu simplesmente disse:

— Mãe, Robin é a pessoa do figurino no nosso show, e essa é Katherine, e ela é atriz.

Todo mundo disse "Oi, sra. Taylor", e porque soou como se eles tivessem literalmente cinco anos de idade, nós todos rimos, e minha mãe só falou: "Olá".

Aí ela olhou para onde meu avô estava dormindo, na cadeira com Rachmaninoff aninhado em seu colo, e ambos estavam roncando.

— Ele está bem — eu disse. — Ele ficou com o gato durante o almoço, tomou os remédios e agora está cochilando.

— A gente precisa ir embora — Robin disse e olhou para Katherine, que falou:

— É, definitivamente. Tenho que estar em casa para o jantar.

Teddy e eu fomos até a porta com elus, e quando olhei para Katherine, de repente surgiu aquele conhecido elefante enorme na sala, por causa do nosso encontro no teatro no dia seguinte, e porque não tínhamos ficado sozinhas desde que nos beijamos no banheiro.

Dava para ver que ela estava pensando nisso, e eu estava obviamente pensando nisso, mas ela não ia dizer nada, e eu também não ia dizer nada, e no corredor nossos dedos roçaram, e aí nós meio que ficamos lá e fizemos a coisa toda de "tchau, a gente se vê na segunda-feira", e o tempo todo o ar foi ficando cada vez mais pesado, pelo menos na minha opinião, e cada vez mais quente.

Pouco antes de sair de casa, ela se virou para mim, passou o dedo pela minha alergia do bigode e disse:

— Eu me sinto mal por dizer isso, mas estou tão feliz que foi você, e não eu, quem experimentou essa coisa.

— Como seres humanos, nossas maiores conquistas vêm através da observação dos fracassos dos outros — eu disse.

— Pelo menos ela fica bem de bigode — Teddy disse, interrompendo qualquer troca de olhares que estivesse rolando entre Katherine e eu.

— Foi exatamente o que eu disse — Katherine falou, então saiu e, ao contrário de Robin, não se virou para acenar para nós.

Mas ela me mandou uma mensagem mais tarde.

Eu já estava na cama tentando dormir, mas tudo o que tinha acontecido naquele dia, mais tudo o que não tinha acontecido, e tudo o que poderia ou não acontecer no futuro, mais conhecido como o teatro no dia seguinte, não saía da minha cabeça.

Se não puder ir amanhã, eu entendo.

Só me avise. Não precisa se sentir mal por causa disso. Eu entendo que família vem em primeiro lugar.

E aí, é claro, eu fiquei tipo: *Ela está sendo sincera mesmo, ou está me dando um fora? E talvez ela não queira mais ir comigo, mas por quê? Ela não gostou de me beijar? Será que isso é um adeus? Parece um adeus.*

Eu não sei se pra você, mas pra mim tudo fica pior no escuro, então eu estava tendo um troço por causa de tudo isso, e tive que literalmente inspirar e expirar algumas vezes para me acalmar.

— Por que isso é a pior coisa do mundo? — perguntei para ninguém. E eu ia simplesmente ficar lá deitada e sofrer em silêncio, mas então decidi enviar uma mensagem para ela.

Minha mãe e meu pai vão ficar em casa o dia todo amanhã, então não preciso me preocupar com o meu vô. Estou ansiosa para ver a peça.

Li a mensagem trezentas vezes até resolver que era gentil, mas ainda assim evasiva, e aí apertei enviar.

Guardei o celular, me virei e fechei os olhos.

Um minuto depois, o celular vibrou.

Estou ansiosa para ver a peça também.

E não era o que eu queria ouvir.

CENA 9

O que se veste para ir ao teatro?

Experimentei o meu vestido de verão favorito, mas por ser vermelho ficou ridículo com o meu bigode cor de sangue. Mas eu não podia usar jeans porque eu ia derreter, porque o teatro era literalmente a céu aberto, e eu obviamente não podia usar o vestido que usei quando nos beijamos na igreja, então fiquei, tipo, por que algo tão básico como se vestir de repente se transforma nessa coisa completamente estressante?

Decidi que realmente gostava do vestido vermelho e, para quebrar o gelo em relação à alergia, mandei uma mensagem para Katherine para dizer a ela que eu sabia que estava lá e que estava ruim.

Nem dava para ver direito ontem, ela respondeu, e escrevi: Diz a mulher que teve que cutucar o negócio.

Não tive a intenção de tirar sarro de você.

Teve sim.

Não tive!

Quando nos encontramos no ponto de ônibus, ela olhou para mim e disse: "Não está ruim", e aí ela me deu um selinho, o que me fez esquecer todas as minhas inseguranças na hora.

Só preciso dizer uma coisa sobre o Globe Theatre: é tão mais divertido do que um teatro fechado, onde você é forçado a ficar em sua poltrona minúscula, todo espremido entre outras pessoas que estão esmagadas em suas poltronas minúsculas.

Quero dizer, é óbvio que você também pode se sentar no Globe, mas você ainda está basicamente a céu aberto, e não são poltronas, são bancos, mas a coisa toda de ficar em pé foi ótima.

Além disso, os atores usaram a área da frente do palco (que era onde estávamos, ou seja, na área para pessoas inferiores/os pobres) como parte da peça, o que faz você se sentir como se estivesse literalmente na peça.

Dizer que Katherine estava encantada seria o mais grosseiro de todos os eufemismos porque ela estava radiante.

Na hora da cena dela e de Teddy, ela agarrou meu braço e não parou de apertá-lo até a cena terminar.

Foi interessante ver outros atores interpretando a cena, porque Teddy e Katherine faziam muito bem, mas era mais engraçado e um pouco bobo, provavelmente porque Teddy é engraçado e bobo, mas os atores do Globe interpretaram mais como: é ótimo estar apaixonado, mas ao mesmo tempo é a coisa mais horrível e inconveniente do mundo, e se você pudesse voltar atrás e não se apaixonar, você provavelmente não se apaixonaria. E eu obviamente me identifiquei.

Então, o tempo todo eu fiquei lá me perguntando se Orlando e Rosalinda, e todos os outros idiotas apaixonados da peça, assim como Katherine Cooper-Bunting e eu, só precisavam de uma boa transa para seguir em frente com sua vida, porque basicamente não dá para sofrer tanto para sempre sem perder a cabeça.

E aí percebi que Shakespeare era um desgraçado, pois escolheu Rosalinda para "curar" o coitado do Orlando. Tipo, imagine a Katherine da vida real se vestindo de menino e constantemente declarando seu amor imortal e enganando Teddy para ajudá-lo a esquecê-la. É cruel. Mas como espectadores, é claro, damos risada.

Enfim, me dei conta de muita coisa interessante naquela tarde. O que acho que é o objetivo do teatro. Além do entretenimento.

Quando a peça acabou, ovacionamos e aplaudimos, especialmente a mulher que interpretou Rosalinda, porque ela era excelente, e ela até se virou para nós e nos mandou um beijo, e Katherine ficou tipo:

— Esse beijo fez valer o dia. Que esplêndido da parte dela nos agradecer.

— Faça isso um dia — eu disse, e ela respirou fundo, e achei que ela ia dizer alguma coisa bem teatral e profunda/ presunçosa, mas ela só fez que sim com a cabeça.

As ruas estavam cheias quando saímos, e voltamos caminhando devagar, de mãos dadas, e Katherine fez um resumo para mim do que tínhamos acabado de ver.

Decidi não compartilhar minha sabedoria recém-adquirida sobre a crueldade do amor, e então compramos sorvete de casquinha perto da Ponte de Waterloo e ficamos à sombra dos vendedores de livros, encostadas no muro olhando para o rio.

A maré estava baixa e havia ondas pequenas e suaves batendo na areia da margem.

— Sabe, eu literalmente nunca toquei no rio — eu disse e passei o dedo indicador pelo cotovelo dela, descendo pela parte interna do braço. — A propósito, sua pele é tão macia.

— Nós fomos nadar nele uma vez — Katherine disse. — Obrigada. Em algum lugar perto de Richmond. Mas não gostei. É tão nojento.

— Não é nojento. Olha, não tem nada nele. Tipo, algas, plantas subaquáticas gigantes, nada.

— Você não faz ideia do que a maré carrega.

— Sapatos, olhe — eu disse e apontei para um trazido pela maré.

— Imagine um sapato encostando em você enquanto você está nadando — ela disse e se sacudiu como um cachorro molhado.

— Achei que nada perturbasse a Cooper-Bunting.

— Por que você diz isso? — ela perguntou e limpou sorvete do meu nariz com o polegar, e depois lambeu o dedo.

Minhas pernas ficaram bambas.

— É só que você dá essa impressão. Você é calma e tranquila, e sabe o que quer e o que não quer.

— Tipo o quê?

— Tipo, você quer entrar para a escola de teatro, então está correndo atrás disso, e você não quer sair com o Teddy, então não vai sair.

— Você quer que eu goste do Teddy? — ela perguntou, e eu resolvi dar uma mordida no meu sorvete só para ficar com a boca cheia e poder pensar em uma resposta. — Porque eu não gosto dele.

— Não dá pra controlar por quem você se apaixona — eu disse, e aí fiquei tipo, MDS, por que você está dizendo palavras como "se apaixonar"?

— Não, não dá — ela falou, e seus olhos pareciam estar me dizendo que ela definitivamente não estava se apaixonando por mim também. Eu nem sabia se ela queria me beijar de novo, um pensamento que achei impossível de enfrentar.

E foi por isso que enfiei outro pedaço enorme de sorvete na boca, o que fez a parte da frente do meu cérebro doer tanto que por um momento achei que meu corpo havia decidido rejeitar espontaneamente meu olho direito.

— Por que você quer que eu goste dele? — ela repetiu a pergunta depois de um tempo.

Percebi que ela tinha se afastado um pouco de mim.

— Porque ele gosta de você — respondi.

— E você não gosta? — ela perguntou, e decidi não responder.

Também decidi não olhá-la nos olhos.

Decidi, no entanto, ser honesta com ela.

— Nós tínhamos uma amiga — eu disse. — O nome dela era Grace. Ela morava algumas casas mais adiante e a gente ficava junto, tipo, o tempo todo, e acho que Teddy amava ela de verdade. E um dia ela saiu de bicicleta e foi atropelada por um carro. Assim, sabe, do nada. E o Teddy, bem, ele nunca disse pra ela o que sentia, e ele acha que ela morreu sem saber o quanto ele amava ela, porque ele nunca disse, porque, bem, a gente sempre pensa que tem todo o tempo do mundo, né? E ele quer que seja diferente com você. Quer fazer tudo certinho. E ele realmente quer um final feliz.

Katherine olhou para seus sapatos.

— Todos queremos um final feliz.

— Eu sei.

— Há quanto tempo isso aconteceu?

Imaginei a Grace de dezesseis anos encostada no muro conosco tomando sorvete.

— A gente tinha treze anos quando ela morreu. Há três anos.

— Sinto muito — ela disse.

— Obrigada.

— E desculpe por não gostar dele.

— Ele vai superar, tenho certeza.

— Claro que vai.

Eu me virei para o rio e vi um barco passando.

Katherine ficou ao meu lado. Nossos dedos mindinhos se tocaram.

— Pronta pra ir? — perguntei e ela confirmou, franzindo o narizinho. Dei um tapinha nele com o dedo, e ela pode ou não ter corado por causa disso, ela ia começar a dizer alguma coisa, mas eu decidi que o que eu realmente queria fazer era beijá-la, e então beijei, e ela me beijou de volta e fez um barulhinho com a garganta que desceu direto para os meus órgãos reprodutivos, e eu fiquei tipo: *hmm, delícia.*

Meu coração estava batendo descontroladamente no peito e, cercada pela cidade e pela brisa quente da tarde, com o rio correndo ao nosso lado, a luxúria não era mais a única na jogada, e eu estaria mentindo se dissesse que não era muito assustador.

Não só porque eu sabia que teria que contar para o Teddy, mas porque parecia que meu coração estava literalmente em uma bandeja, para Katherine Cooper-Bunting fazer o que ela quisesse com ele.

E quem quer ser assim tão vulnerável?

Quando chegamos a Waterloo, tínhamos acabado de perder um ônibus, e como eu estava morrendo de sede e tínhamos tempo, entramos na estação para comprar uma garrafa de água.

Entramos na livraria, onde agimos como idiotas no corredor de revistas porque o modelo de capa da revista masculina tinha um bigode igual ao que causou minha horrível alergia, e Katherine estava segurando a revista ao lado do meu rosto, então resolvi que era um ótimo momento para forçar a barra — a barra do amor, para ser precisa — e falei: "Admita, mesmo que ele esteja arrasando com esse bigode, ficou cem vezes melhor em mim", e ela fingiu pensar sobre o assunto por um minuto, então falou: "Talvez, talvez não", e eu meio que fui pra cima dela, o que fez com que ela soltasse um gritinho agudo, e dois segundos depois Olivia saiu detrás da prateleira dizendo:

— Colega, pra que gritar?

Assim que ela viu que éramos nós, ela literalmente parou, e nós congelamos, e ela disse:

— Decidiram vir me visitar no trabalho?

E obviamente não era isso o que tinha acontecido, e ela definitivamente já sabia disso.

Eu ainda estava segurando a revista e a garrafa de água, e disse:

— Na verdade, não sabia que você trabalhava aqui.

E Olivia disse:

— Então, quando eu disse que estava fazendo turnos extras na livraria de Waterloo, você não achou que fosse aqui?

— Quero dizer, não, quero dizer, sim, quero dizer, óbvio. Você sabe o que eu quero dizer.

— Indo pra algum lugar legal? — Olivia perguntou e olhou para Katherine, e Katherine respondeu:

— Na verdade, fomos ao teatro à tarde. Foi presente de aniversário dos meus pais.

— Feliz aniversário — Olivia disse.

— Ah, não, meu aniversário foi em maio.

— Atrasado.

— Obrigada.

Olivia olhou para mim, e tenho que admitir que acho que só fiquei lá, parada, com a cara da idiota que era.

— Foi bom? — ela perguntou.

— Incrível — Katherine respondeu.

— Isso é bom então, né? Você quer que eu passe isso? — ela perguntou, apontando para as coisas que eu estava segurando.

Coloquei a revista de volta na prateleira.

— Posso passar no autoatendimento — eu disse.

— Beleza — Olivia disse. — Porque assim meus KPIs ficam melhores.

— O que são KPIs? — perguntei.

— Indicadores-Chave de Desempenho. O objetivo é fazer com que o maior número possível de pessoas use o caixa de autoatendimento.

— Eles conferem quantas pessoas usam o autoatendimento? — Katherine perguntou.

— Colega, você nunca teve um emprego? Eles conferem tudo. E se as pessoas se recusam a usá-lo e eu tenho que passar no caixa, meu gerente tem um ataque.

— Mas não é culpa sua.

— Bem, coisas ruins acontecem com pessoas boas — Olivia disse e reorganizou uma fileira de Tic Tacs laranja e verde.

— Que horas você sai? — perguntei a ela.

— Nove.

— Não vamos esperar por você, então — eu disse.

— Que peça vocês viram? — ela perguntou.

— *Do jeito que você gosta* — Katherine disse.

— Devia ter levado o Teddy, colega — Olivia disse para ela. E se olhar matasse… — Mas acho que você sabe disso.

Katherine e eu caminhamos até o ônibus em silêncio total.

Somente quando nos sentamos no andar superior e eu ofereci um gole de água para ela que ela falou novamente.

— Eles sabem sobre a Grace? — Katherine perguntou.

— Eu realmente não sei. Eu não contei.

— Você não pode sair com alguém só porque todo mundo acha que você deveria sair com a pessoa.

— Não, é claro que não.

— Olivia claramente acha que estou iludindo ele, e não estou. Eu gosto dele, quero dizer, como alguém pode não gostar dele, mas só porque ele gosta de mim e é um cara legal não significa que eu tenho que gostar dele também. Quero dizer, romanticamente falando.

— Não, é claro que não.

— E só porque sou legal com ele não significa que eu goste dele — ela disse e tomou uma golada de água. — Qual o problema em querer ser apenas amigos, afinal?

— Nenhum — eu disse e observei sua garganta enquanto ela engolia. — Mas se um de vocês quiser mais, não vai funcionar.

— O amor é tão estúpido — ela disse e balançou a cabeça, ainda sem olhar para mim.

— Definitivamente, deve ser evitado a qualquer custo — eu disse e observei seu rosto.

Eu não conseguia ler a sua expressão, mas ela pareceu não discordar.

Cena 10

No dia seguinte, o dia do flash mob, só acordei com o alarme. Eu estava meio para baixo e com preguiça, e queria mesmo era ficar na cama.

Não tinha acontecido mais nada com Katherine Cooper-Bunting no caminho para casa na noite anterior, exceto que antes de descer do ônibus ela me deu um beijo apressado de última hora que no momento pareceu ser um adeus de verdade. E depois ela não me mandou nenhuma mensagem, e eu fiquei deitada na cama, imóvel e patética.

Antes de começar a me arrumar, eu já tinha me convencido de que meu breve caso com ela tinha definitivamente acabado porque tinha sido de alguma forma consumido pela sombra opressora de um amor perdido do passado entre Teddy e Grace, e assim, naturalmente, passei meia hora experimentando cada vestido bonito que ela não tinha me visto usar. Porque é óbvio que a pessoa vai mudar de ideia sobre um possível futuro junto com você e vai se apaixonar desesperadamente por causa da sua roupa.

Eu disse se apaixonar de novo?

Desci as escadas, despejei Sucrilhos em uma tigela e me sentei à mesa com o meu avô, que estava cantarolando. Ele colocou leite no meu cereal e disse:

— Matilda, eu mal dormi.

— Você está se sentindo bem?

— Tudo está bem. É só que… o que se veste para um flash mob?

Isso me fez rir, e ele ficou tipo:

— O que foi?

Dei de ombros, mas aí eu disse:

— É divertido com você morando aqui.

E ele não disse nada, mas piscou para mim, e foi ótimo.

Quando encontramos com Teddy, ele logo me perguntou se meu domingo tinha sido bom, e deveria ter sido o momento em que eu diria para ele:

Na verdade, Katherine me convidou para ir ao teatro com ela e eu fui e, a propósito, nos beijamos, mas em vez disso escolhi não dizer nada sobre o assunto, como a canalha enganadora que eu era.

Sentei ao lado dele no metrô em silêncio total, lendo a propaganda "você está cansado de estar cansado?" várias vezes, e a foto da mulher bocejando me fez bocejar, e o tempo todo meu avô, vestindo um smoking, ficou cantarolando "Seasons of Love".

Eu estava achando essa coisa toda de flash mob muito estressante. Acho que foi ainda mais estressante porque Teddy e eu não conhecíamos as outras pessoas, pois não tínhamos ido ao importantíssimo ensaio com o pessoal da escola de teatro. E sabe quando você está indo para um lugar específico, e está no metrô e fica olhando ao redor e se perguntando se todas as outras pessoas estão indo para a mesma coisa também?

Toda vez que eu via uma criança eu ficava tipo "*aposto que eles são parte do nosso grupo*", mas é claro que são as férias de verão, então eles podiam ser qualquer um.

Fomos instruídos para estar ao piano às dez. O Eurostar de Paris número cem mil estava programado para chegar às dez e meia.

Quando saímos do metrô, já foi possível ver que a estação estava movimentada, e entre as pessoas andando apressadas e as pessoas com bagagens e malas de rodinha tinha muitos homens brancos velhos com blocos de anotações e câmeras.

O piano estava sob uma escada rolante em frente à chegada do Eurostar e, quando nos aproximamos, uma senhora com um cabelo volumoso estava de pé ao lado dele falando com um membro da equipe de manutenção.

— Bom dia — eu disse a ela. — Estamos aqui para a coisa secreta.

Ela abriu um sorriso enorme.

— Bom dia, eu sou a Nora. Sou responsável pela escola de teatro. E você deve ser o Douglas — ela disse para o meu avô e estendeu a mão de um jeito teatral extravagante. — Que prazer conhecê-lo!

— *Enchanté.* — Ele pegou a mão dela e a beijou.

— Você é um encanto — Nora disse, e posso jurar que ela pressionou a mão ainda mais contra a boca dele e depois riu. — Estou tão feliz que você pôde vir. Porque não gosto de tocar em público. Eu canto muito melhor do que toco piano.

— Tenho certeza de que você está apenas sendo modesta — meu avô disse, e eu fiquei tipo, *eca,* porque você por acaso já viu idosos flertando?

Um homem com quatro crianças pequenas passou por nós, e a menorzinha levantou a mão para acenar para Nora, e uma das maiores bateu em sua mão, o que resultou em lágrimas, e elas foram arrastadas para o banheiro.

— Suponho que eles estejam conosco, então — eu disse, e Nora riu.

— Ah, essa foi uma ideia maravilhosa, querida. É sempre uma alegria fazer uma apresentação para outras pessoas. Fiquei muito feliz quando entraram em contato conosco. E por uma causa tão nobre também.

— De fato — meu avô disse.

— Com licença — Nora se dirigiu à pessoa da manutenção que estava terminando de dar um pouco de polimento ao piano. — Estamos quase prontos para começar?

— Não sei te dizer se está afinado, mas está como se fosse novo — a pessoa disse.

— Tanto faz como tanto fez. — Meu avô riu e se sentou, e Nora deu uma risadinha.

Ele tocou algumas escalas e Nora bateu palmas, e eu fiquei tipo: MDS.

Coloquei a capa da câmera no piano e tirei a câmera.

Eu obviamente ia filmar o evento real, que depois ia para o YouTube, mas também queria filmar umas coisinhas antes e depois como extras ou falhas, porque as pessoas adoram esse tipo de coisa.

— Sorria para a câmera — eu disse para Teddy e dei um zoom em seu rosto. — Por que você não explica o dia de hoje pra nós?

— Oi — ele disse. — Senhoras e senhores, meninos e meninas, e todos os outros seres humanos, estamos aqui hoje para surpreender um punhado de franceses que estão vindo para Londres na centésima milésima viagem do Eurostar de Paris.

— Isso é muito legal — eu disse, encorajando-o.

— É incrivelmente legal. Ou, como dizem os franceses, *c'est incroyable*... Acho, Desculpe, não sou muito bom em francês.

Eu sorri atrás da câmera.

— E você pode nos dizer quem você é e falar um pouco sobre o seu envolvimento hoje?

— Sim, claro, meu nome é Theodore Booker, e interpreto Orlando em *Do jeito que você gosta* em uma noite de cabaré beneficente para The Acting for Others e, se *você* gosta, percebe o que eu fiz aqui?, pode reservar os ingressos através do link. Não se esqueça de colocar o link, Tills.

— Óbvio.

Terminei a gravação direcionando a câmera para a área de chegada do Eurostar, depois desliguei.

— Você tem o dom, Teds — eu disse.

— Não olhe agora, mas a Katherine está ali, perto da loja de chá, com um monte de crianças. Aquela é a mãe dela? Ela é gostosa — ele disse.

Olhei para o outro lado.

Era a mãe dela.

Não achei ela gostosa.

Katherine Cooper-Bunting me viu.

Ela sorriu. Minhas entranhas pareciam ter sido iluminadas por uma erupção solar.

— Não é estranho como ela sempre está bonita? — Teddy perguntou. — Tipo, não parece que ela se esforça e ainda assim ela é a mulher mais bonita da sala.

— Não estamos em uma sala, estamos em uma estação — eu disse, e apertei uns botões aleatórios na câmera.

Robin e Olivia passaram por nós alguns minutos depois.

Olivia me deu uma olhada e posso dizer que não era um olhar de "olá", e Robin não olhou para mim, então Olivia obviamente contou para elu sobre Katherine e eu termos ido ao teatro, e eu fiquei tipo, *bem, que ótimo*.

Quero dizer, eu não acho que fiz algo errado por ter ido ao teatro com Katherine, mas obviamente deveria ter contado para o Teddy.

Eu obviamente deveria ter contado para todo mundo.

— Douglas, posso pegar uma xícara de chá pra você? — Nora perguntou para o meu avô. — Vou verificar se o trem está no horário e depois vou passar na padaria.

— Duas colheres de açúcar, por favor — ele disse.

— Duas? — Nora perguntou. — Douglas, querido, você já é doce o suficiente. — E aí ela riu tão alto que fez eco, e todo mundo olhou.

Quando ela voltou, confirmou o que toda pessoa com visão normal que sabia ler um monitor já sabia: ele, o Eurostar, estava no horário, o que significava que ia chegar em cinco minutos, o que significava que tínhamos que começar em seis minutos.

Olhei em volta para descobrir quem mais estava na nossa equipe.

Algumas crianças menores e maiores estavam aqui e ali, e muitas delas estavam olhando descaradamente na nossa direção, e eu notei Nora olhando séria para elas.

Eu vi Brian, que estava com Maeve, um homem que eu nunca tinha visto antes, o Fantasma da Ópera e a esposa dele, e eles estavam olhando para Charles, que estava subindo a escada rolante de dois em dois degraus com uma câmera com uma lente enorme em volta do pescoço e um caderno na mão.

Meu avô tomou um gole de seu chá e então começou a tocar umas músicas aleatórias.

Aí deu 10h28 e todos os observadores de trem que ainda estavam lá embaixo começaram a correr, e eu apertei o botão para gravar e comecei a filmar meu avô.

Ele tocou uma variação de "Seasons of Love" e algumas pessoas já pararam para ouvi-lo.

Poucos minutos depois, Nora deu o sinal, e a menininha que tinha tentado acenar mais cedo e tinha sido arrastada para fora gritando chegou e começou a cantar.

Nessa hora, é claro, todo mundo veio, porque, você sabe, um velho tocando piano, uma garotinha cantando...

Consegui imagens ótimas. Filmei pessoas assistindo, pessoas andando por ali, pessoas filmando em seus celulares.

Entra o próximo grupo de crianças, e depois o outro, e de repente começou uma verdadeira agitação e dava para literalmente sentir a energia no ar.

As pessoas começaram a sair da área do Eurostar, e algumas pessoas de terno foram direto para a saída, mas muitas pararam e nos ouviram.

Nora, que ainda estava ao lado do meu avô, deu um sinal para alguns dos adultos do nosso grupo se juntarem, e o homem que eu nunca tinha visto antes, Maeve, Brian, o Fantasma da Ópera e a esposa dele começaram a cantar.

Mais e mais pessoas vieram, algumas filmavam de dentro das lojas também, e eu fiz uma daquelas tomadas de 360 graus dando voltas e voltas e voltas.

Como verdadeiros britânicos, todos começaram a bater palmas no ritmo. Katherine, Robin e Miroslaw se juntaram em seguida, e Teddy abriu caminho através da massa para se juntar a eles e cantar junto.

Sessenta segundos depois, o lugar estava abarrotado, e Nora finalmente deu o sinal para Olivia entrar.

A voz dela meio que vibrava acima da de todos os outros, e as pessoas literalmente fizeram "Uau", e todo mundo começou a filmá-la, e aí ela fez uns floreios muito doidos e começou a se exibir.

Algumas crianças que tinham chegado no Eurostar, ou em outros trens, ou que estavam apenas passando, estavam dançando e rindo, e quando Nora deu o sinal para terminar, a multidão toda, incluindo todos que tinham acabado de cantar, irrompeu em aplausos estrondosos.

Filmei tudo e passei pela multidão para ter closes de todos os participantes e também de algumas das pessoas que estavam assistindo e filmando em seus celulares.

Acabei ficando perto de Teddy e Katherine e todos os outros, andei por entre eles e peguei uns closes.

Katherine tomou a câmera de mim e tentou me filmar, mas eu meio que lutei com ela para recuperá-la.

— Estraga-prazer — ela disse e fez beicinho, o que foi adorável, e eu odiei isso.

— Olha, cada um tem o seu papel, e o meu é atrás das câmeras.

— Nem dá pra ver seu bigode mais — ela falou, e eu me agarrei ao seu tom de provocação como uma pessoa que está se afogando se agarra a um tronco.

— Na verdade, tinha até esquecido da alergia — eu disse e a afastei de mim com o meu quadril, pegando a câmera de volta e desligando-a.

— Ontem você estava obcecada — ela disse e deu risada, e sabe quando você meio que ignora quando a pessoa diz alguma coisa e torce para que todo mundo ignore também?

Bem, aparentemente só funciona quando a pessoa diz coisas que não importam, porque quando é algo realmente importante, literalmente dois segundos depois, alguém, neste caso Olivia, vai dizer tipo: "Vocês se viram ontem?".

Tudo meio que parou nesse momento. Esqueci completamente de todas as pessoas que ainda iam e viam, não ouvi Brian anunciar o nosso show no Criterion, ou as risadinhas estridentes de Nora onde ela estava sentada com o meu avô. Meus ouvidos estavam zumbindo e tudo o que vi foi a maneira como Teddy olhou para mim, depois para Katherine, depois para mim de novo, seu sorriso desaparecendo lentamente e todo o seu ser se distanciando de mim.

— Gostaria de poder ir ao teatro num domingo, mas alguns de nós têm que trabalhar, né? — Olivia tagarelou com entusiasmo naquele silêncio.

— Eu não vou ao teatro todos os domingos — Katherine disse para ela. — E já disse que foi presente de aniversário dos meus pais, então cala a boca agora. O que isso tem a ver com você, afinal?

— Nada, colega. Só estou me perguntando por que foi tudo por debaixo dos panos.

— Não foi por debaixo dos panos. A gente só não queria causar nenhum mal-estar, porque eu só tinha um ingresso extra.

— Tudo bem. Desculpe, então — Olivia disse, mas não importava que ela estivesse arrependida, porque tudo o que não deveria ter sido dito foi dito.

Teddy e Miroslaw ficaram lá, olhando para nós, confusos e fofos e inocentes, e para Olivia e Robin parecia que eu tinha pessoalmente infligido dor a elus, ou aborrecido elus de alguma forma, e então Katherine disse:

— Ah, pelo amor de Deus. Tilly e eu vimos uma peça no Globe ontem. Grande coisa! Superem, gente! É passado!

Teddy olhou para seus pés, depois para o nada, e então Robin disse:

— Meu bem, você quer vir andar de skate comigo? Quero dizer, já que estamos no centro mesmo?

Ele olhou para mim, para Katherine e depois para Robin, pigarreou e disse:

— Quero. Quer dizer, quero.

E então ninguém falou nada, e literalmente nunca me senti mais incomodada em toda a minha vida. E isso inclui a vez que meu avô caiu da escada e ficou com a bunda de fora.

— Até amanhã, pessoal — Robin disse, pegou o skate e foi em direção ao metrô.

Olivia inspirou fundo e soltou o ar.

— Que situação, hein, manés — ela disse. Aí ela se virou para Miroslaw e falou: — Pronto pra ir?

— Pronto pra ir — ele respondeu. E eu desejei tanto que eu fosse um imigrante que não conhecia ninguém e não tinha feito nada de errado neste lugar que agora chamava de casa.

— Você não precisava ter falado nada — eu disse para Olivia.

— Colega — ela disse, e se dirigiu a mim especificamente. — Por que você está saindo escondida por aí? Se não tem motivo nenhum, então não faça isso. E não minta para o seu melhor amigo. É repugnante.

— Eu não menti.

— Que seja — ela disse. E então também foi em direção ao metrô.

— Sinto muito — Katherine disse.

Eu não conseguia olhar para ela.

— A culpa é minha — respondi. Porque era mesmo.

— Não é.

— É.

— A gente não fez nada de errado — ela disse.

— Eu sei — eu disse, mas não acreditava nisso de verdade.

E aí a coisa mais inesperada aconteceu.

Ela pegou minha mão, dedos entrelaçados e tudo, olhou bem nos meus olhos e não disse nada.

Minha visão ficou embaçada, como se eu só visse nossas mãos em pixels e tivesse esquecido como ler expressões faciais, e aí pareceu que eu estava olhando para nós de fora do meu corpo, e pensei: *E se isso for amor?*

— O que você vai fazer o resto do dia? — ela perguntou por fim, como se nem estivesse segurando minha mão.

— Não sei.

— Quer passar o texto comigo?

— Tenho que levar meu vô pra casa.

— Podemos fazer isso na sua casa.

— Posso fazer o almoço pra nós — eu disse, toda rouca.

— Isso seria bem legal — ela disse.

— O.k. Vamos resgatar meu vô da Nora então.

— Acho que ele gosta dela — Katherine insinuou e sorriu para mim.

— Eu gosto de você — eu disse.

— Eu gosto de você.

Depois do almoço — que consistiu em sanduíches de queijo, contato visual e silêncio e a mão de Katherine na parte inferior das minhas costas de vez em quando, e eu encostando nela para tirá-la do caminho para poder abrir uma gaveta aqui, alcançar a chaleira lá —, meu avô subiu para tirar uma soneca e Katherine e eu fomos para o meu quarto, pois minha mãe estava no jardim fazendo todos os tipos de coisas bizarras em um trampolinzinho.

Eu não fazia ideia de como seria ficar sozinha no meu quarto pela primeira vez com uma pessoa que me fazia querer rastejar para fora da minha própria pele da maneira mais deliciosa.

— Você quer...

Ela não me deixou terminar, me beijou.

Demos uns beijos supereducados por um tempo, mas aí nossos dentes bateram, o que nos fez rir.

Ficamos na dúvida de ir em direção à cama, mas por fim gravitamos na direção dela e nos sentamos na beirada, ainda nos beijando e, bem ridícula, eu fiquei tipo: *Acho que esta é uma situação #AmigosParaAmantes*. Aí eu não conseguia mais parar de pensar: *#AmigosParaAmantes, #AmigosParaAmantes, #AmigosParaAmantes*, e fiquei tipo: *Eu não estou pronta!*, mas ao mesmo tempo eu estava tipo: *Só que estou!*

Gentilmente puxei Katherine para a cama com uma mão, enquanto empurrava o coitado do Barnaby entre o colchão e a cabeceira da cama com a outra.

O vestido de Katherine estava todo emaranhado, e suas coxas nuas estavam bem ali, o que significava que eu poderia viver de verdade a fantasia que tive desde o incidente da Virgem Maria na igreja: podia tocá-las.

Quando alcancei o meio da coxa, me ocorreu que eu provavelmente deveria perguntar se tudo bem fazer isso, então sussurrei na boca linda dela: "Posso te tocar?", ela sorriu e disse: "Pode, por favor", o que me fez quase desmaiar, porque como o consentimento é sexy.

Aí, é claro, chegou aquele momento absolutamente aterrorizante segundos antes de a minha mão chegar aonde estava indo, e não sei se ela sentiu minha hesitação, mas Katherine deu uma risadinha fofa no meu rosto e, com um movimento ousado, ela se mexeu, sentou, e começou a tirar a calcinha, puxou o vestido por cima da cabeça e abriu o sutiã, momento em que eu, é claro, fiquei muito perplexa e só consegui olhar para os seus olhos.

— Sua vez — ela me disse.

Eu me levantei, tranquei a porta e fiquei completamente nua na frente de outra pessoa pela primeira vez na minha vida adulta.

Demos muitos beijos e nos tocamos muito, o que foi tão bom, e já era meio que #AmigosParaAmantes na minha opinião.

O sexo #AmigosParaAmantes real era meio aterrorizante, porque não importa quão preparada você acha que está para cair de boca em alguém, de repente estar lá embaixo é assustador.

No entanto, não é tão assustador quanto ser a pessoa que vai receber. Isso na minha opinião.

Que seja dito que a *fanfic* que Teddy me levou a buscar estava absolutamente certa sobre #AmigosParaAmantes se revezarem para atingir o ápice de prazer, porque um grande #orgasmo #arrasador mútuo realmente não rolou. E quer saber? Não tenho certeza se isso é algo que poderia ser alcançado no estágio #AmigosParaAmantes de um relacionamento. E sabe o que mais? Tudo bem.

Depois, quando estávamos nos abraçando, nos beijando e rindo da coisa toda, e Cooper-Bunting parecia satisfeita consigo mesma e cansada, eu não queria que esse momento acabasse nunca.

— Eu nunca transei — eu disse, e provavelmente deveria ter dito isso há meia hora, mas enfim.

— Não, você acabou de transar — ela brincou, os olhos azuis brilhantes.

— Você sabe o que eu quero dizer. Antes de agora.

— Nem eu — ela disse e sorriu para mim. — Eu gostei. Muito. Você está bem?

Fiz que sim com a cabeça.

— Você é muito bonita.

— Você também é muito bonita — ela disse e tocou meus lábios com a ponta dos dedos. — Estou feliz.

— Eu também — eu disse.

— Levei muito tempo para chegar nesse ponto.

— Achei que foi vapt-vupt no final.

— Estou falando da coisa de menina.

— Ah — eu disse, explodindo em eloquência pós-sexo. — Por causa de, sei lá, Jesus?

Ela deu uma risadinha, e foi fofo.

— Não, não por causa disso. Acho que todo mundo sempre supôs que eu era hétero, e eu meio que supus isso também, e aí teve esse menino, e eu gostava dele de verdade, e todo mundo, incluindo eu, acho, pensou que eu acabaria com ele, mas...

— Alfie? — perguntei, ela confirmou e passou o dedo pela borda do meu umbigo.

— Mas eu não gostava dele desse jeito. E quando te conheci, eu simplesmente soube. Tipo, eu soube que gostava de você.

— Fico muito lisonjeada.

Ela deu de ombros.

— Eu sempre fui bem lésbica — disse a ela, e ela riu, foi a coisa mais bonita que eu já tinha visto.

Quando verifiquei o celular, o que parecia ser horas depois, mas não era, tinha doze chamadas perdidas e uma mensagem de voz de Robin.

Elu disse que Teddy tinha caído do skate e elus estavam no hospital.

Katherine e eu nos vestimos e corremos para o metrô.

ATO IV

CENA 1

Depois que Grace foi atropelada pelo carro, eles a levaram de ambulância para o hospital que fica perto da nossa casa. Fica talvez a uns cinco minutos de ambulância de casa, isso quando as pessoas não são umas imbecis e bloqueiam os cruzamentos.

Quando chegamos lá — minha mãe, meu pai, Teddy, Amanda, David e eu —, ela já estava em cirurgia e tivemos que esperar lá embaixo.

E tem uma coisa: as pessoas que você realmente conhece não morrem no hospital, não é? Quero dizer, você vê pessoas morrendo no hospital em programas de TV, e você sabe que muitas pessoas morrem nos hospitais o tempo todo, mas você não as conhece.

E quando você chega a um hospital e os médicos dizem: "Sua amiga está em cirurgia", você espera que ela fique bem, não espera?

Bem, Grace não estava bem.

Nunca vou esquecer do momento em que a médica veio nos contar.

Tipo, ela não precisava dizer nada, eu soube na hora.

A mãe do Teddy se levantou para falar com ela e, quando se virou para nós, Teddy soube também, e a maneira como ele olhou para mim me assombrou cruelmente por um longo tempo.

Eu não me lembro direito de chegar em casa, e não me lembro direito dos dias seguintes, ou das semanas, porque perder alguém que é uma parte tão essencial do seu dia a dia é tão forte que eu não tinha como funcionar de maneira nenhuma.

Teddy não saiu da cama por semanas. Não fomos para a escola, e ninguém nos obrigou a ir, e um dia estávamos juntos em seu quarto e prometemos um ao outro nunca morrer.

O que é claro que é uma estupidez, porque todo mundo morre, e por isso meses depois atualizamos a promessa para: prometo nunca morrer em um acidente de trânsito. O que, suponho, também foi uma estupidez, porque não foi como se Grace quisesse ser atropelada por um carro.

Suponho que Teddy não tivesse sofrido exatamente um acidente de trânsito, mas eu estava tão desesperada e preocupada e enfurecida que mal podia esperar para chegar ao hospital e infligir dor física a ele.

Perdi outra ligação de Robin quando estávamos no metrô, mas elu deixou uma mensagem dizendo que estava esperando os pais de Teddy chegarem lá porque ele tinha fraturado a clavícula e precisava de cirurgia, e nesse momento tive vontade de vomitar.

— Se acontecer alguma coisa com ele, eu nunca vou me perdoar — eu disse para Katherine saindo da estação.

Chegamos ao hospital pouco antes das sete.

Robin estava sentade ao lado da máquina de venda automática jogando no celular.

— Robin — eu chamei. — O que aconteceu?

— O ombro do Teddy está literalmente quebrado — elu disse e me abraçou, depois abraçou Katherine e, por um breve momento, eu me perguntei se elu podia saber que tínhamos transado. — Ele está todo, tipo, no ângulo errado. Eu nunca deveria ter deixado ele ser um idiota.

— Não é culpa sua — eu disse e me sentei. — Eu não deveria ter mentido para ele sobre a coisa do... — gesticulei de um jeito alvoroçado entre Katherine e eu. *Coisa do sexo*, eu pensei — ... "coisa do teatro" — completei.

— Também não é culpa sua — Robin disse, mas eu sabia que elu estava dizendo isso só para eu me sentir melhor.

Além disso, eu sabia como Teddy era. Eu sabia que ele tinha ido para o parque de skate, subido todo atrapalhado a rampa mais alta e provavelmente gritado "Eu sou o rei do mundo!" antes de se lançar.

Katherine se sentou na minha frente em vez de se sentar ao meu lado, e eu fiquei toda emaranhada por dentro por causa disso, tipo aqueles colares no fundo da caixa de joias que você esqueceu lá e que literalmente não têm esperança de serem separados de novo nesta vida.

— O que está acontecendo agora? — perguntei para Robin.

— A mãe e o pai dele estão aqui, e acho que estão esperando ele ir pra cirurgia. Parece que só leva, tipo, uma hora para consertar ele. Aliás, que legal, né, saber como consertar uma clavícula. — Robin disse e tocou as suas. — Acontece muita coisa nesta parte do ombro, né?

— Eu deveria ter ficado com ele — eu disse.

— Não foi bonito.

— Ele ficou com medo?

— Ele foi muito corajoso até o momento que tiveram que cortar a camiseta dos Ursinhos Carinhosos.

Todes dissemos em coro:

— Não!

— Ele chorou? — perguntei.

Robin confirmou, abriu o zíper da mochila e puxou a camiseta para fora.

Ela já era, tinha cortes de tesoura em zigue-zague na frente.

O fato de terem cortado o nariz em forma de coração do Ursinho da Sorte acabou comigo.

— Ei — Robin disse e, na verdade, riu um pouco do meu choro histérico. — Ele está bem. Eu posso consertar isso.

— Não, você não pode — eu disse, agora com ranho se juntando às lágrimas que saíam de mim. — Está tudo arruinado.

— Tilly, é só uma camiseta — Robin disse e se inclinou para me abraçar.

— Vou ligar pra minha mãe para que ela saiba onde estou — Katherine disse e se levantou, e eu nunca me senti tão sozinha na vida, o que me fez chorar mais.

Assim que as portas automáticas se fecharam atrás dela, Robin me soltou e disse:

— Ei, Tilly, o que está realmente acontecendo?

— Estou com muito medo. E acabei de transar com Cooper-Bunting — eu disse e limpei o rosto com a mão trêmula.

Eu não tinha lenço, então Robin revirou a mochila e achou um guardanapo de Natal.

Assoei o nariz.

— E eu acho que gosto dela de verdade — eu disse, e parecia que era a maior tragédia.

Robin parecia confuse.

— Desculpe — eu disse. — Sei que o momento não tem nada a ver comigo.

— Não, é que Cooper-Bunting é lésbica.

— Por favor, não diga nada. Por precaução, sabe, não é nada.

— Fico muito feliz que ela seja lésbica, na verdade. Isso explica muita coisa. Eu só queria que ela tivesse contado — Robin disse e se virou de frente para mim.

— As pessoas não deveriam ter que se explicar assim — eu disse.

— Não, claro que não. É só que a gente nunca entendeu por que ela e Alfie não ficaram juntos. Quer dizer, eles eram literalmente melhores amigos, faziam tudo juntos, e a gente achava que eles se gostavam muito, e aí, você sabe, nada.

Enxuguei os olhos, odiando Alfie.

— E o engraçado é que todo mundo sempre espera que o melhor amigo masculino seja gay, mas não o feminino. Estranho, né? Tenho a impressão de que temos muito trabalho a fazer nesse quesito.

Robin acariciou a camiseta de Teddy.

Olhei para uma placa que dizia: "Hemorragia depois Respiração depois Ossos".

Grace tinha morrido por causa de uma hemorragia enorme no cérebro.

— Como foi o sexo? — Robin sussurrou.

— Muito bom — respondi.

— Você está pensando nisso agora, não está?

Eu não estava, mas daí eu estava.

— Você já transou? — perguntei.

— Sim, mas não foi com ninguém que eu realmente gostasse.

— Sinto muito.

— Ah, imagina. Eu tinha curiosidade. Mas senti como se não tivesse valido a pena o esforço.

— Eu me sinto como se tivesse descoberto uma quarta dimensão — murmurei.

— Eca. Espero que você não esteja falando sobre a vagina de Cooper-Bunting.

As portas automáticas se abriram e Katherine entrou.

Ela olhou para mim, sorriu um sorriso triste que mais uma vez parecia o fim de tudo e se sentou no lugar em que estava antes.

— Os pais dele sabem que você ainda está aqui? — perguntei para Robin e elu confirmou.

— Eu disse para eles que não sairia daqui até saber que ele está bem.

— Você teve que chamar a ambulância? — Katherine perguntou, e Robin balançou a cabeça.

— Andamos. Bem, foi mais eu carregando ele até aqui.

— Ele sente mais dor do que a média — eu disse. — Física e emocionalmente.

Olhei para Katherine encarando os próprios pés.

— Não, Tilly, foi feio — Robin disse em defesa de Teddy.

— Eu deveria ter ficado com ele — eu disse novamente, e não sei o que era pior, meu arrependimento ou o fato de que Katherine estava sentada ali.

— Acho que ele está fora da *Vingança do Cupido* — ela disse depois de um tempo.

— Meu Deus, Cooper-Bunting — Robin quase gritou. — Será que você não consegue pensar em outra coisa além de si mesma por um segundo? Ele está lá em cima com a porra de uma clavícula quebrada, que provavelmente nunca teria quebrado se você não tivesse enganado ele e depois transado com a melhor amiga dele pelas costas.

— Não foi *isso* que aconteceu — ela disse.

— Mas *foi* o que aconteceu, não foi?

Katherine se levantou num tiro.

— O quê? — Robin perguntou. — Quer sair na porrada no hospital?

— Você é repugnante — Katherine disse, pegou a bolsa, olhou para mim como se me odiasse também e literalmente foi embora.

— Espere — eu disse e corri atrás dela. — Espere, Katherine.

Eu a segui até lá fora, mas ela estava andando muito rápido, sem se virar para mim, e eu só a alcancei quando ela já estava na calçada.

— Me deixe em paz, Tilly — ela disse, e ela estava chorando de verdade, e eu senti uma avalanche de emoções que eu não entendia me atacar e me enterrar, e aí eu não conseguia respirar e fiquei apavorada.

Eu a agarrei pelo braço, mas ela o puxou, e seu lábio inferior estava tremendo e lágrimas enormes caíam de seus olhos, e eu fiquei tipo: *Por favor, me deixe te abraçar*, mas ela se encolheu quando tentei tocá-la novamente e se afastou.

Acho que eu teria ido atrás dela, mas alguém me rechaçar com repulsa era algo novo, ainda por cima vindo de uma pessoa com quem estive nua mais cedo naquele dia, acho que nunca tinha sentido rejeição tão cruel.

Eu puxava o ar com força, mas sentia que não conseguia obter oxigênio suficiente para o meu corpo, então fiquei no meio da calçada, ofegante.

E como estamos em Londres e ser gentil está tão fora de moda, logo depois fui empurrada para o lado sem cerimônia nenhuma, e me senti devastada por causa de tudo e fiquei parada lá, encostada num muro, imaginando se alguém me ajudaria se eu desmaiasse.

Vi um táxi preto parar no ponto de ônibus e um homem de terno sair, e fiquei pensando: *Talvez ele me ajude*, e então percebi que era meu pai.

Ele fechou a porta e acenou para o motorista, aí ele olhou para mim, olhou de novo, e falou: "Tilly?", e eu corri até ele e o abracei, e tomei fôlego e inspirei o ar que finalmente pareceu me oxigenar. Mas também me fez chorar de novo.

Meu pai me abraçou e beijou minha cabeça.

— Está tudo bem, querida. Não se preocupe. Vai ficar tudo bem, prometo — ele disse, e me lembrei de ter ouvido isso quando Grace estava fazendo a cirurgia, e solucei.

Ficamos lá por um tempo, e então ele colocou o braço em volta de mim e nos levou de volta para o hospital, e quando Robin nos viu, elu se levantou e correu até nós.

— Desculpe ter gritado com a Cooper-Bunting, mas ela realmente me dá nos nervos — elu disse.

— Nem sei por que estou tão chateada — menti, e Robin me deu outro guardanapo de Natal.

— Ele está no melhor lugar, meninas — meu pai disse.

Então falei:

— O pronome de Robin é elu.

Ele pareceu confuso por um segundo, mas depois estendeu a mão para Robin e disse:

— É um prazer. Eu sou o Roger.

— Ah, meu Deus, sim, Roger. É um prazer conhecê-lo — Robin disse e apertou a mão dele com entusiasmo. — Belo terno, a propósito. Você por acaso sabe se a Royal Opera House tem uma cabeça de burro para nos emprestar para uma cena de *Sonho de uma noite de verão*? Espero que você vá nos ver, a propósito. É domingo.

Surpreendendo zero pessoas, meu pai disse:

— Ainda tenho que comprar os ingressos. — Mas aí ele falou: — Mas estarei lá.

Pensei n'*A vingança do Cupido*, aí peguei e falei:

— Merda, não coloquei o vídeo do flash mob on-line. Não fiz nada com o vídeo ainda. Está literalmente em casa, sem edição, ainda na câmera.

E Brian e todas as crianças da escola de teatro provavelmente estavam pensando: "Que porra que ela fez com o vídeo?".

— Podemos fazer isso quando sairmos daqui — Robin disse. — Eu te ajudo, se você quiser.

— Você não tem que ir pra casa?

— Um dia, claro, mas se eu puder ficar na sua casa, podemos fazer isso hoje à noite, aí podemos ir pro ensaio juntes amanhã, e talvez quando chegarmos lá, na hora do almoço, o vídeo já tenha viralizado.

— Não esqueça de avisar seus pais — meu pai disse. — Tenho que dizer que estou muito impressionado por como vocês estão engajados nisso.

— É por uma boa causa — Robin disse. — Principalmente agora que parece que ninguém dá a mínima para as artes. Não é como futebol. Então, temos que cuidar dos nossos. O Teddy fala que seus pais têm discutido com frequência sobre dinheiro desde que o pai dele foi demitido, e isso é uma droga.

Meu pai olhou para mim e deu um sorriso breve, mas de repente também ficou triste.

— É melhor garantir seus ingressos, Roger — Robin disse. — Porque a esta hora amanhã eles estarão esgotados, e aí você vai ter que comprar de algum cambista ou de algum site não confiável.

— Você realmente vende muito bem — ele disse.

— Faço várias coisas muito bem — Robin disse para ele.

Meu pai fez um gesto afirmativo com a cabeça demonstrando concordar e pegou o celular.

— É melhor eu resolver isso de uma vez

— Você é um homem sábio, Roger.

— Você vai mesmo? — perguntei.

— Por que não iríamos?

— Minha mãe também?

— Claro.

— Porque vocês não precisam ir.

— Tilly — ele disse e se inclinou para a frente na cadeira, olhando para mim já todo exasperado. — Nós vamos. Você está pálida. Você precisa beber alguma coisa? Ou quer um lanche?

— Não estou com fome.

— Eu vou querer um refrigerante, se você estiver oferecendo — Robin disse e apontou para a máquina de venda automática. Meu pai sorriu e se levantou.

Ele comprou um refrigerante para Robin e um para ele e uma bebida láctea de chocolate para mim, porque era o único sabor que tinha, e quando ele abriu a sua lata, disse:

— Faz anos que não bebo um desses. Ah, traz memórias.

— Espero que boas — Robin disse.

E, não sei por quê, a ideia de o meu pai fazendo algo diferente além de agitar os braços para a música fez eu me encolher.

— Por que você está aqui, a propósito? — perguntei, e ele disse:

— Sua mãe ligou pra dizer que você saiu de casa às pressas porque Teddy tinha caído do skate dele e que você estava aqui.

— Na verdade, ele caiu do meu skate — Robin disse.

— Aparentemente, Amanda e David estão lá em cima, e Teddy vai precisar de cirurgia — eu disse.

— Eu já liguei para o David — meu pai disse. — Eles sabem que estamos aqui.

Talvez uma hora depois, os pais do Teddy finalmente apareceram.

Amanda parecia ter tido um longo dia, mas quando nos viu, ela sorriu, e meu coração deu a batida mais forte até aquele momento.

Ela me abraçou e me segurou.

— Tudo correu muito bem — ela disse, passando a mão no meu cabelo. — Ele já passou pela cirurgia e está na sala de recuperação, mas eles querem que ele fique aqui durante a noite porque é muito tarde e ele está completamente exausto.

Então ela abraçou meu pai e Robin, e meu pai abraçou David também, e acho que foi a primeira vez que eles estiveram juntos no mesmo ambiente em mais de um ano.

Meu pai, Robin e eu fomos embora logo depois e caminhamos até a estação de metrô para ir para casa.

Eu não tinha recebido nenhuma mensagem de Katherine e ficava checando o celular a cada dois segundos e, quando chegamos em casa, depois de comer torradas à uma da manhã e ir para o meu quarto para editar o vídeo, Robin pegou e disse:

— O que aconteceu com Cooper-Bunting?

— O nome dela é Katherine — eu disse. — Acho que acabou. O que quer que fosse.

— Quer conversar sobre isso?

— Não.

— Por que não?

Eu olhei para elu.

— Porque não sei como conversar sobre esse tipo de coisa.

— Amor ou sexo?

— Estar triste.

— Saquei — Robin disse. — Tente um dia, talvez. Prometo que vou ouvir.

Fiz que sim com a cabeça, mas não consegui dizer nada porque senti que estava me afogando de novo, e então fiz a gente continuar editando o vídeo.

Acontece que trabalho muito bem quando estou com o coração partido, e lá pelas cinco da manhã o vídeo estava pronto, e ficou épico, e Robin e eu finalmente dormimos no meu lençol de sexo com Katherine, que era algo em que eu não conseguia parar de pensar.

Meu celular apitou às cinco e meia.

Era o Teddy.

Para sua informação, fiz uma cirurgia porque caí de skate,
mas tô bem. Para sua informação também, agora sei que Grace não teve
medo, e nem sabia que estava morrendo, porque
você literalmente não sente nada quando está na cirurgia.
Te amo, tchaaaauuuuu.

— O que foi? — Robin perguntou.

— É o Teddy.

— Ele está bem?

— Ele já te contou sobre a nossa amiga Grace? — perguntei.

— Aham — Robin confirmou, então segurei o celular na frente delu.

— Isso é, sei lá, fofo?

— É, né? Ele também está cheio de morfina, certo? — elu sussurrou e nós rimos. — A propósito, desculpe por ter sido horrível com Cooper-Bunting, desculpe, Katherine.

— Tudo bem.

— Não, não está tudo bem. Acho que ela não teve a intenção de enganar Teddy. Mas enganou.

Engoli em seco.

— Sei que não é culpa dela ele ter se machucado — Robin disse.

— Não, não é.

— Você realmente ama ela?

— Não sei — respondi, mas era mentira, porque eu amava.

E sabe quando as pessoas dizem que estar apaixonado é o melhor sentimento do mundo?

Elas estão mentindo.

CENA 2

Robin e eu estávamos tomando café da manhã logo depois das dez quando Teddy entrou pela porta dos fundos.

Ele parecia uma nova pessoa, de banho tomado e radiante, com o braço em uma tipoia, e quando olhamos para ele boquiabertes, ele ficou tipo: "O que foi?".

Robin levantou primeiro e deu um abraço nele, depois pediu desculpas por abraçá-lo, e abraçou de novo, e aí foi a minha vez.

— Você não se parece com alguém que precisou ter a clavícula consertada manualmente por dentro doze horas atrás — eu disse.

— Ah, as maravilhas da medicina moderna — Teddy respondeu e se sentou. — Acabei de assistir e compartilhar o vídeo do flash mob. Ficou excelente.

— Obrigade — Robin disse. — Trabalhamos a noite toda.

— Acho que já tem mais de cem visualizações.

— Espero que todo mundo compre ingressos agora.

— Acho que Olivia vai ser uma estrela — ele disse. — Ela tem tanta energia.

— Acho que a coisa toda ficou incrível — eu disse.

— E uma galera está repostando o vídeo nos stories do Instagram e marcando umas as outras nele, o que é ótimo — Teddy disse.

— Aposto que vocês vão precisar estender a temporada no West End — eu disse, e nós rimos.

Fiz uma torrada com bastante geleia para o Teddy. Ele se sentou e disse:

— É uma droga quando você é adolescente e está no hospital, porque eles obviamente não querem colocar você com as crianças, mas aí você fica com pessoas idosas, e algumas delas estão literalmente morrendo, e todo mundo está gemendo, roncando e peidando. Fiz amizade com um cara legal chamado Barry. Ele caiu da escada. Quebrou a perna em três lugares.

— Ai — Robin e eu dissemos ao mesmo tempo.

— É, ele não estava feliz.

— E você? — perguntei.

— Estou bem. Melhor agora que tudo está consertado. Cansado. — Ele deu uma mordida enorme na torrada, mastigou, engoliu. — Mas vou ter que dizer ao Brian que estou fora. Acho que não consigo me concentrar em Shakespeare, pra falar a verdade.

— Cooper-Bunting vai ter um troço — Robin disse, e não tenho certeza se elu não ficou um pouco satisfeite com isso.

— Sério? — perguntei para o Teddy. — Você não conseguiria só se sentar lá no palco e dizer as palavras?

Ele olhou para mim e eu fiquei tipo: *Entendi.* Porque não se tratava do ombro. Mas sim do coração dele.

O pedaço de torrada que engoli pareceu seco o suficiente para rasgar meu esôfago.

Robin olhou para mim e eu olhei para o meu prato.

— Ela vai superar — eu disse. — Ela ainda tem Lady Macbeth, de qualquer maneira.

E então lembrei que literalmente vi o orgasmo dela, e senti como se alguém andasse sobre o meu túmulo.

Teddy olhou para mim e eu me senti culpada e excitada e envergonhada.

— Sabe, Tills, você poderia ser eu — ele disse.

— Essa é a melhor ideia de todas! — Robin disse, e levantou os dois braços, triunfante. — A peça toda é sobre enganação de gênero, então por que não uma menina interpretar um menino, e uma menina interpretar uma menina que está interpretando um menino? MDS, esse é o sonho mais gay de todos os tempos. E eu estou usando gay em seu sentido original aqui, que é alegre, porque isso é felicidade pura! Vou mandar uma mensagem para o Brian agora mesmo. Além do mais, as roupas que comprei para o Teddy vão caber perfeitamente em você, Tilly, então não tem problema. E sem querer ofender, também.

— Não ofendeu — Teddy disse. — Minhas pernas são compridas. E obviamente tá rolando alguma coisa entre você e Katherine, então... — Teddy disse, e eu engoli em seco.

— Não é o que você pensa — menti, e honestamente nem sei por quê.

O telefone de Robin vibrou.

Elu leu a mensagem.

— Ótimo, resolvido, então — elu disse e desligou o celular. — Brian desejou melhoras.

— Calma aí. Eu não vou ser o Teddy — eu disse. — Sem chance.

— Por que não? É literalmente uma cena. E você já sabe as falas.

— O problema não são as falas. Não quero estar no palco. Tipo, nunca.

— Qual é, Tills, são três minutos da sua vida — Teddy disse.

— Não. Teddy...

— Faça isso pela Katherine — ele disse.

— Agora eu já falei com o Brian — Robin disse.

— Faz tempo que quero te perguntar: como você conhece o Brian? — Teddy perguntou.

— Somos vizinhos. Ficamos mais próximos durante a pandemia. Porque, você sabe, o Malcolm ficou no hospital tanto tempo. Brian ia sempre jantar lá em casa.

— Malcolm é real? — perguntei.

— Por que não seria?

— Sei lá. Quero dizer, nunca vimos o cara.

— Ele estava literalmente lá ontem.

— Onde?

— Ele estava cantando com o Brian. Você filmou ele.

— Não! O cara de terno?

— Sim.

— Achei que ele era um avô muito bem-vestido ou algo assim.

— Não, ele é uma diva velha e extravagante — Robin disse. — Mas enfim, Tills, você vai ter que fazer isso.

Elu olhou para mim, aí Teddy olhou para mim, e ele estava todo machucado e ferido e cansado e limpo e macio, e pensei na camiseta dos Ursinhos Carinhosos dele arruinada, e aí imaginei Grace sentada à mesa conosco, comendo torrada, com geleia na boca e nos dedos, dizendo: “E aí, o que vai ser, Matilda?”, então peguei e falei:

— Tá, tudo bem, vou fazer.

Não muito tempo depois, eu me vi provando figurino, de pé sobre as obras completas de William Shakespeare fazendo as vezes de banquinho, com Robin ajoelhada aos meus pés fazendo a barra de uma calça de montaria usada, no canto do clube de Clapham.

— Mesmo se você subir a barra, a parte esquisita de couro que deveria estar na parte de dentro dos meus joelhos estará literalmente ao redor dos meus tornozelos — choraminguei.

— Isso vai sair de qualquer maneira — Robin murmurou segurando os alfinetes na boca.

Eu me abanei com o roteiro.

Apesar de a parte interna do clube ser sempre fresca, pois não tinha janelas, eu sentia que não conseguia respirar.

O fato de Katherine ter ficado completamente na defensiva não ajudava.

E esse é o meu maior ranço com *fanfic*.

Elas até podem te ensinar uma coisa ou outra sobre cunilíngua e as melhores práticas durante #AmigosParaAmantes, mas todas as histórias supõem que o restante da vida sexual do casal é vivida nesse estado turvo de contentamento, e a verdade é que não é isso o que acontece.

Eu estava secretamente rezando para que Brian não tivesse tempo para passar a nossa cena, apesar de ele ter dito que passaria porque: "Tilly vai precisar de ensaio extra, já que nunca esteve no palco, o.k.?". Ele também disse isso de um jeito um pouco passivo-agressivo. Sabe, como se as pessoas dos bastidores fossem criaturas inferiores.

Ele estava trabalhando com o Fantasma da Ópera e a esposa, que devem ter tido alguma discussão mais cedo naquele dia, porque soavam agressivos cantando a música esquisita de *Bonita e valente*, alegando: "Tudo o que você pode fazer, eu posso fazer melhor".

Quando a voz da esposa falhou em um momento inconfundível de raiva da vida real, Brian bateu palmas e disse:

— Obrigado. Chega por hoje. E quando vocês voltarem amanhã, posso pedir para que deixem seus problemas pessoais na porta? Isso não se trata de vocês dois, e sim de Annie Oakley e Frank Butler.

Olhei para Katherine e ela olhou para mim, e eu não consegui saber o que ela estava pensando, o que era ainda mais irritante/doloroso agora que tínhamos transado.

Notei mais uma vez que seus olhos estavam azuis.

Engraçado como a gente sabe as coisas e depois percebe tudo de novo.

Engraçado também como isso pode causar uma dor aguda no seu plexo solar.

— Tilly! Katherine! — Brian gritou e bateu palmas, e eu fiquei tipo: *Por favor, não.* — A primeira coisa de amanhã vai ser o ensaio de vocês duas, e depois vão ser Maeve e Miroslaw, e depois Katherine sozinha após o intervalo, e o restante de vocês faz a prova com Robin, e assim que terminarem podem vazar.

— Lembrem de trazer seus figurinos. Os sapatos também. Quero ver tudo — Robin acrescentou.

— Vamos ensaiar duas vezes na quinta-feira — Brian anunciou. — Portanto, se preparem. Vamos trabalhar no que precisar ser trabalhado na sexta. Vocês têm folga no sábado, mas preciso de vocês cedinho no Criterion no domingo, entendido? A porta do palco abre às dez e todo mundo precisa se registrar, e quero vocês lá, prontos para trabalhar, às dez. Teremos um camarim, e então começaremos o ensaio técnico. Agora, o ensaio técnico não é pra vocês, é para a equipe, e ele é longo e tedioso, e não quero ouvir um pio de reclamação. Ninguém está sendo pago e temos muita sorte de poder usar um teatro tão tradicional. Levem comida e água.

— Parece sério — eu disse para Olivia, que tinha mudado de lugar para ficar ao meu lado e usava um espartilho que fazia seus seios ficarem tão grandes quanto a minha cabeça.

— Tão sério quanto a entrada inesperada de Cooper-Bunting no time do Adão e Ivo, e não no do Adão e Eva — ela respondeu.

Olivia ainda estava impassível, e todo mundo olhou para nós, bem, para mim, porque é claro que ela não mexeu o rosto, e eu olhei para Katherine, e não sei por que eu ainda achava que tinha sido engraçado quando ela olhou para mim como se eu fosse a pior pessoa do mundo, então peguei e falei: "Com licença", e fui ao banheiro, onde me olhei no espelho e não consegui parar de rir.

Tipo, eu estava completamente histérica.

Foi tipo aqueles vídeos que você assiste no YouTube quando os âncoras simplesmente não se aguentam e eles têm que colocar propagandas, ou a previsão do tempo, alguma coisa, porque a pessoa não consegue se recompor, tipo, de jeito nenhum.

Ouvi pessoas saindo e fiquei no banheiro, e finalmente a porta se abriu e Olivia entrou, sem o espartilho, mas com com seu uniforme da livraria.

— Colega, qual o seu problema? — ela perguntou, mas agora estava sorrindo.

— Estou me acabando de rir aqui — respondi e enxuguei os olhos com papel higiênico, que se desmanchou e grudou nos meus cílios, o que desencadeou outra rodada de histeria.

— Não acredito que você transou com Cooper-Bunting — Olivia disse. — Robin me mandou mensagem na hora. Óbvio.

— Obviamente — eu disse e tossi. — Acho que tudo tem sido um pouco demais ultimamente.

Ela pegou sua nécessaire gigante de maquiagem e começou a reaplicar literalmente tudo.

— Tenho 73 novos seguidores no Insta — ela disse.

— Por causa do vídeo?

— É, colega. Obrigada por me deixar tão bem na fita.

— Você é muito boa mesmo — eu disse para ela.

— Mas eu sou boa o bastante?

Olhei para nossos reflexos.

— Essa não é a pergunta que todo mundo faz sobre tudo o tempo todo?

— Você realmente foi lá embaixo na Cooper-Bunting? — ela perguntou, com uma expressão de nojo no rosto, e de novo comecei a rir tanto que achei que ia vomitar.

CENA 3

Quando Olivia e eu finalmente saímos do banheiro, todo mundo já tinha ido embora, menos Brian, Charles e meu avô.

— Pronto pra ir? — perguntei, e meu avô disse:

— Não sabia que você vinha me buscar, Sarah.

— Vamos pra casa — eu disse. — Você precisa usar o banheiro antes de a gente pegar o ônibus?

— Suponho que eu poderia ir, não é? Melhor prevenir do que remediar — ele disse, abriu a porta do banheiro masculino e entrou.

Olhei para Charles, e ele pegou e falou:

— Minha falecida esposa tinha demência. Conheço bem a doença.

— Sinto muito — eu disse. — Não sabia.

— O único consolo pra mim foi que, no final, só é difícil para a família. A demência tira a pessoa de você pouco a pouco, e aí, num belo dia, eles simplesmente se foram, mesmo que ainda estejam sentados ao seu lado. E você gostaria de poder voltar no tempo, mesmo que apenas por cinco minutos, para quando eles ainda estavam lá, pra dizer uma última vez que você os ama.

— Sinto muito mesmo — eu disse novamente.

— Não, eu sinto muito — ele disse e sorriu para mim, e eu quase não aguentei. — Você tem tudo isso pela frente ainda.

Engoli em seco.

— Minha esposa nunca quis ser um incômodo. E não foi. No entanto, foi difícil, mas nunca um fardo.

— Como você lidou com isso?

— Não lidei — ele respondeu, e juro que ele ficou todo choroso, e eu fiquei tipo: *Por favor, não chore na minha frente,* porque ver pessoas idosas chorarem é literalmente a pior coisa. — Ela teve que ir para um lar no final. Eu não podia cuidar dela. Veja, eu sou sozinho. Nossa filha mora na Nova Zelândia. Eu não gostaria de sobrecarregá-la, de qualquer maneira.

— Acho que não vamos poder cuidar dele quando eu voltar para a escola e ele ficar pior — eu disse.

— Não é vergonha nenhuma pedir ajuda — Charles disse. — Eu tive que aprender da maneira mais difícil.

— Sério?

— Eu adormeci à tarde, porque sempre tirávamos uma soneca à tarde, e quando acordei, ela não estava lá. A porta da frente estava aberta. A polícia a trouxe pra casa seis horas depois. Ela estava sem casaco, e era inverno, e ela tinha ido para o parque e estava conversando com os pombos. Sem identificação, sem nada, só de camisola. Isso faz você se perguntar o que há de errado com as pessoas que não ajudam uma mulher idosa perambulando pela rua só de camisola no meio de um dia de inverno.

A porta do banheiro se abriu e meu avô saiu.

— Pronto pra pegar o ônibus? — perguntei, e ele confirmou.

— Vou acompanhar vocês — Charles disse, e deu um tapinha nas costas do meu avô.

— Você se lembra de quando fomos para Nova York? — meu avô perguntou a Charles.

— Não, não me lembro — Charles disse, mesmo sendo óbvio que não foi ele quem foi para Nova York.

— Claro que lembra — meu avô insistiu. — Nós vimos Yo-Yo Ma no Kennedy Center. Foi maravilhoso. Mas eu nunca gostei dos banheiros americanos, sabe. Quando você dá descarga, a sucção é muito violenta. Você lembra.

— Lembro sim, Douglas — Charles disse. — Lembro sim.

— Instrumento engraçado, o violoncelo — meu avô disse.

— É mesmo — Charles disse, e então ele esperou comigo até nosso ônibus chegar e disse: — Quer que eu vá com você?

— Não, obrigada, acho que está tudo certo.

— Você tem ajuda em casa? — Charles perguntou.

— Mais ou menos.

— Lembre-se, não é vergonha nenhuma pedir ajuda, Tilly.

— Obrigada.

— Até amanhã, Douglas — Charles disse e deu um tapinha nas costas dele.

— O.k., então. Até amanhã, pai — meu avô disse para Charles e entrou no ônibus.

Eu o fiz se sentar no assento da janela e me sentei no corredor, e ele não falou o caminho inteiro, apenas ficou sentado lá, observando o mundo passar e cantarolando aquela música de *Camelot*.

Enganchei o braço no dele, e sei que ele provavelmente pensou que eu era a minha avó, mas não importava, porque o que importava era que estávamos no ônibus juntos, curtindo a companhia um do outro.

Peguei meu celular e disse: "Vamos tirar uma selfie para Emilin", e ele se reposicionou e sorriu, e nós ficamos literalmente superfofos. Fora o fato de eu ter chorado de rir e parecer um pouco acabada no geral, mas o sorriso era real.

Emilin respondeu imediatamente: Beijos.

Jantamos, Rachmaninoff chegou e meu avô nos contou a história sobre ele não ter dentes novamente.

Tomei banho e rastejei para a cama, e juro que senti como se estivesse acordada há semanas.

Assisti mais uma vez ao nosso vídeo no YouTube, o que deixou minha alma muito feliz por um momento porque ficou realmente incrível.

Queria mandar uma mensagem para o Teddy e queria mandar uma mensagem para a Katherine, mas não queria parecer carente, então acabei mandando para Robin.

Nosso vídeo tem mais de mil visualizações. Que loucura.

Honestamente, acho que já assisti umas cem vezes. E posso apostar que Cooper-Bunting e Olivia também.

Sim, mas isso não faria chegar a mais de mil.

Ninguém nunca vai te amar do jeito que você ama a si mesma.

MDS, isso é tão deprimente.

Por quê?

Porque eu literalmente me odeio agora.

Não odeia.

Odeio sim.

Por quê?

Sei lá. Acho que Katherine não está falando comigo, e tudo está uma grande bagunça.

Você sabe o que dizem sobre sexo arruinar as coisas.

Mas por que tinha que arruinar as coisas literalmente na primeira e única vez que transei?

Quem disse que a vida é justa? Teve notícias do Teddy?

Não, por quê?

Só perguntando. Também não tive.

Ele deve estar dormindo.

Sim. O sono cura. É por isso que colocam as pessoas em coma induzido.

Quero isso.

Acho que não é algo que a gente pode solicitar.

QUERO ISSO.

Talvez meditar ou algo assim.

Meditação me deixa ansiosa.

Sinto muito por você estar triste por causa da Cooper-Bunting.

Tá tudo bem.

Sei que não tá e te entendo. Boa noite.

Bj.

Bj.

Caí no sono surpreendentemente rápido, mas acordei às duas por causa de um sonho estressante em que eu estava de pé no topo de uma colina, pronta para me jogar em uma ravina, e quando pulei, eu acordei, e estava com a adrenalina tão alta que só consegui voltar a dormir quase às seis.

Às oito e quinze alguém bateu na minha porta e eu me sentei na cama, de novo, com o coração batendo para fora do peito e ansiosa pra caralho.

— Tilly? Tá acordada? — meu pai perguntou. — Posso entrar?

Fiquei pensando se os pais conseguiam adivinhar que você tinha lençóis de sexo, mas peguei e falei:

— Tô, pode entrar.

Seu rosto surgiu, mas seu corpo ficou do lado de fora no corredor.

— Acabei de falar com um colega que concordou em te emprestar a cabeça do Bottom.

— Desculpa, o quê?

— A cabeça do Bottom — ele repetiu, e sabe quando os professores estão tentando esclarecer algo para você repetindo exatamente a mesma coisa, mas mais alto? — O burro. *Sonho de uma noite de verão.* Lembra que Robin pediu? Você pediu.

— Ah, meu Deus, sim — eu disse e me sacudi para acordar.

— Se quiser, pode ir lá buscar. Temos uma matinê hoje, mas podemos ir mais cedo e eu posso autorizar sua saída com a cabeça.

— Ah, meu Deus, sim — eu disse de novo e desconectei o celular do carregador. — Vou mandar uma mensagem para Robin. Elu pode ir? Por favor, pai, isso literalmente seria a melhor coisa do ano pra elu.

— Por mim, tudo bem. Desça quando estiver pronta. Peça a Robin para nos encontrar na porta do palco.

Enviei uma mensagem para Robin, que enviou uma mensagem de voz na hora que era basicamente só elu gritando, e então desci para fazer uma xícara de chá rapidinho.

Meu avô estava sentado no jardim usando calça de terno e camiseta, e eu vi minha mãe posicionando o guarda-sol para ele ficar na sombra.

— Ele está bem? — perguntei.

— Ele não está bem hoje, Tilly. E sua mãe vai dar aula de casa para que ele possa tirar o dia de folga.

— Tem certeza? — perguntei.

— Você também pode tirar o dia de folga.

— Ah. É que... não me importo de ficar aqui.

— Não, Tilly, você tem ensaio — ele disse.

— Vou mandar uma mensagem para o Brian sobre o vô — eu disse. — Hoje só vamos ensaiar as cenas, de qualquer maneira.

— Tilly, não sei se é bom pra ele, sabe. Todo esse estresse.

— Pai, ele não está estressado. Ele está amando. Ele tem amigos lá. *É* bom pra ele. Além disso, agora não podemos fazer sem ele, ele é parte da companhia. Vamos até incluir ele no programa.

E assim que eu disse isso, fiquei tipo: *Merda, todo mundo vai pensar que eu sou Theodore Booker porque o nome dele está no programa*, e aí fiquei tipo: *Preciso mencionar isso?*, e então peguei o celular e enviei a Brian a mensagem mais incoerente de todos os tempos.

— Acho que vocês deveriam ter um plano B — meu pai disse, me observando digitar. — Em relação ao seu avô. — E foi literalmente a coisa mais estranha de todos os tempos ouvi-lo dizer essas palavras, porque minha mãe, meu pai e Emilin eram pessoas que não estavam acostumadas a ter que considerar um plano B. Bem, exceto durante a pandemia, quando tiveram que trabalhar de casa e minha mãe se tornou uma espécie de guru do balé para pessoas que estavam entediadas o suficiente para fazer as aulas e que também tinham uma cozinha grande o suficiente para isso.

Minha mãe entrou, colocou um pouco de cereal integral em uma tigela e pôs um tiquinho de leite por cima.

Meu pai e eu a observamos, e ela deve ter percebido nosso espanto porque pegou e falou:

— Para o seu avô.

— Ele não gosta desse cereal — eu disse. — Ele come Sucrilhos.

Minha mãe meio que se contraiu e eu peguei a tigela dela.

— Obrigada — eu disse, coloquei mais leite e comecei a comer.

— Você não acha que é muito engraçado o fato de Shakespeare ter chamado a pessoa que ia ser transformada em um burro de Bottom? Tipo, Bottom, bunda em inglês?

Minha mãe e meu pai se entreolharam, depois olharam para mim e de novo um para o outro.

— Você só descobriu isso agora, não é? — meu pai perguntou, e eu fiquei tipo: *Como assim?*

CENA 4

Você precisava ter visto a cara que todo mundo fez quando Robin e eu entramos com aquela cabeça de burro enorme.

Na verdade, você precisava ter visto a cara das pessoas no metrô quando embarcamos.

Porque, obviamente, quando você tem uma cabeça de burro em sua posse, você não vai deixá-la vedada, em sua embalagem protetiva, você vai libertá-la e começar a tirar selfies na hora.

Quando atravessamos as portas do clube com a cabeça, Olivia, Katherine e Miroslaw já tinham visto nossa publicação no Insta, mas Brian literalmente gritou de alegria, levou as mãos ao peito, caiu de joelhos e nos agradeceu por conseguir algo "tão absolutamente maravilhooooooso", e aí ele chorou de verdade. Sabe, como aquele juiz no programa de talentos que sempre chora quando alguém canta muito bem ou algo do tipo.

Miroslaw abriu os braços para receber seu figurino e disse:

— Que burro bacana.

— E seu personagem se chama Bottom. Você se ligou disso? Bottom, bunda. É hilário — falei.

E então Miroslaw disse:

— Sim, é um jogo de palavras. Aprendi isso na aula de inglês na Polônia.

E sabe quando você fica tipo: *Certo, eu sou a burra.*

Ele colocou a cabeça de imediato, e então Maeve insistiu em experimentar também, aí colocamos a cabeça em Brian, e meia hora depois eu estava tipo, isso pode dar muito errado, tipo, imagine as manchetes: "Surto de covid na sociedade de teatro amador depois que uma dúzia de atores enfiou a cabeça dentro de um burro".

Robin ficou tão empolgade com tudo que imediatamente mudou de ideia para o figurino da cena, tornando-o mais "moderno" (também conhecido como gay — em todos os sentidos da palavra), e Maeve apoiou cem por cento, o que me fez perceber mais uma vez que nem todas as pessoas idosas eram cabeça-dura.

Robin disse que queria que Miroslaw usasse um shortinho justo, mas que ele também poderia usar a camiseta preta sem manga que sempre usava e suas botas, e Miroslaw disse:

— Todo mundo vai saber que eu sou homossexual, não?

— Sua mãe ficará muito orgulhosa — Robin respondeu.

Tiramos fotos para os stories do Insta e enchemos de hashtags, adicionando o link para o flash mob. Nós literalmente tiramos fotos ótimas, algumas só de Miroslaw, algumas de Robin colocando a cabeça nele e fingindo pentear o pelo artificial, aí tiramos uma de Maeve e Miroslaw fingindo estar no meio da cena, e tiramos uma de Maeve e Miroslaw rindo com #falhanossa.

Quando a histeria geral diminuiu, Brian chamou Katherine e eu ao palco para a nossa cena, e eu me senti como um daqueles jumentos que mostram na televisão andando com as pernas bambas, literalmente desmoronando sob o peso de todas as coisas que estão carregando, e então a narração diz: "Você tem cinco libras para ajudar Trevor e seus amigos burros?", e porque você está triste, mas também não tem cinco libras, muda rápido de canal.

Sentei no tronco de árvore falso caído e observei Katherine se aproximar.

E se você acha que é esquisito estar perto da pessoa com quem você transou, que se afastou do seu toque nem cinco horas depois do lado de fora do hospital e não falou com você desde então, imagine como foi esquisito estar em um palco com a pessoa, tendo que deixar a vida real de lado porque vocês estavam lá para ser pessoas diferentes.

Fiquei tipo: *espero que ela tenha aprendido a nunca ter um caso com um colega de cena, porque imagine fazer isso e depois ter que ensaiar durante um ano no West End, ou, pior, ter que trabalhar sete anos em algum programa de tv com a pessoa.*

E imagine ter que olhar nos olhos dessa pessoa e ela dizer: "Mas você está tão apaixonado quanto suas rimas dizem?" (quando você literalmente a viu nua, e tudo dentro de você está tipo, suspirando) e ter que responder: "Nem rimas nem a razão podem expressar o quanto".

Brian nos interrompeu a cada dois segundos e disse:

— Você precisa ouvir o que a outra pessoa está falando. O público não tem como saber que você já disse essas falas mil vezes. Eles precisam pensar que esta é a primeira vez que vocês estão tendo essa conversa. De novo desde

"O amor é apenas uma loucura", e Katherine, meu amor, lembre-se que Rosalinda também está apaixonada. Não é só o coitado do Orlando.

Eu sei que a coisa toda foi dolorosa para mim de muitas maneiras, e deve ter sido doloroso assistir porque Brian literalmente nos dispensou vinte minutos depois dizendo:

— Chega por hoje. Vou trabalhar com a Katherine na peça escocesa agora.

Fui ao mercado com Miroslaw.

Ele pediu um combo e eu peguei um iogurte de banana para mim, um refrigerante para Robin e um suco para Olivia.

Quando voltamos e vi Katherine no palco, de repente me ocorreu que, agora que eu precisava estar na apresentação, não tínhamos ninguém para filmar.

Quando pedi a Robin para fazer isso, elu disse:

— De jeito nenhum, tenho que ficar nos bastidores. E se alguém arrebenta um botão?

— Ninguém vai arrebentar um botão. E quem liga se um botão arrebentar?

— Eu ligo. Estou no programa como a única pessoa do figurino. As pessoas vão botar a culpa em mim.

— Ah, meu Deus, ninguém vai arrebentar um botão.

— Falando de programa — Maeve, que estava provando o figurino, disse —, vamos ter que tirar Theodore. Será que é tarde demais?

— Maeve, solte o ar, não consigo desabotoar sua roupa — Robin disse.

— É porque meus seios são grandes — Maeve disse e riu. Ela balançou os seios grandes e observou as partes visíveis acima do espartilho sacudirem.

— Veja, tenho que ajudar Maeve mudar disso para o vestido do "Send in the Clowns". Ela não pode continuar cantando vestida como a vadia da Titânia, pode? Isso seria dramaticamente confuso.

— Ahhhh — Maeve soltou o ar e foi quase uma nota cantada. — Seria dramaticamente diferente. Mas consigo ver Titânia em Desirée e vice-versa. Será que sou atriz de um papel só?

O gancho superior do espartilho escapou, e Maeve respirou fundo.

— Melhor. Brian! — ela gritou, interrompendo a cena de Katherine Cooper-Bunting. — Tenho a sensação de que peguei papéis iguais e não gosto disso.

— O quê? — Brian perguntou e tirou os óculos para olhar para ela do outro lado do salão.

— Eu disse que peguei papéis iguais.

— Você tem sorte de eu ter te escalado sabendo o grande pé no saco que você é. Agora, deixa eu continuar. E pelo amor de Deus, guarde os seus seios.

— Você vai ter que mudar o programa, está sabendo? — ela disse. — Porque a Tilly agora é o Theodore. Você entendeu.

— Já fiz isso — ele disse e colocou os óculos de volta. — Mandei imprimir as inserções. Sério, mulher, não sei por que te mantenho por perto. Mas se quiser ser útil, você pode pegar os programas no domingo de manhã. Vou tomar café da manhã cedinho na cidade com o Malcolm.

— Ah, você é tão romântico que me dá ânsia de vômito — Maeve disse. — Não posso pegá-los. Estarei no norte de Londres no sábado à noite.

— Alguém que tem carro estaria disposto a pegá-los? É no final da rua. — Brian perguntou e olhou em volta, e Katherine parecia muito irritada por sua cena ter sido invadida.

— Nós podemos pegar — Miroslaw disse. — Meu pai vai me levar ao teatro.

— Obrigado, meu amor — Brian disse. — Já está pago. Mas eu vou te dar o recibo.

— Você poderia pelo menos me convidar para o café da manhã com você, Brian — Maeve disse enquanto ajeitava os seios de volta no sutiã.

— Tudo bem — ele disse. — Venha para o café. Temos uma reserva às oito no Sofitel.

— Uh, chique.

— Maeve...

— Desculpe, continue. Desculpe, Katherine, querida.

Enquanto eu os observava, fiquei tipo, isso é literalmente Teddy e eu daqui a cem anos. E então eu me perguntei se Brian já tinha transado com um homem que Maeve gostava ou vice-versa e, se sim, como a amizade deles superou isso.

— Vamos ter que pedir para o Teds filmar — eu disse para Robin.

— Com um braço?

— Merda.

— Podemos pedir para o pai de Katherine. Afinal, a câmera é dele.

— Mas ele nunca usou a câmera pra filmar os outros, só pra filmar a si mesmo fazendo um sermão.

— Você só não quer perguntar pra ela — Robin comentou corretamente, o que me irritou. Ergueram um lençol para Maeve se vestir atrás dele, mesmo que fosse tarde demais para ser recatada.

— Não estou falando com ela no momento.

— Ah, não, vocês brigaram? — Maeve perguntou.

— Não exatamente — eu disse.

— Ah, a vida é muito curta pra isso. Apenas se beijem e façam as pazes.

Robin olhou para mim, sorrindo, e eu olhei para Maeve e senti uma tristeza monstra no fundo do estômago, e então Maeve pegou e disse:

— Ah. Ah, querida. Bem, há muitos outros peixes no mar. Encontraremos um pra você. Mas deve ser difícil ver seu amigo com ela. Sinto muito.

Olhei para Robin, tipo: *Me mate*, porque o que Maeve pensou que estava acontecendo definitivamente não estava acontecendo. Falar sobre as pessoas supondo que Katherine era hétero.

Eu não trouxe o assunto da filmagem à tona novamente — Katherine fez isso. Mas não sem antes se jogar no papel de Lady Macbeth, e enquanto eu a assistia, finalmente entendi o que minha mãe, meu pai, Emilin e meu avô falavam, porque não importavam as decepções ou dificuldades pessoais que aconteciam na vida real, você tinha que trabalhar mesmo assim.

E era muito injusto que Katherine pudesse se jogar no trabalho com tanta facilidade enquanto eu estava no mundo real com uma tristeza que mal conseguia descrever.

— Tenho certeza de que encontraremos um voluntário disposto a filmar — Brian disse para Katherine, sendo todo desdenhoso, o que a tirou do sério, e ela pegou e disse:

— Qual é o objetivo de todo o nosso trabalho duro se não vamos filmar?

— Isto não é televisão, meu amooooor — Brian disse.

— Mas nós dissemos que íamos filmar, e quero muito isso, caso eu precise de uma gravação de portfólio no futuro, e todos nós trabalhamos muito — Katherine insistiu.

— Vamos encontrar alguém — Brian disse e revirou os olhos, o que ela obviamente odiou. — Mas, antes de tudo, esta é uma apresentação ao vivo, então me desculpe por colocar todo o meu tempo e energia só nisso.

Ela cruzou os braços e se recostou na cadeira.

Ela ficava linda quando estava brava.

Fiquei por ali enquanto as pessoas iam embora porque queria falar com Brian sobre o meu avô.

Ele disse para eu não me preocupar, que se o bicho pegasse mesmo, ele poderia "dar uma ligada pra Nora", pois tinha certeza de que ela viria nos acudir.

Na saída, entrei no banheiro e meu coração literalmente parou, porque Katherine estava parada ali, encostada na pia, claramente esperando por mim.

— Você pode perguntar ao seu pai se ele nos filmaria? — perguntei, porque essas eram as únicas palavras em minha mente que faziam sentido. — Assim ele nem vai precisar comprar ingresso.

Ela olhou para as próprias mãos. Olhou para mim. E abriu a boca para dizer algo quando...

— Tem alguém aí dentro? Estou trancando tudo — Brian gritou.

Nós duas nos encolhemos.

— Só um minuto — gritei de volta. Katherine levou a mão ao peito e riu.

— Ele quase fez eu ter um ataque cardíaco.

— Eu também — eu disse e respirei fundo. — Posso só dizer que entendo que as coisas mudam. Mas ainda acho você linda.

Ela fez uma expressão como se eu tivesse dito algo muito complexo e então disse: "Tilly...", mas eu não deixei ela terminar, porque realmente não importava.

Eu não queria ter essa conversa. Se tivesse que acabar, queria que terminasse gradualmente. Até a gente não perceber que não estava mais lá, sabe, e aí um dia simplesmente não existe mais, e quando você pensa no assunto, sua primeira emoção não é mágoa.

Corri para fora e felizmente o ônibus estava subindo o morro, e comecei a correr em direção ao ponto de ônibus com o braço esticado, sinalizando para o motorista que eu queria subir.

Quando me sentei, irrompeu um suor quente por causa da corrida e um suor frio que vinha da devastação absoluta que era um coração partido.

Eu me concentrei na minha respiração. Inspira, expira, inspira, expira. Mas mesmo assim chorei.

— Eu te odeio — eu disse para o amor.

CENA 5

Naquela noite, me sentei no meu quarto em frente ao espelho e falei: "O que mais poderia dar errado?", que é uma pergunta que você nunca deve fazer.

Tudo estava quieto. Tipo, ninguém estava me mandando mensagem.

E o tempo realmente se expande quando você está esperando por algo, mesmo quando a gente não tem certeza do que está esperando, e foi por isso que decidi stalkear todos os meus amigos individualmente.

Entrei nas minhas conversas no WhatsApp e verifiquei se eles estavam on-line, o que provavelmente foi o mais baixo a que já cheguei, levando em consideração o estado da solidão que sentia e o desespero para superá-la.

Num dado momento, os pais de Teddy vieram, e eu ouvi minha mãe apresentá-los oficialmente ao meu avô, e então todos se sentaram lá fora e muito, muito mais tarde, quando meu pai chegou em casa, eu ouvi todo mundo rindo e fazendo brincadeiras, o que foi bom, sabe, porque eles eram literalmente melhores amigos antes de se desentenderem por causa de uma coisa que não era culpa de ninguém.

Ouvi copos tilintando e alguém tocou *A cotovia ascendente* no piano e, de repente, eles pareciam um bando de idiotas bêbados assistindo a uma partida de futebol.

Vi os stories de Robin no Insta delu costurando pontinhos coloridos no espartilho de Maeve e comentei, tipo, em todas as fotos, mas elu simplesmente curtiu e não respondeu.

E, do nada, apareceu uma foto do Teddy nos stories de Robin.

Ele estava sentado na cama delu, feliz.

Minha reação inicial foi fazer um comentário, mas não porque eu queria, e sim porque achei que precisava, porque tinha comentado em todas as outras postagens e elu não precisava saber que isso fez eu me sentir ainda mais solitária do que cinco minutos atrás.

Tentei todos os tipos de respostas, de emojis de coração a exclamações tipo "Ainn!".

A questão é que, mesmo quando você posta coisas assim e as palavras e imagens significam o que significam, é bobagem, né, e todo mundo sabe que você está mentindo.

Meus braços, minhas pernas e pálpebras pareciam chumbo, então só fiquei ali, deitada, imaginando que Katherine também me amava e que Teddy ainda era meu melhor amigo, até que fiquei muito chateada para continuar acordada e meu cérebro misericordiosamente apagou e me deixou dormir.

CENA 6

Na manhã seguinte, acordei cem por cento decepcionada por essa ainda ser a minha vida.

Passei as falas sentada na frente do espelho de sutiã e calcinha, interpretando tanto Rosalinda como Orlando. Então me vesti e desci.

Minha mãe estava na cozinha fazendo *pliés*, uma mão apoiada na pia, o outro braço se movendo em movimentos coordenados.

Meu avô estava sentado à mesa comendo uma tigela de Sucrilhos, ignorando minha mãe.

Ela tinha cortado uma banana para ele em cubinhos minúsculos que já estavam ficando marrons.

— Bom dia — falei.

— Olá, Sarah — ele disse e sorriu para mim.

— É a Tilly, Douglas — minha mãe disse, e parou o que estava fazendo.

Ele pareceu confuso.

— Mãe, tá tudo b...

— Não, não está tudo bem, Tilly — ela falou toda agressiva. — Às vezes não consigo evitar pensar que ele faz isso de propósito, sabe. Uma hora ele está perfeitamente bem, na outra está falando bobagem, eu... eu simplesmente não entendo.

— Mãe — eu disse e lancei um olhar fulminante para ela. — Está tudo bem, é só um nome. Não tem problema. Ele não está fazendo de propósito.

— Ele também está bem aqui — meu avô disse e se levantou. — Você está pronta, então? Temos ensaio geral.

— Estou indo, vô — eu disse olhando para minha mãe com um olhar de "eu te disse", e o segui em direção à porta da frente.

— Douglas... — ela chamou, mas ele bateu a porta antes que pudéssemos ouvir o que mais ela tinha a dizer.

Quando chegamos a Clapham, Teddy estava lá, e por um segundo fiquei irritada por ele não ter enviado uma mensagem dizendo que vinha, porque obviamente poderíamos ter pegado o ônibus juntos, mas aí me dei conta de que ele deve ter passado a noite na casa de Robin. Ele estava atrás do bar, com uma xícara de chá na mão, conversando com Robin, Olivia e Miroslaw.

Katherine estava sentada em seu lugar habitual, lendo um livro, e como eu não fazia ideia de aonde deveria ir, fui ao banheiro.

Lavei as mãos por, tipo, cinco minutos, e então Robin entrou e disse:

— Ah, você está aqui. Todo mundo está se preparando.

— Já vou.

Começamos, é claro, com "Seasons of Love", que Brian disse que agora eu tinha que participar, já que era uma parte em conjunto e eu estava no conjunto, e quando tentei me livrar dizendo que não sabia a letra, ele disse: "Não seja tão ridícula, Tilly, é claro que você sabe a letra".

Aí eu disse que não podia cantar sem razão nenhuma, e ele disse: "Pelo amor de Deus, é para caridade", e Malcolm, que estava lá, de novo usando um terno de três peças, revirou os olhos para mim, o que eu achei literalmente muito ofensivo, porque ele não me conhecia, mas eu não disse nada, só fiquei lá no lugar de Teddy ao lado de Miroslaw, que pegou e disse:

— Só mexe a boca.

— É, obrigada, vou fazer isso.

— Eu sei a letra. Vai dar tudo certo. É uma música importante. O HIV ainda é muito importante. Viver é muito importante. Amar é muito importante.

E aí ele piscou para mim e eu me senti muito idiota por estar de mau humor.

— Você é importante — eu disse para ele.

— Você é importante — ele falou.

Então nós rimos e Brian bateu palmas para fazer a gente calar a boca.

— Certo — Brian disse. — Finalmente. Agora, ensaio geral é ensaio geral. A gente só para se o cenário desabar.

— Você está vendo coisas? — Maeve perguntou. — Não tem cenário.

— É o que dizemos no teatro, meu amor. Então, a não ser que o teto desabe, vamos continuar ensaiando, o.k.? Eu não me importo se a pessoa não está pronta, eu nem me importo se a pessoa não está vestida, quando for a sua vez, você estará no palco, entendido? Vocês vão receber as anotações depois.

Todos concordaram com a cabeça, ninguém disse nada.

— Muito bem. — Ele pegou o cronômetro e disse: — E: cortina.

Meu avô começou a introdução de "Seasons of Love".

A música foi bem, o *Sweeney Todd* de Maeve foi bem, Lady Macbeth de Katherine foi bem. Então foi a vez de Charles cantar aquela música de *Camelot*, mas ele se atrapalhou com a letra, e aí esqueceu a melodia também, e quando era hora de cantar outro verso, ele cantou o que já tinha cantado e, no final da música, o tema central, que era Lancelot não conseguir deixar a rainha Guinevere em nenhuma das estações do ano, se transformou em Lancelot só não conseguir deixá-la na primavera, que era obviamente um pouco repetitivo e muito menos romântico. Charles ficou muito irritado por ter estragado tudo, mas Brian ficou tipo:

— Tudo bem. Próximo, próximo, próximo!

Claro que o Fantasma da Ópera foi a pessoa que acabou não estando vestida porque esqueceu de calçar as botas de caubói, e em vez disso entrou no palco com uma roupa de caubói e Crocs.

Então Olivia cantou sua música de *Oliver!*, e tenho que dizer que ela foi absolutamente incrível. Não estou dizendo que roupa de ginástica fica ruim nas pessoas, mas quando você as vê com roupas reais, elas literalmente parecem ser uma pessoa diferente.

O *Sonho de uma noite de verão* de Miroslaw e Maeve foi hilário. Imagine um burro de shortinho com um sotaque polonês dando tudo de si, e aí Titânia dizendo: "Que anjo me acorda de meu leito florido" e sendo completamente exagerada e acariciando e beijando o nariz dele. E quando ela disse: "Eu amo você" no ouvido dele, Miroslaw balançou a cabeça como se ainda fosse aquela cabra do dia em que Katherine e eu fomos cavalos, e ele fez barulhos reais de burro, o que motivou Maeve a se apaixonar ainda mais por ele, e a coisa ficou tão absurda e cômica que Olivia chorou de rir, borrou todo o delineador e teve que reaplicá-lo.

Eu estava bem ridícula com a calça de montaria, apesar de Robin obviamente tê-la ajustado, e as mangas da minha camisa eram tão largas que não sei como algum dia estiveram na moda, porque elas deveriam literalmente cair no jantar da pessoa toda noite, e ninguém tinha máquinas de lavar naquela época, então por quê?

Katherine estava maravilhosa, claro, mas estava muito focada.

Felizmente, não esqueci nenhuma das minhas falas, mas é a coisa mais estranha quando você está em um palco e sabe que todo mundo está olhando para você, o tempo de fato acelera e, quando você se dá conta, a cena acabou e você está tirando o figurino.

Ela nem sequer olhou para mim quando saímos do palco, só voltou para seu lugar e pegou seu caderno.

Olivia era a próxima com a música do *Wicked* e, bem, é, quero dizer, foi excepcional. Katherine não tirou os olhos do caderno, e eu fiquei tipo: *Entendo que elas acham que são rivais, mas não são, porque literalmente nunca disputaram o mesmo papel, tipo, nunca, então elas bem que podiam apoiar uma à outra*. Mas o que eu sabia das coisas?

O último número do show, o "grand finale, meus amooooores", foi Malcolm cantando "Being Alive", e foi a primeira vez que a música foi executada corretamente, e foi realmente incrível, e Olivia acabou chorando de novo, mas dessa vez não foi de rir.

No final, aplaudimos uns aos outros e Brian disse:

— Obrigado a todos, bom trabalho. Faremos uma pausa de quinze minutos. Por favor, troquem de roupa se ainda não tiverem trocado e então vou distribuir as anotações.

Todo mundo foi para o bar para fazer uma xícara de chá, e acabei ficando na fila atrás de Katherine.

Seu cabelo ainda estava preso no estilo Rosalinda-fingindo-ser-menino, e eu observei o pulsar em seu pescoço.

Mordi o lábio. Ela se virou e me viu.

— Não foi tão ruim, foi? — fiz a pergunta na pressa.

— Não, achei que foi bem.

— Espero não estar, tipo, diminuindo seu padrão de forma muito significativa — eu disse.

— Como assim?

— Bem, você sabe, se você for usar como sua gravação de portfólio. Espero que eu não faça você, tipo, passar vergonha.

Ela olhou para mim como se estivesse irritada, aí pegou e disse:

— Por que você me faria passar vergonha?

— Bem — eu disse e peguei uma caneca limpa da prateleira —, obviamente não sou nenhuma atriz.

— Para alguém que não é atriz, você está se saindo bem, então pare de ser toda esquisita com relação a isso.

Ela me deixou lá, e quando meu chá ficou pronto, eu nem queria mais.

Então todos começaram a se sentar novamente, prontos para as anotações, e Charles veio e disse:

— Você viu seu avô?

Olhei em volta e não o vi.

— Ele não está no banheiro? — perguntei.

— Acabei de vir de lá — Charles disse.

Senti como se o salão estivesse girando e não conseguia focar o olhar.

— Ah, merda.

— Vou dar uma olhada lá fora — Charles disse.

Pulei da cadeira, derramei o chá, queimei a perna, mas nem senti, e fui atrás de Charles.

Ele não estava lá fora e não havia sinal dele.

— Vô! — gritei para os céus.

CENA 7

Foi exatamente como aquela sensação de quando você coloca a mão no bolso para pegar o celular e ele não está lá.

Ânsia de vômito, aperto no coração e frio na barriga.

Saí correndo pela rua — nem sei por que escolhi essa rua especificamente — e fiquei gritando: "Vôoo!".

Acabei correndo quase um quilômetro, empurrando as pessoas, xingando por ficarem perambulando pela calçada em grupos de quatro pessoas lado a lado a literalmente zero quilômetros por hora.

Eu suava e meus pulmões queimavam, e meu cérebro estava: *Você vai ter que ligar para os seus pais,* e a ideia de ter que fazer essa ligação de alguma forma parecia ainda pior do que o meu avô estar desaparecido.

Corri de volta para o clube, onde algumas pessoas do grupo estavam do lado de fora agora.

Teddy estava no celular e quando me viu ele o guardou.

— Eu estava te ligando.

— Ele está aqui? — perguntei.

— Não, definitivamente não está. Olhamos por tudo.

— Ai, meu Deus, Teddy — eu disse, e minhas mãos estavam tremendo, e ele as pegou e disse:

— Só faz dez minutos que ele sumiu, a gente vai encontrá-lo.

— Tenho que contar para os meus pais. Talvez ele esteja em casa.

— Ele tem a chave?

— Não, mas meu pai ainda está em casa.

— Tudo bem, ligue pra ele.

— Ele vai me matar.

— Não é sua culpa, Tills. Você quer que eu ligue pra ele?

— Não, eu ligo — eu disse pegando o celular e ligando para o meu pai, e é claro que ele não atendeu, e eu tive que ficar ligando para ele por, tipo, cinco minutos antes que ele atendesse.

— Por que você nunca atende o telefone? — gritei.

— O que foi?

— O vô saiu e não conseguimos encontrá-lo.

— Como assim saiu?

— Ele saiu quer dizer que ele saiu de onde todos nós estamos e agora não sabemos onde ele está. Ele está em casa por acaso?

— Não está não.

— Mas talvez ele tenha entrado no ônibus e esteja indo.

Meu pai não disse nada, e isso me deixou com muita raiva, porque ele deveria fazer o papel de pai e ter respostas.

— Você poderia sair e ficar no ponto de ônibus? — perguntei, e eu mal conseguia falar porque parecia que alguém estava estrangulando minha garganta.

— Boa ideia — ele disse.

— O.k. E leve o celular.

— Te ligo em um minuto, o.k.? — ele disse.

— O.k., vamos continuar procurando aqui.

Desliguei e olhei para Teddy. Robin tinha enganchado o braço com ele.

— Você tem uma foto dele? — elu me perguntou. — Vou postar no aplicativo do bairro. As pessoas sempre postam gatos desaparecidos e tal.

— Ele não é um gato — eu disse. Houve um silêncio constrangedor. — Desculpa. Vou te mandar a foto. Obrigada.

Brian caminhou até nós e disse:

— Meu amor, estamos totalmente empenhados em encontrar o Douglas. Ele não pode ter ido longe.

— E se ele entrou em um trem? Ele pode estar a caminho de Brighton.

— Bem, isso seria maravilhoso, porque ele provavelmente não tem a passagem, o que significa que vão cruzar com ele e logo perceberão que ele não está bem, e vão tirá-lo do trem e a Polícia de Transporte Britânica provavelmente o levará para casa.

— Mas e se ele não souber onde mora? Ai, meu Deus, eu deveria ter imaginado. Ele está piorando. Eu sabia que ele estava piorando, e eu literalmente tenho ignorado a preocupação da minha mãe há muito tempo. Por que sou tão estúpida? — perguntei, e eu sinceramente só queria morrer.

— A gente vai encontrar ele — Teddy disse mais uma vez e apertou minha mão. Charles veio correndo da esquina, limpando o suor da testa com o lenço.

— Nenhum sinal dele lá atrás. Você deveria chamar a polícia imediatamente — ele disse, e tudo se tornou ainda mais real.

— Eu achava que tinha que esperar vinte e quatro horas — Robin comentou.

— Não, dá para ligar na hora e explicar que ele é uma pessoa vulnerável. Eles vão procurá-lo.

Meu celular tocou e todo mundo deu um pulo.

— Oi, pai.

— Ele não está aqui e esperei alguns ônibus passarem e nada.

— Todo mundo está dizendo pra chamar a polícia.

— Sim, acho que devemos chamar. Farei isso agora mesmo.

— Acho que vou dar uma outra olhada por aqui.

— Vou ficar em casa para caso ele apareça — ele disse.

— O.k. Me ligue se tiver alguma notícia.

— Tilly, por que você não vem para casa também? — ele perguntou, e novamente senti que não conseguia respirar. — Eu me sentiria melhor se você estivesse aqui.

— Tá, tudo bem, vou voltar pra casa — sussurrei.

— Ótimo. Você quer que eu chame um Uber para você?

— Não — eu disse e engoli em seco. — Vou pegar o ônibus, acho.

— Tudo bem, querida — ele disse, e eu enxuguei os olhos e desliguei.

— Querida. — Malcolm veio até nós com o telefone na mão. — Nós nos espalhamos de uma forma organizada. Maeve está indo em direção a Battersea com Olivia, Katherine está indo na direção de Clapham, Daniela e Thomas estão na direção de Windmill Road e Miroslaw está no ônibus para Wimbledon. Sugiro que Brian e eu fiquemos aqui para caso ele volte. Teddy forneceu seu endereço, que compartilhamos via WhatsApp, então saberemos onde deixá-lo se o encontrarmos. Ou melhor, quando o encontrarmos.

— Obrigada — eu disse para ele. — Não nos conhecemos direito. Eu sou a Tilly.

— Malcolm — ele disse e fez um gesto afirmativo com a cabeça. — E não se preocupe, vamos encontrá-lo. As estatísticas dizem que quatro em cada dez pessoas que têm demência vão desaparecer em algum momento, é perfeitamente normal.

— Como você sabe? — perguntei.

— Trabalho no Escritório Nacional de Estatísticas.

— Sério?

— Não, eu só pesquisei no Google.

O celular dele vibrou e ele passou o dedo pela tela.

— Katherine disse que não conseguiu encontrá-lo no caminho para casa, mas que vai olhar na região do shopping novamente.

— Isso é legal — eu disse. — Acho que vou pra casa.

— Eu vou para a estação — Charles disse. — Um dos gerentes é meu amigo. Vou ver se podemos verificar as câmeras de segurança.

— Obrigada — falei.

Coloquei a mochila em um ombro e fui até a porta esperando que Teddy estivesse bem atrás de mim, mas ele não estava. Ele estava com Robin, e eles estavam olhando para um celular e conversando.

Engoli essa tristeza nova e ela se acomodou perfeitamente em cima de todas as outras tristezas que já haviam se empilhado dentro de mim, e comecei a andar.

Caminhei até o ponto de ônibus, passei pelo ponto de ônibus, pelo próximo ponto de ônibus e pelo próximo, e depois pelo próximo e pelo próximo, e quando me dei conta eu estava em casa, e meu rosto estava queimado de sol, e eu destranquei a porta e meu pai veio correndo em minha direção com o celular na mão e falou:

— Onde você esteve?

E então ele me abraçou por muito tempo.

— Dois policiais estiveram aqui — ele disse. — Eles estão procurando por ele. Tudo o que podemos fazer é esperar.

— Você falou com a minha mãe? — perguntei.

Ele balançou a cabeça.

— Por que não?

— Porque ainda tenho esperança de que ele apareça antes que ela volte do trabalho — ele disse.

— Você acha que ela vai pirar?

— Infelizmente, sim.

— Sinto muito — disse, e me sentei no sofá.

— Tilly, você não é a cuidadora dele.

— Só que eu sou.

— Não, você não é — ele disse e pegou minha mão. — E nunca exigiríamos isso de você.

— Eu me distraí — eu disse. — E aí ele sumiu. Eu conto pra minha mãe.

— Não, eu falo com ela. Olha, a culpa é minha, na verdade. Sua mãe nunca foi a favor de recebê-lo aqui em casa, e receio que isso dá razão a ela.

— Achei que ela fosse a favor.

— Ela queria que ele fosse para uma instituição para idosos. Disse que não íamos dar conta de cuidar dele.

— Ah.

— Bem, a verdade é que não temos condições financeiras de colocá-lo em uma no momento, de qualquer maneira. E é por isso que ela está que nem uma doida prorrogando o projeto Balé na Pia da Cozinha.

— Tem que pagar pra entrar em um lar? — perguntei, porque eu não sabia disso. Achava que isso simplesmente acontecia com a pessoa.

— A não ser que você não tenha nada nem ninguém. Mas se você está nos estágios iniciais de demência, ainda não se qualifica para uma vaga.

— Achei que o vô tinha dinheiro.

— Claro que ele *tinha* dinheiro. Mas o apartamento não era deles, e ele foi autônomo durante a vida toda e nunca se preocupou em pagar um plano de aposentadoria. Ele recebe aposentadoria do governo, mas com ela não dá nem pra viver nem pra morrer, então receio que não seja suficiente pra pagar por uma vaga em um lar. E as economias dele não vão cobrir esse gasto se ele viver mais dez anos. O que espero que aconteça.

— Eu li que quando as pessoas começam realmente a esquecer das coisas, elas podem morrer muito rápido — eu disse. — Tipo, em um ano ou dois.

— Li isso também — ele disse e deu um tapinha na minha mão.

— A coisa toda é tão injusta.

— As coisas são como são, Tilly.

— Acho que não quero que ele vá para um lar, pai.

— É mesmo?

— Pelo menos não por enquanto.

Meu pai olhou para mim, depois para o telefone.

— Eu deveria ligar para a Emilin.

— Não!

— Imagine se ela descobre que o avô desapareceu e não ligamos pra ela.

— Mas pai...

— Não é sua culpa, Tilly.

Fui até a cozinha buscar um copo de água e meu pai ligou para Emilin, que soltou fogo pelas ventas, e dava para ouvi-la apesar de não estar no viva-voz e de meu pai estar do outro lado da sala.

Meu pai ficou falando: "Você não precisa vir. O que você poderia fazer aqui que faria a diferença?", mas dez minutos depois ela decidiu que ia pegar o trem de Norwich, onde estava fazendo suas apresentações na hora do almoço naquela semana.

Cerca de dois segundos depois, minha mãe chegou em casa e, como previsto, o circo pegou fogo.

Acho que quando você vive em uma casa onde tão poucas palavras são ditas é incrivelmente desorientador quando alguém de repente começa a dar um esporro e não para mais. Senti como se estivesse me afogando numa sopa de letrinhas, então subi para o meu quarto, coloquei o travesseiro na cabeça e me concentrei em não sufocar.

Os pais de Teddy chegaram um pouco depois que a gritaria acabou, e dava para ouvir todo mundo conversando na sala de estar.

Então a campainha tocou novamente, e era a polícia.

Me sentei no degrau da escada para que ninguém me visse ou ouvisse, mas tudo o que eles tinham a dizer era que não tinham encontrado meu avô, mas que ainda estavam procurando, e agora estavam dobrando os esforços porque não queriam que ele ficasse fora durante a noite porque era perigoso.

— Com licença — disse a voz de Teddy, e meu coração disparou. Ele apareceu na parte inferior da escada e quando olhou para cima e me viu, acenou com o braço bom.

Acenei de volta.

— Bem, nenhuma notícia é uma boa notícia, acho — meu pai disse aos policiais, e ouvi a porta se fechar.

Teddy ainda estava lá, e eu queria que ele viesse e ficasse comigo.

Ele veio, mas só até ficar na altura dos meus olhos.

— Nós vamos encontrar ele — ele disse e sorriu, e uma de suas covinhas estava querendo aparecer, e senti uma lágrima ameaçando cair, mas a limpei antes que pudesse chegar a qualquer lugar. — Não tem problema ficar triste — ele disse, mas não se moveu para me tocar ou sentar comigo ou qualquer outra coisa.

— Estou triste com tudo — eu disse, e respirei fundo. *O lacaio do cavalo baio*, pensei e tentei projetar. — Estou triste por causa da coisa toda da Katherine, e estou muito triste pelo seu acidente, e por termos brigado. Achei que a vida depois da pandemia seria muito divertida, mas só tem sido uma merda, e eu odeio isso. Queria que ainda estivéssemos confinados. Pelo menos a gente não podia fazer nada de errado.

Teddy riu e limpou a mão em sua camiseta do Meu Pequeno Pônei, que eu nunca tinha visto ele usando antes e portanto imaginei que devia ser de Robin, o que me deixou ainda mais triste, porque eu tinha sido mais do que apenas substituída como melhor amiga, fui substituída por uma versão melhorada, porque Teddy e eu nunca usávamos as roupas um do outro.

— Acho que todo mundo precisa de uma xícara de chá — Teddy disse. — Vamos lá fazer. Você notou que nossos pais fizeram as pazes?

Fiz que sim com a cabeça e enxuguei os olhos novamente.

— Viva — Teddy disse, e descemos para a cozinha.

Teddy pegou os pedidos de bebidas de todos e eu coloquei a chaleira no fogo. Eu o vi pegar as canecas e distribuir saquinhos de chá e colheres de café solúvel. Em seguida, ele foi até a geladeira para pegar o leite.

— Eu dei um beijo na Katherine — eu disse, e ele não disse nada, o que foi o pior de tudo. — Também transei com ela.

— Eu sei — ele disse sem olhar para mim.

— Como vo...

— Olivia fez uma piada sobre vocês serem a versão lésbica de Adão e Ivo. Ana e Eva.

— Não foi planejado e provavelmente não vai acontecer de novo, de qualquer maneira, e se você quiser nunca mais encontro com ela — acrescentei depressa.

Fiquei olhando ele desenroscar a tampa vermelha do leite e colocar um pouco nas canecas.

— Por que eu iria querer que você nunca mais encontrasse com ela? — ele perguntou e olhou para mim como se tivesse sido a coisa mais idiota que eu já tinha dito para ele, o que não acho que era.

— Era pra ela ser sua namorada.

— Mas acontece que ela está a fim de você.

— Ela não é minha namorada nem nada.

— Tills, olha, não quero estar apaixonado por alguém que não está apaixonada por mim. Isso é, tipo, muita estupidez. E se você acabar ficando com ela, então fico feliz por você. Mas você mentiu para mim, e isso foi uma merda.

— Eu só queria que você fosse feliz.

— E aí você mentiu pra mim? Não faz o menor sentido. Você é minha melhor amiga. Você achou que ia poder ficar se escondendo pra sempre esperando que eu nunca descobrisse?

— Não sei.

— Odeio que você tenha feito isso. Não lido muito bem com traição.

— O que posso fazer pra me redimir?

Ele olhou para mim e soltou uma risada decepcionada, e eu me senti uma merda de verdade.

— Não sei.

Fiz um gesto afirmativo com a cabeça.

— É por isso que você está saindo com Robin?

Ele deu de ombros.

— Eu gosto muito delu.

— O quê, gosta-gosta delu?

— Não sei. Talvez. Não sei o que pensar no momento.

— Eu ficaria muito feliz por você.

A água ferveu e Teddy encheu as canecas.

— Estou tão preocupada com o meu vô — eu disse. — Lembra logo quando ele chegou? Fiquei em pânico porque achei que teria que estar presente quando ele morresse — contei para ele, e disse bem baixinho. — Tipo, seria o maior inconveniente da minha vida. E agora estou morrendo de medo de não poder estar presente e ele estar sozinho. E com medo. Teddy largou a chaleira e olhou para mim.

— Ele está bem, Tilly.

— Você não sabe. Ninguém sabe — eu disse, e minhas lágrimas ficaram maiores e rolaram pelo meu rosto. *Por favor, me abrace*, pensei.

— Eu te amo — eu disse para ele, mas ele não disse a mesma coisa para mim.

CENA 8

Impotência é um sentimento interessante.

Você basicamente não sabe o que fazer com você, o que te faz se sentir infeliz, e como a infelicidade ama companhia, você procura outras pessoas infelizes, que é como todo mundo acabou na nossa casa.

Charles chegou quando todos tinham terminado suas xícaras de chá e café, então fizemos mais.

Não tínhamos mais aperitivos em casa, então Teddy foi andando até a loja da esquina para pegar biscoitos e batatinhas, e quando ele voltou estava com Robin, que também queria saber se havia alguma notícia.

Às sete meu telefone tocou.

Era Katherine.

Teddy, que estava sentado ao meu lado, viu o nome dela na tela, e eu guardei o celular, e ele pegou e disse:

— Atende de uma vez.

— Oi — eu disse.

— Oi. Alguma notícia do seu avô?

— Não, ainda estamos esperando. Mas a polícia está procurando por ele.

— Você pode me enviar uma foto dele? Porque falei para os meus pais e eles disseram que podem compartilhar a foto na página do Facebook da paróquia, e com o pessoal da escola de teatro também. A maioria mora por aqui, e muitos têm cachorro, então eles andam por aí e tenho certeza de que não vão se importar em ficar de olho.

— Obrigada. Vou te mandar.

— Obrigada. E também preciso falar com você.

— Estamos conversando agora — eu disse, de repente sentindo um calorão febril e frio.

— Não pelo telefone.

— Ah.

— Mas não precisa ser agora, nem antes da apresentação, mas só queria te dizer isso.

— O.k. — respondi, meu coração estúpido estava galopando agora.

— Eu realmente espero que encontrem logo ele — Katherine disse. — Me manda mensagem se tiver notícias?

— Mando.

— O.k. Tchau.

— Tchau.

Brian perguntava a cada meia hora e todo mundo d'*A vingança do Cupido* devia estar com o celular do lado, porque todos respondiam ou com um polegar para cima ou Obrigado, ou Obrigado por nos manter informados, de Daniela e Thomas.

Quando Emilin chegou, comecei a chorar de novo antes que ela pudesse abrir a boca.

Meu pai levou ela direto para a cozinha, onde tiveram uma discussão sussurrante por um tempão, mas quando voltaram tinham feito sanduíches para todos.

Emilin tinha que ser o centro das atenções, é claro — acho que tem a ver com o fato de ela ser pianista, porque essas pessoas esperam que tudo tenha a ver com elas. Deve ser por isso que ela se dá tão bem com o oboé, que entende que o lugar dele é estritamente na orquestra, por que quem já escreveu algo emocionante para um oboé?

Você sabe que nunca deve procurar coisas no Google quando está tendo uma crise real, né? Mas Emilin não saía do Google. Acho que a maneira como ela manuseia qualquer coisa com um teclado ou uma tela sensível ao toque é agressiva, na melhor das hipóteses, porque suas mãos têm uma força sobre-humana e uma amplitude de movimento, mas naquele dia ela estava tipo o Hulk, digitando literalmente como se quisesse esmagar a tela. E ficava tipo:

— Este site diz que se ele estiver desaparecido por alguns dias, a polícia ou os investigadores podem vir e pegar o DNA dele. Diz que não devemos mexer em nada no quarto dele.

— Por que entraríamos no quarto dele? Pare de exagerar — meu pai disse, e ela claramente não gostou de levar bronca.

— Diz que eles também podem ter que entrar em contato com o dentista dele pra pegar os registros dentais, então é melhor eu pegar tudo isso pra vocês.

Aí peguei e falei:

— Cale a boca! Ele não está morto.

E Emilin falou:

— Que horas insinuei que ele está morto?

Mas ela tinha insinuado isso quando disse a coisa sobre os dentes, e todo mundo sabia disso, porque ela pode pensar que somos todos idiotas, mas não somos, e eu estava prestes a gritar com ela de novo, mas meu pai pegou e disse: "Chega!", e a sala toda ficou quieta.

— Todo mundo precisa se acalmar — ele disse. — Por que você não vai dar uma volta, Emilin?

Eu estava chorando de novo, claro, porque a coisa que mais me faz chorar é a raiva de outra pessoa, e eu me levantei e fui até a cozinha para pegar outro rolo de papel, porque eu já tinha usado um inteiro.

Assoei o nariz com tanta força que meu ouvido trancou e, por causa disso, no começo achei que estava imaginando coisas, mas aí engoli e minha audição foi restaurada, e ouvi a melodia inconfundível de "A Teddy Bears' Picnic" flutuando pela janela aberta da cozinha.

Virei o pescoço e a van de sorvete do pai de Miroslaw estava virando na nossa rua.

Deu para ver Miroslaw no banco do passageiro e, ao lado dele, no banco do meio, meu avô.

Eu sei que estava gritando, porque conseguia me ouvir, e claro que todo mundo veio correndo, e fui pelo corredor e abri a porta da frente e corri para a rua, e Miroslaw estava acenando, e eu estava chorando, e então o Sr. Lewandowski buzinou.

O resto da noite é um borrão total.

Provavelmente porque eu estava chorando, tipo, muito.

Miroslaw tinha falado para o pai que meu avô tinha sumido e, aparentemente, eles estavam dirigindo há horas, e finalmente encontraram ele na estação ferroviária do bairro vizinho ao do clube, onde ele estava observando trens, mas quando viu a van de sorvete foi direto até ela e pediu um sorvete para ele "e um para minha adorável esposa", minha avó, que obviamente está morta.

Eles contaram que falaram para ele que o levariam para casa e que ele nem resistiu, apenas entrou na van e disse: "Você está tendo um bom dia, motorista?".

Ele ainda parecia confuso, mas quando me viu, seu rosto inteiro se iluminou e ele disse: "Olá, minha querida", e eu o abracei por um tempão, e então meu pai me ajudou a levá-lo para cima e demos um banho nele, o que deveria ter sido estranho, mas realmente não foi, porque você olha para as pessoas de maneira diferente quando elas precisam de você.

O pai do Teddy ligou para a polícia para dizer que meu avô estava em casa e então Teddy mandou uma mensagem para todos no grupo *A vingança do Cupido*, e todo mundo que ainda estava na minha casa lavou a louça e foi embora.

Fiz um sanduíche para meu avô e levei lá pra cima.

Ele estava sentado na cama, Rachmaninoff estava roncando aos pés dele e ele parecia muito feliz.

Talvez com o nariz um pouco queimado de sol.

Dei um beijo de boa-noite nele e ele disse: "Boa noite, Sarah", e Emilin olhou para mim triste e feliz ao mesmo tempo.

Tomei um banho e fui para a cama porque estava mais do que exausta.

Eu já estava dormindo quando Emilin se arrastou para a cama comigo.

— Vai pra lá — ela sussurrou e se mexeu para abrir espaço para ela. — Hoje não foi culpa sua. Me desculpa por ser horrível. Mas eu estava com medo.

— Tudo bem — murmurei.

— Não, me desculpa mesmo. Sei que a mãe e o pai não ajudam. Vamos achar uma solução, prometo. Eu vou ajudar.

— Obrigada — falei. — Eu só queria que a mãe e o pai se informassem. E não estou dizendo pesquisar no Google aleatoriamente tudo sobre o Alzheimer. O vô tem esse amigo, Charles, na nossa peça, e a esposa do Charles tinha demência, e ele sabe por experiência própria como é, e ele tem sido muito gentil com o vô, e comigo, e eu acho que seria muito útil se a mãe e o pai pudessem pelo menos falar com ele.

— Acho que é uma ótima ideia.

— Seria um começo. Charles disse que não há vergonha em pedir ajuda.

— Ele tem razão.

— Nossos pais são tão incapazes às vezes.

— Que tal eu falar com o pai sobre isso? Talvez possamos convidar Charles para jantar uma noite.

— Eu adoraria isso. Obrigada — sussurrei, e já parecia muito mais fácil respirar.

— Ah, não, o coitado do Barnaby está todo esmagado atrás do colchão — Emilin disse e o libertou, empurrando ele para mim. — Aqui.

— Obrigada — eu disse e o abracei.

— Você está bem? — Emilin perguntou.

— Tô — respondi.

— Boa noite, te amo.

— Boa noite, também te amo. Você acha estranho que ele sempre me chame de Sarah? — perguntei.

— Não acho nem um pouco estranho — Emilin disse. — Você é igualzinha a ela. Você não fica enrolando, diz a ele o que fazer. E você é uma imagem esculpida dela quando ela era jovem.

CENA 9

Passamos o sábado tentando superar todo o tormento.

Minha mãe e meu pai foram trabalhar; Emilin, meu avô e eu ficamos em casa.

Emilin tocou piano por algumas horas e meu avô a observou até cochilar.

Brian organizou um encontro no Zoom com todos, porque acabamos não recebendo as anotações do ensaio geral. Ele não tinha muito a dizer, apenas que ele tinha mudado a ordem "para deixar ainda mais divertido, meus amooooores".

Katherine estava dentro da igreja, e o Zoom é ótimo, porque você pode ficar olhando para uma pessoa o tempo todo e ela nunca vai saber.

O que, na verdade, é completamente assustador, agora que expressei esse pensamento em palavras...

Teddy e Robin estavam na casa de Robin porque, aparentemente, ele estava (com uma mão) ajudando elu com alterações de última hora. O quarto de Robin era muito legal, cheio de luzinhas e almofadas grandes, muitas plantas e um daqueles manequins que as pessoas usam quando são costureiras.

O Fantasma da Ópera e a esposa dele estavam na cozinha, e eles não conseguiam descobrir como ligar o microfone, e se você acha que ver esse tipo de drama acontecer ficaria mais fácil com o tempo, não fica.

A mãe de Miroslaw passou ao fundo e Robin disse: "É a Sra. Lewandowski?", aí Miroslaw a apresentou, e ela falou: "Olá, boa tarde, eu sou a Giannina", e foi a coisa mais fofa.

Brian disse:

— Pedi a Nora para tocar piano pra nós amanhã porque acho que Douglas passou por um sofrimento enorme. E sinto muito, galera, mas como a Nora só recebeu a partitura hoje à noite, não sei como vai ser amanhã, mas peço a todos vocês pra serem muito profissionais e flexíveis, o.k.?

Eu peguei e falei:

— Meu avô está bem hoje, então não dá pra saber, talvez ele esteja disposto para a apresentação amanhã.

Em seguida Brian disse:

— Veremos como vai ser quando chegarmos lá de manhã.

Quando a reunião acabou, sorri para Katherine e ela estava sorrindo, e eu imaginei que era para mim, mesmo que provavelmente não fosse, mas fui para a cama naquela noite querendo acreditar nisso.

Eu nem queria transar com ela, sabe.

Quero dizer, queria, mas o que eu queria mais do que tudo era apenas me deitar na cama com ela, conversar sobre nada, rir, dar uns beijos ou assistir a alguma porcaria na Netflix.

Isso me deixou feliz, depois infeliz, depois feliz de novo, depois infeliz, e fiquei pensando por que só existem duas emoções quando você está apaixonada? E por que elas estão cada uma no extremo oposto da escala?

É tão idiota.

E tão cansativo.

"Ninguém nunca disse que o amor era fácil", a imagem de Grace sentada no pé da minha cama disse, e eu pensei: *Quer saber? Ninguém nunca disse isso mesmo.*

Quando desci na manhã d'*A vingança do Cupido,* Emilin e meu avô já estavam na cozinha tomando café da manhã.

Ele estava todo arrumado e Emilin parecia pronta para um recital de piano.

— Vai embora? — perguntei a ela.

— Pensei em ficar por aqui e assistir à sua peça.

— Não é bem uma peça — falei.

— Mas você está nela. Considere isso uma retribuição pelas milhões de vezes que você teve que me ver tocar.

— Sério?

— Tilly, você precisa parar de enfiar na cabeça que não é digna do tempo de ninguém.

— Não acho isso — eu disse, percebendo que era exatamente o que eu pensava. — Só não quero que você faça algo que não quer fazer.

— Acabei de dizer que quero ir ver a sua peça.

— Mas você precisa de ingresso.

— Nós compramos ingressos — ela disse revirando os olhos.

— E o vô também está nela — ela acrescentou e fez carinho no braço dele.

— Eu sou a melhor coisa nela — ele disse. — Mas a sua irmã não é ruim.

— Obrigada, vô. Mas você só me viu uma vez.

— Ela tem talento.

Emilin ergueu as sobrancelhas para mim e eu dei de ombros.

Pegamos o metrô juntos e chegamos ao Criterion Theatre às quinze para as dez, e literalmente todo mundo já estava lá.

Robin e Olivia estavam arrastando três malas gigantes com fantasias para fora de um Uber, e Teddy estava usando a cabeça de burro. Ele também estava com a camiseta dos Ursinhos Carinhosos que as enfermeiras tinham cortado no hospital, que Robin agora tinha remendado de um jeito dramático, com um fio verde grosso.

Brian, Malcolm e Maeve chegaram, parecendo prontos para a festa, e então lembrei que eles tinham ido tomar café da manhã juntos.

Um homem na porta do palco registrou nossa entrada e, em seguida, o gerente do teatro nos mostrou os bastidores, indicou todas as saídas de emergência e mostrou nosso camarim.

Nós só tínhamos um, mas não importava, já que a maioria das trocas de figurino aconteceria nas coxias e nos banheiros que ficavam mais próximos ao palco.

Robin estava completamente à vontade e já estava providenciando para que trouxessem cabides para que elu pudesse pendurar as coisas.

O ensaio técnico foi exatamente como Brian previu, absolutamente tedioso.

Eles nem precisaram do meu avô, então ele e Emilin foram dar uma volta pelo West End e acabaram indo almoçar em algum lugar legal em Covent Garden.

Nós também não precisávamos fazer nada além de ficar/sentar no nosso lugar usando o figurino para que o pessoal da iluminação pudesse nos iluminar e programar tudo em um computador.

Quando me sentei no tronco de árvore falso caído, que era uma caixa naquele dia, foi a primeira vez que realmente olhei para Katherine.

E ela para mim.

— Oi — ela disse, e sorriu.

— Olá, Rosalinda — eu disse, porque decidi manter o profissionalismo.

Ela olhou para as mãos, depois para mim, e bem quando achei que ela ia dizer alguma coisa, alguém gritou:

— Vocês duas podem olhar para a frente, por favor. Preciso de rostos.

Aí mudou a cena e todo mundo estava correndo de novo, e quando me dei conta era hora de todo mundo se arrumar para a apresentação real, e não sei por que não me ocorreu que haveria pessoas na plateia, mas de repente fiquei com vontade de vomitar de nervoso e tive que ficar limpando a garganta a cada dois minutos. Lembrei de Brian dizendo a coisa de manter a voz saudável e não comer laticínios, e imediatamente me arrependi do iogurte de banana que tinha bebido durante o intervalo.

Eu estava sentada ao lado de Olivia, dividindo o espelho com ela, pensando no que mais eu poderia fazer com o meu rosto antes de entrar no palco, quando Emilin entrou no camarim.

— O vô quer muito tocar, então pensei em me sentar ao lado dele no piano — ela disse.

— Você tem que falar com o Brian — falei e passei pó na testa.

— Vou falar. Vou dar uma olhada rápida nas partituras também. Caso ele precise de ajuda.

— Tem uma senhora chamada Nora que vem, se o vô não puder tocar — eu disse.

— Mas ele gostaria de tocar — ela disse, e me deu aquele olhar exasperado, e eu fiquei tipo: *Pare de ser uma idiota, Tilly,* aí peguei e disse:

— Obrigada. Acho que Brian vai ficar feliz.

— Ela é legal, né? — Olivia perguntou depois que Emilin saiu.

— Ela é o.k. — respondi, porque depois de dezesseis anos de hostilidade fraterna não estava disposta a me comprometer com mais do que isso ainda. Mesmo ela tendo sido indiretamente legal comigo ontem à noite.

— Colega, você tem que me ajudar com uma coisa — Olivia disse de repente, toda séria, passando lápis no contorno dos lábios, e eu falei:

— O quê?

— Estou planejando fazer uma declaração política. Vou rasgar esse lindo vestido e vou pintar um olho roxo em mim.

— Brian vai ter um troço — eu disse.

— É, mas não vou ficar lá cantando sobre amar alguém que abusa de mim sem parecer que sofri abuso.

— Não posso te ajudar porque a minha cena é logo antes da sua — eu disse.

— Colega, você pode literalmente usar seu figurino por baixo da roupa da abertura. Aí você só precisa me ajudar a bagunçar meu cabelo e levar uma tesoura para cortar o vestido.

— Se eu me atrasar, Katherine nunca mais vai falar comigo.

— Vocês duas parecem não estar se falando, colega.

Olhei para ela pelo espelho.

Ela deu de ombros.

— Na verdade, ela quer conversar comigo — eu disse.

Olivia olhou para mim.

— Acho que ela quer terminar — sussurrei. — Não que algo tenha começado.

— Términos são bons — Olivia disse, e eu sabia que ela estava certa, é claro, mas ainda assim não era isso que eu queria.

A gente se dava tão bem quando estávamos juntas.

Porque a gente se dava mesmo, pelo menos quando ninguém estava olhando.

Talvez fosse mais fácil sair de um relacionamento de verdade.

Porque você sabia o que estava deixando para trás.

Mas com ela eu não sabia nada além do nosso potencial. E parecia eternamente injusto que a gente não tivesse a chance de ver como poderíamos ser.

O Sr. Cooper-Bunting apareceu à uma em ponto para arrumar a câmera para a filmagem, tarefa para a qual Katherine claramente o indicou como voluntário. Ele parecia estar muito entusiasmado, o que atribuí ao fato de que era literalmente seu trabalho estar entusiasmado, porque se nem um padre ficasse entusiasmado com a vida e a morte, pode simplesmente esquecer o restante de nós.

A própria Katherine estava colocando os programas em cada um dos assentos da plateia, inserindo a página que tinha meu nome, e Miroslaw estava fazendo o mesmo no primeiro balcão, e Teddy e Robin no segundo balcão.

Meu avô pegou para si a responsabilidade de ir lá em cima na bilheteria para descobrir quantos ingressos tinham sido vendidos e quando voltou, disse:

— Senhoras, senhores, pessoal, nós conseguimos. A casa está lotada.

Todos gritaram e aplaudiram, e Brian chorou.

Obviamente, eu nunca tinha estado em uma apresentação antes, então não sabia muito o que esperar, e acho que não tinha entendido direito quanta adrenalina tinha. Ou teria. Não só para mim, mas para todo mundo, sabe.

A pessoa de gestão de palco ficou anunciando do alto-falante assim: "Companhia, esta é a sua chamada de uma hora, chamada de uma hora para o início da apresentação", e a vida ficou muito estressante.

Miroslaw também estava ficando supernervoso e ficou andando pelo corredor perto do camarim com a cabeça de burro dizendo suas falas muito alto.

Maeve o interceptou em um momento, mas porque ele não a tinha visto chegando — era muito difícil ver de dentro daquela cabeça —, ele tropeçou na elaborada saia dela e os dois acabaram se amontoando no corredor, e

Maeve estava rindo até que estava gritando, e aí Brian deu uma bronca neles por serem descuidados e disse que os voluntários de primeiros socorros só chegariam quando o teatro abrisse, ou seja, até que o público fosse autorizado a entrar no teatro, e se eles poderiam por favor se recompor.

Fomos instruídos a ter cuidado com desodorante aerossol e spray de cabelo, porque aparentemente os aerossóis disparam alarmes de incêndio e são responsáveis por nove em cada dez evacuações de teatro no West End, mas Olivia achou que essa regra não se aplicava a ela e estava pulverizando spray de cabelo em grandes quantidades no corredor. Katherine teve um ataque e Olivia apenas disse: "Ah, vá se foder, Cooper-Bunting".

Aí foi: "Companhia, esta é sua chamada de meia hora, sua chamada de meia hora. A casa está aberta, a casa está aberta", e a partir daquele momento não podíamos mais entrar no palco, e aparentemente dava azar dar uma espiada na plateia, então fiquei perto dos banheiros, tremendo, com minha garganta parecendo estar cheia de catarro, e decidindo se eu precisava ou não passar mal.

Emilin e meu avô saíram da sala da pessoa gerente de palco, onde estavam conversando com essa pessoa e provavelmente se descontraindo e rindo de nós amadores.

— Você está pálida — Emilin me disse, e aí começou a fingir que cuspia no meu ombro três vezes. — Quebre a perna — ela disse. — Espero que você adore isso.

— Não vomitar será uma conquista e tanto hoje — eu disse, a voz toda vacilante e coberta de iogurte de banana, e fiquei tipo: *Por que tratei aqueles exercícios idiotas como se fossem uma grande piada?*

— O lacaio do cavalo baio leva o balaio de paio — projetei pelo corredor.

Miroslaw zurrou.

Meu avô se aproximou de mim e perguntou: "Você está pronta, Tilly?", e eu falei: "Com certeza", o que era obviamente uma mentira, porque eu me arrependia de cada escolha que já tinha feito que tinha me levado a estar agora de pé no corredor dos bastidores do Criterion Theatre prestes a entrar no palco.

Lembrei a mim mesma de que estava fazendo isso por caridade. E pelo Teddy. E pela Katherine. E que eu nunca teria que fazer isso de novo.

Então teve a chamada de cinco minutos e, o que pareceu três segundos depois, eles chamaram: "Primeiro ato, atores do primeiro ato para o palco, por favor, primeiro ato, atores do primeiro ato para o palco".

O que obviamente significava todos nós, porque íamos começar com "Seasons of Love".

E a coisa estranha de estar nervosa nesse grau é que você literalmente esquece como fazer qualquer coisa. Nos disseram como nos alinhar e, vamos ser honestos, formar uma linha não é um bicho de sete cabeças, mas, do nada, não conseguimos, e Brian teve que, com raiva, nos posicionar de volta na ordem correta, o que foi patético, para dizer o mínimo.

E estar nas coxias de um grande teatro é uma das coisas mais esquisitas.

Você está lá, na escuridão total, e só ouve a respiração das pessoas ao seu lado e atrás de você, e a conversa invisível da plateia.

E tudo dentro de você está zumbindo, numa mistura confusa de expectativa, excitação e terror, e você sabe que não dá para voltar atrás, e sente seus batimentos cardíacos no corpo inteiro.

Quando as luzes do teatro se apagaram e as luzes do palco se acenderam, era nossa deixa para ir, então entramos no palco em fila e o público aplaudiu.

Emilin — que é graciosa apenas no palco, notei — levou meu avô ao piano, Brian deu o sinal, e nós começamos.

Só fiquei ao lado de Miroslaw e tentei não cantar muito alto, porque obviamente não sei cantar, e naquele palco enorme você não consegue se ouvir, o que achei muito confuso.

E aqui está outra coisa que você nunca vai saber até estar realmente em um palco durante uma apresentação: você não consegue ver o público de jeito nenhum. Então se você acha que dá para ir ao teatro e fazer contato visual com alguém no palco, você está redondamente enganade. Eles não conseguem ver porra nenhuma.

A música foi bem, Brian fez seu discurso "sejam bem-vindes", e nós corremos para colocar o figurino para as nossas primeiras cenas.

Tirei minha roupa bem rápido e fiquei com a calça de montaria ridícula e a camisa enorme, amarrei o cabelo e corri para Olivia, que estava no banheiro acessível já fazendo um olho roxo com a ajuda de uma paleta de maquiagem gigantesca.

— Tá incrível — eu disse.

— Valeu. Você pode estragar meu cabelo?

— Como?

— Só estrague, colega. Merda, esqueci a tesoura. Rápido, você consegue rasgar este vestido?

Tentei, mas não dava para rasgar o tecido.

— Merda — eu disse e dei outro puxão.

— Pegue uma tesoura, rápido — Olivia disse. — Em que parte estamos, afinal? Ouvimos os alto-falantes que estavam transmitindo os acontecimentos do palco.

Houve aplausos e então ouvi os sons do meu avô no piano.

— Merda, "Some Enchanted Evening" — Olivia disse. — Depressa.

Saí correndo do banheiro, encontrei Katherine, que ficou tipo:

— Onde você estava? Nós somos as próximas.

— Preciso de uma tesoura — eu disse.

— Para quê? — ela perguntou e me olhou de cima a baixo.

— Estou ajudando Olivia com uma coisa

— Ah, não — ela disse. — Ela não pode...

— Ela vai.

— Mas...

— Você sabe que ela está certa — falei, ríspida, porque é óbvio que Olivia estava certa. Era a coisa moralmente correta a se fazer. E como nós, como mulheres, poderíamos não apoiar a sua causa?

— Maeve — Katherine falou de repente, e juntas corremos para o camarim. — Maeve, precisamos de uma tesoura — Katherine disse, e Maeve não fez nenhuma pergunta, apenas enfiou a mão na frasqueira de artigos de higiene pessoal com os peitos literalmente pulando para fora do espartilho, e estendeu uma tesoura.

— Senhoritas, vocês precisam ir pro palco — ela disse e olhou para nós.

— Você precisa ajudar a Olivia — Katherine disse e colocou a tesoura de volta na mão dela.

— Ela está no banheiro acessível — eu disse, e Maeve, que já estava indo para lá, se levantou com esforço em seu figurino.

Olhei para Katherine e disse:

— Vamos.

— Só mais uma coisa — ela disse, pegou um delineador da mesa de maquiagem, abriu a tampa e desenhou um bigode em mim.

Fiquei temporariamente paralisada ao sentir a respiração dela no meu rosto. Seus lábios pareciam tão macios, e fiquei tonta e senti uma dor no coração.

— Perfeito — ela disse e sorriu para mim. — Agora podemos ir.

Corremos pelo corredor e passamos pelo banheiro acessível onde Maeve estava dizendo: "Cooper-Bunting me mandou vir aqui com uma tesoura?", o que me fez dar risada.

Mal tínhamos chegado às coxias quando o público irrompeu em aplausos.

Charles saiu e nós tínhamos que entrar, e meu último pensamento foi literalmente: *Eu não vou sobreviver a isso.*

Sentei-me no tronco de árvore falso caído/ caixa ao lado de Katherine e pigarreei.

Katherine olhou para mim.

— Desculpe — sussurrei, e ela me lançou um olhar fulminante.

Então ela se transformou em Rosalinda bem na frente dos meus olhos e sorriu para mim, com seu rosto radiante. Etéreo, pensei. E aí começamos.

Tudo estava indo muito bem até chegarmos ao ponto em que ela disse a fala: "Eu curaria você. Se você apenas me chamasse de", e neste momento ela chegou muito perto do meu rosto e sussurrou "Rosalinda" em meus lábios, o que não foi ensaiado e, portanto, me deixou desorientada, e não foi só isso, alguém da plateia estava assobiando, o que fez as pessoas rirem, e eu saí completamente da cena, o que me fez esquecer todas as minhas falas.

E assim nós ficamos apenas sentadas lá.

E meu cérebro nem estava mais tentando encontrar as falas. Não estava pensando em nada.

Dava para ouvir o farfalhar da plateia, e alguém estava dando uma risada nervosa, e aí ouvi as palavras: "Agora, pela fé em meu amor", suavemente flutuando na minha direção da esquerda do palco, e era Teddy, que estava me soprando as falas.

— Agora, pela fé em meu amor, chamarei — eu disse, e aí apressamos até o final, porque acho que nós duas estávamos com medo de que eu tivesse uma paralisia neurológica completa novamente.

Mesmo assim recebemos muitos aplausos, o que foi ótimo, e posso dizer que nunca fiquei tão feliz por algo ter acabado em toda a minha vida, mas realmente não tive tempo para pensar nisso, porque Olivia era a próxima com a música de *Oliver!*, e quando ela entrou no palco, as pessoas literalmente arquejaram.

É óbvio que sua apresentação foi musicalmente impecável, mas Maeve também tinha feito um ótimo trabalho no vestido e no cabelo de Olivia, e ver uma mulher espancada cantando uma música linda que fala sobre o quanto ela ama o homem que a espancou foi possivelmente a coisa mais desconfortável e de cortar o coração que eu já tinha visto.

Katherine e eu assistimos das coxias, e eu observei Brian, que estava do outro lado do palco na minha frente; no começo ele pareceu um pouco irritado, mas então cruzou os braços e meio que assistiu, e quando ela terminou, ele balançou a cabeça e bateu palmas.

Katherine e eu corremos de volta para o banheiro acessível com Olivia e encharcamos os olhos de Olivia com água micelar, e ela começou de novo com o rosto, e eu escovei o cabelo dela e deixei ele pronto para *Wicked*.

Robin apareceu com a camisola de Lady Macbeth de Katherine, e ela se despiu até ficar só de roupa íntima, momento em que eu me virei de costas para ela porque eu não era uma esquisitona, e não significava não.

Ela tinha que ir, e eu ainda estava escovando o cabelo de Olivia, e Olivia disse:

— Colega, vai lá pra assistir. Eu sei que você quer.

— Não, tudo bem — menti.

— Colega, a covid não te ensinou nada sobre hashtag sem arrependimentos? — Olivia perguntou, e eu larguei a escova.

— Você consegue fazer isso sozinha?

— Claro, colega. Sai daqui, agora.

Corri de volta lá para cima e me espremi nas coxias atrás de Robin e Teddy, que estavam juntinhos, de mãos dadas.

— Oi — sussurrei no ouvido de Teddy. — Você salvou minha vida.

— Eu sei.

— Te devo essa.

— Não deve, não.

A coisa sobre a presença de palco é que Katherine a tinha. Era uma coisa que estava no palco com ela. Algo físico que dava a ela sobriedade e fazia o espectador ficar sem ar.

Tipo como se ela estivesse no controle do espaço e toda a sua energia, além de ser convincente.

Quando ela terminou, houve muitos gritos animados e aplausos, e ela sorriu um sorriso típico de Katherine antes de vir para as coxias.

O Fantasma da Ópera e a esposa dele eram os próximos, e a questão era que eles podem ter sido uma merda, mas isso de alguma forma os tornou completamente divertidos, e muitas pessoas riram durante a música, e eu fiquei tipo: *Eles vão participar de um programa de talentos e depois vão se apresentar no programa de variedades da família real, e só porque são realmente muito ruins. #vida.*

Olivia era a próxima com a música do *Wicked* e foi absolutamente incrível.

Meu avô deu tudo de si no piano, e Olivia se tornou essa figura diferente, e juro que todo mundo berrou quando ela terminou, e as crianças pequenas na plateia, que naquele momento supus que eram todas Cooper-Bunting, com certeza queriam ser como ela.

— As pessoas sempre vão gostar mais de um cantor do que de um ator — Katherine disse atrás de mim, surgindo do nada.

— Não, não vão — eu disse.

— Vão sim, é só ouvir.

— Isso não é uma competição.

— Tudo é uma competição — ela disse. Ela ainda estava usando a camisola com sangue falso.

Demos um passo para trás para deixar Olivia, que estava saindo do palco, passar.

— Megeras — ela disse, radiante.

— Desculpe por ter esquecido minhas falas — falei para Katherine. — Espero que não tenha estragado o vídeo para você.

Ela deu de ombros.

— Se ficar ruim, simplesmente não vou usá-lo — ela disse, e eu fiquei tipo: *Eita!*

Então ela saiu das coxias e foi para o corredor.

Eu a segui.

— Sinto muito que você esteja brava. Eu honestamente me perdi toda com o enredo quando aquela pessoa estava nos importunando.

— Não estou brava por causa disso — ela disse, e olhou para mim como se eu fosse uma idiota. — Estou muito irritada porque você contou pra literalmente todas as pessoas do mundo que transamos.

— Nã...

— Contou sim. E literalmente cinco minutos depois que aconteceu.

— Quando?

— No hospital.

— Eu só mencionei para Robin porq...

— Eu te falei que tinha acabado de descobrir que gosto de garotas. Não era pra você contar pra ninguém.

— Nunca...

— E cinco minutos depois todo mundo também sabia.

— Nunca nem pensei que...

— É ótimo que você sempre teve certeza da sua sexualidade, mas já te ocorreu que nem todas as pessoas são como você? Tipo, não tenho nenhuma intenção de manter isso em segredo e tal, mas *eu* quero contar para as pessoas.

— Desculpe.

— Eu ficaria muito irritada se minha família tivesse descoberto através de outra pessoa antes que eu tivesse a chance de contar pra eles. Eles provavelmente teriam pensado que eu não confiava neles, o que obviamente não é o caso.

— Você contou pra eles?

— Contei naquela noite. Cheguei em casa chorando e eles me fizeram sentar porque pensaram que algo horrível tinha acontecido. E não era como eu queria ter contado pra eles, sabe. Eu ia contar que tinha conhecido uma pessoa — você — e que estava feliz. Era pra ser um momento agradável, e não apressado e com eles preocupados, e eu me esgoelando de chorar na cozinha.

— Desculpe mesmo.

Katherine deu de ombros.

— O que eles disseram?

— Meus pais não se importam se eu sou gay ou hétero ou o que quer que seja.

— Achei que poderia ser complicado com a igreja e tudo.

— É, porque Jesus realmente odeia quando as pessoas amam e respeitam umas às outras — Katherine disse e bufou.

— Eu sou uma idiota — eu disse, e eu sentia isso mesmo.

Ela olhou para as mãos manchadas de sangue falso.

— Mas eu gosto de você de verdade — eu disse.

Ela olhou para mim.

— Eu também gosto de você de verdade.

— Então, talvez, não, tipo, agora, mas talvez a gente possa, sei lá, ir ao teatro de novo ou algo assim. Tipo, em um encontro. Algum dia.

— Eu ia curtir — ela disse. — Mas, Tilly, desta vez, sem segredos. Contamos pra todo mundo.

— Vamos postar no Insta.

— Talvez não pra todo mundo. Mas, você sabe, Teddy.

— Claro.

— Combinado — ela disse, e estendeu a mão com sangue falso.

— Combinado — eu disse, e apertei a mão dela, e então continuamos apertando as mãos, e eu estava pensando que talvez pudéssemos nos abraçar quando...

— Passando — Maeve gritou do outro lado do corredor guiando Miroslaw, que já estava com a cabeça de burro, em direção ao palco.

— Ah, vocês duas fizeram as pazes? — ela perguntou. — Ótimo, adoro um final feliz.

— O que está acontecendo? — Miroslaw perguntou.

— Nada, querido, continue andando — Maeve respondeu. — Loucas apaixonadas, só isso.

FIM

Maeve e Miroslaw foram, sem dúvida, as estrelas da noite, e acho que nem Olivia nem Katherine se importaram, porque a apresentação de Maeve e Miroslaw foi hilária e o público estava fora de si quando acabou.

Depois da música de Malcolm, que era para ter sido o *grand finale*, todas as crianças da escola de teatro do flash mob cujas famílias tinham comprado ingresso para ver a apresentação, e portanto contribuído significativamente para a lotação do teatro que estávamos vivenciando, saíram da plateia e subiram ao palco sob a organizada liderança de Nora, e então todos cantaram "Seasons of Love" mais uma vez, e quando acenderam as luzes, vimos que todos na plateia estavam de pé — o que foi incrível — e batendo palmas juntos, o que foi constrangedor.

Brian chorou, e aí Malcolm chorou, aí Maeve chorou, e Olivia chorou, e Teddy e Robin estavam apenas se abraçando e pulando, e eu não conseguia parar de sorrir como uma completa lunática.

Abracei meu avô e Emilin, que agradeceram a plateia juntos. Emilin, que obviamente tinha muito mais experiência nesse tipo de coisa, estava acenando para as pessoas na plateia, e vi que era para minha mãe e meu pai, então acenei também, e meu pai soprou um beijo para nós e ele estava filmando em seu celular.

Depois foi um caos nos bastidores, nós estávamos rindo e gritando uns para os outros enquanto guardávamos nossas coisas, e então Miroslaw subiu em uma cadeira, pegou e disse:

— Pessoal! Vocês têm que ir para a frente do teatro. Temos uma surpresa.

Quando viramos a esquina, arrastando as malas com os figurinos e, ainda excitados pra caralho, vimos uma multidão de pessoas em Piccadilly Circus, todas enfileiradas na frente de uma van de sorvete com a bandeira britânica e a de arco-íris.

— Surpresa — Miroslaw disse. — O sorvete é duas libras e o dinheiro vai para a Acting for Others.

Brian, que ainda não tinha se recuperado da emoção avassaladora com a megarreunião para a surpresa de "Seasons of Love", apenas o agarrou e o abraçou. E não sei o que ele estava falando, mas o que quer que fosse o fez chorar ainda mais, e Miroslaw parecia sério, mas feliz.

Minha mãe, meu pai, meu avô e Emilin estavam quase na frente da fila, e os pais de Teddy estavam algumas pessoas atrás deles, e eu corri para abraçá-los e eles me parabenizaram. Aí eles mentiram sobre não terem notado que eu esqueci minhas falas, o que foi gentil.

Minha mãe pegou e disse: "Talvez você possa fazer aula de teatro", e eu falei tipo: "Nem que a vaca tussa".

Acontece que atuar é muito mais difícil do que eu pensava, e eu provavelmente teria que parar de tomar iogurte de banana, e como a vida já é estressante o suficiente, eu literalmente não tenho nenhum desejo de acrescentar mais atividades geradoras de ansiedade a ela.

Eu estava muito orgulhosa de todo mundo, sabe.

Imagine ser velho como o Charles e ficar na frente de centenas de pessoas e cantar. Isso é, tipo, um grande feito, na minha opinião.

A mãe e o pai de Miroslaw estavam suando horrores, e eu falei: "Olá, Giannina. Olá, Sr. Lewandowski", e ele disse: "Me chame de Jakub", e me deu um sorvete.

Meu pai pagou os sorvetes e quando entregou um para a minha mãe, ela disse: "Na verdade, eu não queria, Roger", aí Emilin disse: "Jesus Cristo, mãe! É para caridade. Só pegue o maldito sorvete e seja feliz", e minha mãe assim o fez, e acho que ela estava feliz.

Os Cooper-Bunting pareciam os Von Trapp daquele filme *A noviça rebelde* sobre a freira e os nazistas. Mas eles não estavam em ordem de altura, pareciam mais um grupo de pessoas correndo de um lado para outro. Todos tinham sorvetes também.

Quando Katherine viu que eu estava olhando, sorriu e acenou, e eu acenei de volta. Então ela disse algo para a mãe, que olhou para mim, sorriu de orelha a orelha e acenou. Então o pai dela acenou também, mas ele fez um gesto afirmativo com a cabeça, tipo já-nos-conhecemos. Katherine disse algo para a irmã, Stella, que olhou para mim, e de repente todos os outros irmãos estavam virando o pescoço, olhando para mim e acenando também. O menorzinho, aquele que estava cortando morangos no dia em que peguei a câmera, acenou como um louco.

Fiquei me perguntando o que Katherine tinha dito para eles, mas imaginei que talvez fosse algo sobre a gente ter um encontro e tal e, embora eu já tivesse transado com ela, isso me deixou nervosa de novo. Aí fiquei pensando se um dos Von Trapp fosse gay, e se quando se assumisse seria tão louco e alegre.

Todo mundo estava meio que socializando e a coisa toda se transformou em uma festa pós-evento.

Vi Teddy e Robin parades na entrada do Criterion Theatre e elus ainda estavam de mãos dadas, e Robin estava cutucando a covinha dele, e logo depois elus estavam se beijando.

Nora estava toda em cima do meu avô, e Emilin era claramente a favor do amor entre aposentados, o que fez com que minha mãe ficasse mais desconfortável do que jamais estivera, o que foi ótimo para mim, e eu realmente esperava que Emilin sugerisse que a gente convidasse Charles e Nora para jantar.

E falando nisso, vi que meu pai estava falando com Charles, e eles pareciam todos gentis e sérios, e imaginei que Emilin devia ter falado com meu pai sobre o que está por vir com o meu avô como disse que faria, e de repente fiquei muito grata por ela.

Olivia estava sentada nos degraus da estátua de Eros assinando seu nome no programa para todas as crianças da escola de teatro, que estavam posando para selfies com ela.

Maeve tinha resolvido ajudar na van de sorvete, então Jakub e Giannina estavam fazendo uma pausa, e eles tiraram uma foto com Miroslaw e a bandeira de arco-íris na frente dos painéis luminosos de Piccadilly Circus.

Em um momento Robin pegou e disse: "Galera, temos que tirar uma foto debaixo de Eros, porque vai ser muito engraçado", e então Katherine e Teddy e Robin e Olivia e Miroslaw e eu posamos para a foto, e Emilin tirou fotos com os celulares de todo mundo, o que foi uma bobagem, porque era óbvio que a gente ia compartilhar tudo no Insta de qualquer maneira.

— Meu Deus, vocês perceberam? É Eros — eu disse, tipo, cinco minutos depois, quando finalmente olhei direito para a estátua. — O cara com a flecha do amor. Ele te pega quando você menos espera. É literalmente o Cupido. Como em *A vingança do Cupido*.

Todo mundo olhou para mim e eu disse: "Eu literalmente acabei de entender", e é claro que todo mundo estava rindo, e então Teddy me puxou para um abraço de lado com o braço bom e disse: "Matilda".

— Por que sou tão idiota?

— Provavelmente é hormonal.

— Você é muito gentil.

— Esse cara sou eu.

— Nossa, eu sou péssima — choraminguei e puxei ele para mais perto.

— Você é mesmo.

— Você acha que pode me perdoar um dia? — perguntei. — Nem precisa ser hoje; só quero que você saiba que sinto muito mesmo e que não quero te perder.

— Tente não mentir pra mim de novo.

— Prometo.

— Porque eu também não quero te perder.

Ele beijou o topo da minha cabeça, e senti a esperança florescendo lá e se espalhando calorosa e suavemente.

Katherine e eu acabamos tirando algumas selfies juntas também.

Mas em vez de apenas posar para a foto, ela me beijou direito, e foi o momento perfeito com os lábios dela nos meus lábios, e o gosto de baunilha e chocolate, e o calor do concreto irradiando para cima, e o som de ônibus e carros e motocicletas, e pessoas falando em várias línguas diferentes e rindo, e o cheiro de Londres no auge do verão.

— Lembra quando fomos cavalos? — perguntei, e ela riu enquanto o sol de fim de tarde se refletia em seus olhos.

ESTA OBRA FOI IMPRESSA
EM FEVEREIRO DE 2024